I

DONNA LEON, geboren 1942 in New Jersey, arbeitete als Reiseleiterin in Rom und als Werbetexterin in London sowie als Lehrerin und Dozentin im Iran, in China und Saudi-Arabien. Die *Brunetti*-Romane machten sie weltberühmt. Donna Leon lebte viele Jahre in Italien und wohnt heute in der Schweiz. In Venedig ist sie nach wie vor häufig zu Gast.

Donna Leon
Flüchtiges Begehren

Commissario Brunettis
dreißigster Fall

ROMAN

Aus dem Amerikanischen von
Werner Schmitz

Diogenes

Titel des Originals: ›Transient Desires‹
Das Motto aus: Georg Friedrich Händel,
›Israel in Ägypten‹, Zweiter Teil
Das Zitat in Kapitel 16 aus: Homer, ›Ilias‹, xviii,
in der Übersetzung von Johann Heinrich Voß
und das Zitat in Kapitel 18 aus: Tacitus, ›Annalen‹, xiv, 9,
in der Übersetzung von Carl Hoffmann;
Heimeran, München 1954
Die deutsche Erstausgabe erschien 2021 im Diogenes Verlag
Covermotiv: Foto von Neil Cherry
Copyright © mauritius images /
Picfair / Neil Cherry

Veröffentlicht als Diogenes Taschenbuch, 2022
All rights reserved
Alle Rechte vorbehalten
Copyright © 2021
Diogenes Verlag AG Zürich
www.diogenes.ch
1000/22/36/1
ISBN 978 3 257 24660 5

Für Romilly McAlpine

The depths have covered them:
they sank into the bottom as a stone.

Die Tiefe deckte sie,
sie sanken hinab zum Abgrund wie ein Stein.

GEORG FRIEDRICH HÄNDEL,
ISRAEL IN ÄGYPTEN

Brunetti schlief aus. Gegen neun drehte er den Kopf nach rechts und öffnete ein Auge, sah auf die Uhr und schloss das Auge wieder, nur noch ein Weilchen liegen bleiben. Als er das nächste Mal auf die Uhr sah, war es halb zehn. Er streckte den linken Arm nach Paola aus, ertastete aber nur noch die längst erkaltete Delle, die seine Frau hinterlassen hatte.

Er drehte sich zur Seite, kam dann ins Sitzen, ruhte kurz von der Anstrengung aus und schlug endlich beide Augen auf. Man sah immer noch diesen braunen Fleck an der Zimmerdecke rechts über dem Fenster, der aussah wie ein kleiner Oktopus, wo vor einigen Monaten Wasser eingedrungen war. Je nach Lichteinfall wechselte er die Farbe, manchmal auch die Form, nur die sieben Tentakel blieben.

Brunetti hatte Paola versprochen, den Fleck zu überstreichen, doch immer war er in Eile, oder es war Abend, und er wollte so spät nicht mehr auf die Leiter, oder er hatte keine Schuhe an und fand es zu riskant, in Socken hochzuklettern. An diesem Morgen störte auch ihn der Fleck, und ihm fiel der Mann ein, der gelegentlich kleinere Arbeiten für sie verrichtete: Den würde er bitten, das endlich zu erledigen.

Oder könnte Raffi nicht – statt vor dem Computer zu sitzen oder mit seiner Freundin zu telefonieren – den Pinsel schwingen und sich ausnahmsweise mal bei seinen Eltern nützlich machen? Brunetti schob Groll und Selbstmitleid beiseite, als ihm die drei Gläser Grappa wieder einfielen, die er am Vorabend getrunken hatte und die womöglich für seine wehleidige Verfassung verantwortlich waren.

Einmal im Jahr traf er sich mit ein paar Schulkameraden vom *liceo* zum Essen in einem Restaurant an der Riva del Vin, wo der dienststeifrige Inhaber ihnen jedes Mal denselben Ecktisch mit Blick auf den Kanal reservierte, so auch gestern.

Ihre Schar von ursprünglich dreißig war im Lauf der Jahre auf zehn geschrumpft. Einige waren der Unbequemlichkeiten des Lebens in Venedig überdrüssig geworden und anderswo hingezogen; andere hatten bessere Arbeit in anderen Gegenden Italiens oder Europas gefunden, manche waren krank und zwei gestorben.

Zu dem Treffen gestern erschienen neben Brunetti auch die drei anderen langjährigen Organisatoren. Luca Ippodrino war gekommen, der die Trattoria seines Vaters dank simpler Tricks in ein weltberühmtes Restaurant verwandelt hatte: Die Speisekarte war noch dieselbe wie vor dreißig Jahren, nur wurde das, was seine Mutter früher für die Bootsleute am Rialto gekocht hatte, nun auf Porzellantellern in viel kleineren Portionen hübsch dekoriert serviert – zu astronomischen Preisen. Insbesondere während der Biennale und des Filmfestivals war Luca auf Monate ausgebucht.

Auch Franca Righi war da gewesen, Brunettis erste Freundin, die in Rom Physik studiert hatte und jetzt dort unterrichtete. Sie hatte Brunetti immer in Biologie und Physik geholfen und erzählte ihm bei ihren Treffen mit Genugtuung, welche Lehrsätze, die sie damals gepaukt hatten, mittlerweile widerlegt und durch neue ersetzt worden waren.

Und schließlich Matteo Lunghi, ein Gynäkologe, den seine Frau wegen eines wesentlich jüngeren Mannes verlassen hatte. Den ganzen Abend lang hatten sie den frisch Geschiedenen aufmuntern müssen.

Die übrigen sechs waren mehr oder weniger erfolgreich – beziehungsweise zufrieden. Jedenfalls taten sie so vor den Gefährten ihrer Jugendzeit, mit denen sie so viele Ansichten teilten – nicht zuletzt das Gefühl dafür, was sich schickte.

Doch darüber wollte Brunetti jetzt lieber nicht nachdenken; er warf die Decke zurück, ging ins Bad und stieg unter die Dusche.

Das heiße Wasser weckte seine Lebensgeister, und er duschte nach Herzenslust, da niemand da war, der gegen die Wasserverschwendung hätte protestieren können. Wieder im Schlafzimmer, hängte er das Handtuch über eine Stuhllehne und begann sich anzukleiden. Er wählte einen dunkelgrauen Zweiteiler, den er seit dem Winter nicht mehr getragen hatte. Der Kaschmiranzug war für einen Spottpreis zu haben gewesen, als der Herrenausstatter am Campo San Luca vor zwei Jahren schließen musste. Seltsam, dachte er, während er den Knopf ins Knopfloch zwängte: Am Anfang hatte ihm die Hose besser gepasst. Vielleicht war sie in der Reinigung irgendwie eingegangen; bestimmt würde sie im Lauf des Tages wieder weiter.

Er setzte sich auf den Stuhl, zog dunkle Socken und schwarze Schuhe an, die er vor Jahren in Mailand erstanden hatte und die sich seitdem so perfekt an seine Fußform angepasst hatten, dass er jedes Mal genüsslich hineinschlüpfte.

Gestern war es warm gewesen, wunderbares Spätherbst-wetter, also verzichtete er auf eine Weste und nahm lediglich das Jackett. In der Küche fand sich kein Zettel von Paola. Es war Montag, da kam sie erst am späten Nachmittag nach Hause, nachdem sie stundenlang in ihrem Büro an der Universität gesessen hatte, vorgeblich, um für die Doktoranden da zu sein, die sie betreute. Tatsächlich kam aber nur selten jemand vorbei, und sie konnte in aller Ruhe lesen oder ihre Seminare vorbereiten. So viel zum Leben der Gelehrten, dachte Brunetti.

Auf dem Weg zur Questura kehrte Brunetti bei Rizzardini ein, bestellte Kaffee und eine Brioche. Zum Abschluss trank er noch einen zweiten Kaffee und ein Glas Mineralwasser. Von Koffein und Zucker beflügelt, brach er um halb elf zum Rialto auf und durchquerte das Zentrum just um die Zeit, da die Einwohner vom Markt heimkehrten und durch Touristen, die sich für venezianischer als die Venezianer hielten, ersetzt wurden, auf der Jagd nach Prosecco oder *un'ombra*.

Zwanzig Minuten später bog er auf die *riva* zur Questura ein und betrachtete die gesäuberte und restaurierte Fassade von San Lorenzo auf der anderen Seite des Kanals, keine Kirche mehr, sondern mittlerweile offenbar eine Galerie, die sich für die Rettung der Meere engagierte. Die jahrzehntealte Tafel, auf der der Beginn der endlosen Renovierung vermerkt gewesen war, war ebenso verschwunden wie das von Anwohnern gezimmerte Katzendomizil, das dort seit Urzeiten gestanden hatte.

In der Eingangshalle der Questura sichtete der Commissario seinen Vorgesetzten, Vice-Questore Giuseppe Patta.

Instinktiv zückte Brunetti sein *telefonino* und beugte sich darüber. Er nickte dem Beamten, der ihm die Glastür aufhielt, zwar zu, blieb jedoch, ungeduldig mit seinem Handy hantierend, draußen stehen und meinte schließlich gereizt: »Haben wir hier unten auch keinen Empfang, Graziano?«

Dem Wachhabenden war klar, dass Brunetti zwei Stunden zu spät zur Arbeit erschien und dass der Vice-Questore selten gut auf Brunetti zu sprechen war. »Der Empfang ist schon den ganzen Morgen schlecht, Signore«, sagte er mit einer ausladenden Handbewegung. »Hatten Sie dort hinten einen?«

Brunetti schüttelte den Kopf. »Da ist es auch nicht besser. Macht mich wahnsinnig, diese …« Er brach mitten im Satz ab, als Patta auf ihn zukam. »Guten Morgen, Vice-Questore«, grüßte er und fügte, mit dem Handy wedelnd, dienstbeflissen hinzu: »Versuchen Sie es gar nicht erst da draußen, Dottore. Keine Chance. Nichts funktioniert.«

Er steckte das Handy wieder ein und wies auf die Treppe. »Ich probiere es noch einmal mit meinem Bürotelefon, vielleicht funktioniert das inzwischen wieder.«

Völlig verwirrt, fragte Patta: »Stimmt was nicht, Brunetti?« Pattas Tonfall glich bemerkenswert Brunettis eigenem, wenn seine Kinder ihm früher weismachen wollten, sie hätten ihre Hausaufgaben bereits erledigt.

Wie ein Ankläger, der einem Pressefotografen das Tatwerkzeug präsentiert, hielt der Commissario sein Handy hoch: »Kein Empfang.«

Aus den Augenwinkeln sah er Graziano zustimmend nicken, als habe der Wachhabende mitbekommen, wie Brunetti vergeblich zu telefonieren versucht hatte.

Brunetti nicht weiter beachtend, fragte Patta den Beamten: »Wo bleibt Foa?«

»Er sollte in drei Minuten hier sein, Vice-Questore«, versicherte Graziano mit einem Blick auf seine Uhr; irgendwie gewann er an Format, wenn er mit Patta sprach. Wie herbeigezaubert bog in diesem Augenblick das Polizeiboot in den Kanal ein, glitt an der Kirche vorbei, unter der Brücke hindurch und hielt an der Anlegestelle neben den drei Männern.

Ohne einen Gruß wandte Patta sich dem Boot zu, das ihn mit leise schnurrendem Motor erwartete. Foa warf ein Tau, sprang aufs Pflaster, salutierte und streckte den Arm aus, als gelte es, eine Horde aufdringlicher Reporter abzuwehren. Patta, der alles im Umkreis von einem Meter um sich herum auf sich selbst bezog, benutzte Foas Unterarm als Stütze beim Einsteigen.

Mit einem Lächeln in Richtung seiner Kollegen löste Foa die Leine, sprang über die Bootswand und landete vor dem Steuer. Der Motor brauste auf, das Boot machte eine Spitzkehre und verschwand in der Richtung, aus der es gekommen war.

2

Auf der Treppe zu seinem Büro ging Brunetti seine Geschichte mit dem angeblich schlechten Handyempfang nicht aus dem Kopf. Die Questura war an allen Ecken und Enden nicht in Schuss, Brunettis Erfindung also durchaus glaubwürdig. Die Heizung war ein Witz, pustete im Winter nur schwach mal hier, mal da im Gebäude. Eine Klimaanlage gab es nur in wenigen privilegierten Büroräumen. Die Stromversorgung funktionierte zwar einigermaßen, aber gelegentliche Spannungsspitzen hatten bereits mehrere Computer und einen Drucker zerstört. Die Belegschaft war mittlerweile so leidgeprüft, dass hin und wieder explodierende Glühbirnen nur noch als Vorspiel für das Feuerwerk zu Redentore betrachtet wurden. Auch die sanitären Einrichtungen zickten hin und wieder; das Dach war an zwei Stellen undicht, und die meisten Fenster ließen sich schließen, manche aber nicht öffnen.

Brunetti überlegte, ob er nicht selbst diesem Gebäude glich, hier ein Zipperlein, da ein kleiner Defekt, aber dann gingen ihm die Vergleiche aus. Er nahm die Hand vom Geländer und richtete sich beim Treppensteigen gerader auf.

Oben im Büro warf er die am Campo Santa Marina gekaufte Zeitung auf den Schreibtisch. Er fand es unangenehm warm und öffnete ein Fenster. Die Aussicht, das musste er zugeben, hatte sich verbessert, seit man die Kirche frisch herausgeputzt und das altersschwache Katzendomizil entfernt hatte. Aber die Katzen fehlten ihm doch.

Er nahm sein Handy aus der Tasche und wählte Paolas Nummer. Sie meldete sich erst nach mehrmaligem Läuten: »*Sì?*« Weiter nichts.

»Ah«, rief Brunetti und erklärte dann mit tiefer Stimme: »Was hört mein Herz für Töne, beglückt von …«

»Was gibt es, Guido?«, unterbrach sie ihn, und dann erklärend: »Ich spreche gerade mit einem meiner Studenten.«

Brunetti hatte sich eigentlich nur erkundigen wollen, was es zum Abendessen geben würde; jetzt sagte er: »Ich wollte dir nur sagen, wie sehr ich dich liebe.«

»Besten Dank«, meinte sie und hängte ein, bevor er zu weiteren Ergüssen ansetzen konnte.

Brunetti schielte nach der Zeitung – mit Sicherheit interessanter als die ungelesenen Rapporte auf seinem Schreibtisch, berichtete sie doch über die Ereignisse in der Welt jenseits des Ponte della Libertà. Wie oft hielt er seinen Kindern ihren Mangel an Neugier vor, nicht nur, was ihr Heimatland betraf, sondern auch darüber hinaus. Wie sollten sie zu verantwortungsvollen Bürgern heranreifen, ohne über ihre Staatsvertreter und Gesetze Bescheid zu wissen sowie die Allianzen, die uns mit Europa und anderen Ländern verbanden?

Noch bevor er den *Gazzettino* aufschlug, hatte Brunetti eine Eloge auf den Patriotismus entworfen, auf die selbst Cicero stolz gewesen wäre. Die *narratio* fiel ihm nicht schwer: Seine Kinder interessierten sich nicht für die Politik ihres Landes. Die *refutatio* war ein Leichtes: Mühelos könnte er die Behauptung vom Tisch fegen, Italien sei eine bloße Marionette von Deutschland und Frankreich. Nach der *peroratio,* in der er sie beschwor, ihre Verantwortung als

Staatsbürger wahrzunehmen, wollte er gerade zum Schluss kommen, als sein Blick auf die Schlagzeile fiel: »*Morta la moglie strangolata: Una settimana di agonia.*« Also war sie gestorben, die junge Frau, die ihr heroinsüchtiger Mann bis zur Bewusstlosigkeit gewürgt hatte – nach einer Woche Todeskampf, die Ärmste. Sie hinterließ ein Kind. Wie so oft in solchen Fällen hatten sie kurz vor der Scheidung gestanden. Nun ja.

Dann eine kurze Meldung über zwei junge Amerikanerinnen, die man am Sonntag in den frühen Morgenstunden auf dem Steg vor der Notaufnahme des Ospedale Civile bewusstlos vorgefunden hatte. Der Artikel nannte ihre Namen. Dann hieß es nur noch, eine der beiden hätte einen gebrochenen Arm gehabt.

Unaufhaltsam wanderte sein Blick zu dem Artikel darunter: Da ging es um die Durchsuchung eines ehemaligen Schweinezuchtbetriebs bei Bassano, wo man bereits die sterblichen Überreste der zwei Ehefrauen des früheren Besitzers – der inzwischen eines natürlichen Todes gestorben war – entdeckt hatte. Und jetzt gab es Reste, die auf eine dritte Frau hinwiesen, die nach Aussage von Nachbarn eine Zeitlang dort gelebt hatte, dann aber plötzlich verschwunden sei.

Es war das Wort »Reste«, das Brunetti aus dem Büro hinaus und die Treppe hinunter ins Freie jagte. Er hielt auf die Bar zu, getrieben allein von dem Wunsch, all das hinter sich zu lassen.

Bamba Diome, der senegalesische Barmann, hatte seinen Arbeitgeber hinter dem Tresen abgelöst. Brunetti brachte nur ein wortloses Nicken zustande. Er sah nach links, die drei Nischen waren besetzt. Umso besser, sagte er sich, schließlich war er nur hier, um kurz aufzutanken. Er studierte die Glasvitrine mit den *tramezzini:* Die hatte Sergio gemacht, der sie immer noch zu Dreiecken schnitt, während Bamba Rechtecke bevorzugte. Vielleicht eins mit Ei und Tomate? Bamba kam zu ihm und wischte kurz über den Tresen.

»Wasser, Dottore?«

Brunetti nickte. »Und eins mit Tomate und Ei.« Den vor ihm liegenden *Gazzettino* schob er beiseite. Bamba, dem dies nicht entging, sagte: »Schrecklich, nicht wahr, Dottore?«, und stellte ihm ein Glas Wasser und das *tramezzino* hin.

»Ja. Schrecklich«, bestätigte Brunetti, auch wenn er nicht wusste, welchen Artikel der Barmann meinte. Bamba sah nach den Nischen, wo jemand die Hand hob, und glitt diensteifrig hinter der Theke hervor.

Brunetti nahm einen Bissen, legte das *tramezzino* auf den Teller zurück und trank einen Schluck Wasser. Wenn dies mein tägliches Mittagessen sein müsste, dachte er, wäre mein Leben nicht mehr lebenswert. Das war kein Essen, nur Treibstoff. Gut waren sie ja, diese *tramezzini,* aber das änderte nichts daran, dass es bloß *tramezzini* waren. Wo sollte es hinführen, wenn wir ein Sandwich als Nahrung akzeptierten?

Brunetti, studierter Jurist, hatte sich immer auch für Geschichte interessiert, und Bücher über die Geschichte der Neuzeit hatten ihn gelehrt, wie Diktaturen sich oft aus Kleinigkeiten entwickeln: einschränken, wer welche Arbeit machen darf, wer wen heiraten, wer wo leben darf. Mit der

Zeit wachsen diese Auflagen sich aus, und bald dürfen manche Leute gar nicht mehr arbeiten oder heiraten oder – am Ende – leben. Er verwarf den Gedanken als völlig übertrieben. Der Weg zur Hölle war nicht mit *tramezzini* gepflastert.

Er ging zur Kasse. Bamba bongte den Betrag und reichte ihm die Quittung. Drei Euro fünfzig. Brunetti gab ihm einen Fünfeuroschein und wandte sich zum Gehen, ehe der Barmann ihm herausgeben konnte.

Auf dem Rückweg zur Questura horchte Brunetti in sich hinein, ob seine Lebensgeister sich regten.

Die Sonne schwächelte bereits und schaffte es nicht mehr über die Gebäude zu seiner Linken. Endlich kommt das Wetter zur Vernunft, dachte Brunetti, bald wird es Zeit für *risotto di zucca*. In ein paar Wochen könnten Paola und er in die Giardini gehen und die Verfärbung genießen. Früher saßen sie oft im Parco Savorgnan, aber seit ein Sturm drei seiner Lieblingsbäume umgeworfen hatte, zog es Brunetti nicht mehr dorthin, auch wenn er somit auf das Gebäck bei Dal Mas verzichten musste. Schließlich gab es auch noch die Farbenpracht in den Giardini Reali: Die waren kürzlich wieder hergerichtet worden und lockten zudem mit einem wunderbaren Café, wo man ungestört einfach nur sitzen und lesen konnte.

Was immer an Nährstoffen in dem *tramezzino* gesteckt haben mochte, zu spüren war davon nichts, keine neuen Kräfte, die seine innere Unruhe hätten vertreiben können.

Unten an der Treppe blieb er vor der Korktafel an der Wand stehen. Der Innenminister, las Brunetti, äußere sich besorgt, dass zu viele Leute ihre Dienstwagen für außerdienstliche Zwecke nutzten.

»Wie schockierend«, brummte Brunetti. »Vor allem hier bei uns.«

Seine gedämpfte Stimmung vom Vorabend hatte ihn immer noch im Griff. Schuld daran war vielleicht auch das Gespräch mit zwei alten Freunden, die vorzeitig in Rente gegangen waren und nun kein anderes Thema mehr kannten als die süßen Streiche ihrer Enkel.

Hier unten war niemand, auch auf der Treppe rührte sich nichts, in der Ferne klingelte ein Telefon und verstummte plötzlich. Beschämt über seine Trägheit und Pflichtvergessenheit gab er sich einen Ruck und rief Signorina Elettra in ihrem nur wenige Meter entfernten Büro an. Er müsse dringend gehen, sagte er, einer seiner Informanten wolle ihn unbedingt sofort sprechen.

Zum Glück hatten die zwei, die ihm gelegentlich Informationen zugespielt hatten, als er sie dann anrief, tatsächlich Zeit und erklärten sich zu einem Treffen bereit. Beide lebten zwar in Venedig, trafen sich aber nie dort mit ihm aus Furcht, jemand könne sie mit dem stadtbekannten Polizisten sehen; und so verabredete er sich mit dem einen in Marghera und mit dem anderen in Mogliano.

Die Treffen liefen nicht besonders. Es kam zu Differenzen wegen der Bezahlung. Der Erste hatte keine neuen Informationen und verlangte dennoch einen Monatslohn. Brunetti lehnte kategorisch ab – sonst würde der Mann nächstens auch noch Weihnachtsgeld fordern.

Der Zweite war ein Einbrecher, der seine Berufung – aber nicht seine Beziehungen – nach der Geburt seines ersten

Kindes aufgegeben und einen Job als Lieferant von Milch und Milchprodukten angenommen hatte. Er traf sich mit Brunetti während der Arbeit und gab ihm den Namen des Zwischenhändlers, der die Sonnenbrillen vertickte, die regelmäßig beim Hersteller im Veneto verschwanden. Brunetti erklärte, da er selbst mit dieser Information nichts anfangen und sie lediglich an einen Freund in der Questura von Belluno weiterleiten könne, halte er fünfzig Euro für angemessen. Der Mann zuckte verlegen grinsend die Schultern, also gab Brunetti ihm einen Zehner obendrauf, worauf das Grinsen breiter wurde. Er dankte Brunetti, stieg in seinen weißen Lieferwagen, und das war's.

Den Abend verbrachte Brunetti mit seiner Familie. Beim gemeinsamen Essen hörte er der Unterhaltung nur zu und konzentrierte sich auf die Speisen. Dann ging er mit einem kleinen Glas Grappa auf die Terrasse, nippte daran und betrachtete den Turm von San Marco. Als um zehn eine Glocke schlug, trug er sein Glas hinein und fand, es sei allmählich Schlafenszeit.

Obwohl er den ganzen Tag so gut wie nichts getan hatte, fühlte er sich wie zerschlagen, und die wehmütige Stimmung, in die ihn der Abend mit seinen alten Klassenkameraden versetzt hatte, hing ihm immer noch nach. Im Flur blieb er vor Paolas Arbeitszimmer stehen. In ihre Lektüre vertieft, hatte sie ihn nicht kommen hören, aber der Radar jahrzehntelanger Vertrautheit ließ sie aufblicken, und ein Lächeln erschien auf ihrem Gesicht. Ihm wurde warm ums Herz. »Ich gehe jetzt zu Bett«, sagte er.

Sie klappte ihr Buch zu und erhob sich. »Was für eine großartige Idee«, erwiderte sie.

3

Am nächsten Morgen traf Brunetti noch später in der Questura ein. Als Erstes ging er zu Signorina Elettra, die ihren Stuhl zurückgeschoben hatte und in irgendwelchen Papieren blätterte. Der Bildschirm ihres Computers war dunkel. Bei seinem Eintreten blickte sie auf.

»Störe ich, Signorina?«

»Aber nein, Commissario«, sagte Signorina Elettra lächelnd. »Ich sehe mir gerade etwas an, das Sie interessieren könnte.« Sie wies auf die Papiere. »Es geht um diese jungen Frauen in der *laguna*.« Er gab durch ein Nicken zu verstehen, dass er von dem Vorfall wusste, erwähnte aber nicht den *Gazzettino*.

»Eben kam Claudias Bericht. Sie hatte Dienst in dieser Nacht und den Anruf entgegengenommen.« Signorina Elettra hielt ihm die Papiere hin. »Werfen Sie mal einen Blick darauf?« Ihr Ton machte klar, dies war keine Frage, sondern eine Aufforderung.

Sie schob die Papiere in einen Umschlag. Brunetti dankte, ging damit in sein Büro und begann zu lesen.

Kurz nach drei Uhr morgens in der Nacht zum Sonntag hatte ein Wachmann des Ospedale Civile auf dem Steg vor der Notaufnahme an der Rückseite des Gebäudes eine Zigarette geraucht und dabei die zwei jungen Frauen verletzt und bewusstlos auf den Planken der Anlegestelle entdeckt. Er holte sofort Hilfe, und die Frauen wurden auf Rollbahren in die Notaufnahme gebracht.

Brunetti sah sich die Fotos an, die man auf der Station gemacht hatte, und erschrak. Eine der beiden war offenbar zusammengeschlagen worden. Ihre Nase war nach rechts abgeknickt, über dem linken Auge klaffte eine blutige Platzwunde. Die ganze linke Gesichtshälfte war geschwollen.

Das Gesicht des zweiten Opfers zeigte keine Spuren von Gewalt. Dem Bericht zufolge wiesen beide Frauen keine Abwehrverletzungen an den Händen auf, jedoch war der linke Arm des zweiten Opfers zweifach gebrochen.

Die Kleidung der beiden, Jeans und Pullover, war so durchnässt, als hätten sie im Wasser gelegen. Die eine hatte ihren linken Turnschuh verloren. Beide trugen nichts bei sich, was auf ihre Identität hätte schließen lassen können.

Laut beigefügtem ärztlichem Protokoll hatte man sie, immer noch bewusstlos, gründlich untersucht, um etwaige weitere Verletzungen festzustellen. Hinweise auf Geschlechtsverkehr in den vergangenen Stunden wurden nicht gefunden.

Die junge Frau mit der gebrochenen Nase wurde nach einem Hirn-Scan in die Unfallchirurgie des Krankenhauses in Mestre verlegt. Jetzt wurde auch die Polizei eingeschaltet. Der diensthabende Beamte rief Commissario Griffoni an, und die ließ sich von einem Polizeiboot zum Ospedale Civile bringen.

Griffonis Bericht zufolge lag die Frau mit dem gebrochenen Arm auf einem Rollbett im Krankenhausflur und flehte sie auf Englisch und unter Tränen an, etwas gegen die Schmerzen zu bekommen. Griffoni eilte zum Schwesternzimmer, zeigte ihre Dienstmarke und verlangte den zuständigen Arzt zu sprechen. Nachdem sie ihm die Meinung gesagt hatte, kam endlich Schwung in die Sache, man brachte die junge Frau in ein Behandlungszimmer, gab ihr eine Spritze und versorgte ihren Arm.

Ein Zimmer wurde gefunden, und Griffoni, die im Flur gewartet hatte, brachte sie in einem Rollstuhl eigenhändig hinein. Eine Schwester half der jungen Frau ins Bett. Griffoni setzte sich ans Fußende und versicherte der Patientin, sie werde ihr nicht von der Seite weichen. Es dauerte nicht lange, dann war die junge Frau eingeschlafen. Als um sechs Uhr früh die ersten Servierwagen im Flur klapperten, wachte sie auf und sah sich benommen um.

Griffoni erkundigte sich nach ihrem Namen und dem ihrer Begleiterin. JoJo Peterson, war die Antwort; und ihre Freundin heiße Lucy Watson. Aber dann wurde sie ganz aufgeregt und fragte, wo Lucy sei, und was überhaupt passiert sei. Griffoni erklärte, Lucy müsse operiert werden, und beruhigte JoJo mit der Behauptung, alles werde gut. Darauf erzählte ihr die junge Frau, Lucys Eltern arbeiteten für die amerikanische Botschaft in Rom. Sie selbst kenne Lucy vom Studium her und sei mit ihr hier aus den Staaten zu Besuch. Dann schlief JoJo wieder ein: Nicht einmal durch den Höllenlärm der Frühstücksausgabe ließ sie sich stören.

Griffoni schrieb, man habe über die Botschaft mit Lucy Watsons Eltern Kontakt aufgenommen; ihr Vater arbeite dort in der Personalabteilung, seine Frau als Dolmetscherin.

Das Telefon auf Brunettis Schreibtisch klingelte, im Display die Nummer von Griffonis Anschluss.

»Ja?«, meldete er sich.

»Kommst du mal rauf?«

»Drei Minuten«, sagte er und hängte ein.

Griffoni stand im Korridor – nicht etwa, weil sie es kaum erwarten konnte, Brunetti zu sehen, sondern nur, weil ihr Büro so klein war. Ihr eigener Stuhl stand praktisch auf der Schwelle, und hinter dem Schreibtisch war gerade noch Platz für einen Besucherstuhl. Dann kam schon die Wand.

»Erzähl«, sagte er zur Begrüßung, ging ihr voraus und setzte sich.

Sie wies auf den leeren Bildschirm ihres Computers. »Das Krankenhaus hat an jedem Eingang eine Kamera, auch hinten am Steg vor der Notaufnahme, wo man die beiden gefunden hat.« Sie schaltete den Bildschirm an und drehte ihn zu Brunetti hin, der zunächst einmal gar nichts erkannte.

Er beugte sich vor, das Kinn in die Hand gestützt, sah genauer hin und bemerkte längliche Streifen, dahinter war alles schwarz. Griffoni drückte eine Taste, worauf die Szene fast wie unter Flutlicht aufgehellt wurde. Die Streifen entpuppten sich als Holzplanken, das Dunkle dahinter war Wasser.

»Sind das die Aufnahmen der Kamera?«, fragte Brunetti.

Griffoni nickte. »Die Aufzeichnung ist vor einer halben Stunde gekommen. Ich konnte sie mir erst einmal ansehen.«

Es war ein Stummfilm, was ihn irritierte, denn vollkommen still ist die *laguna* nie; immer hört man, wenn auch noch so leise, Wasser plätschern. Da sich vorerst nichts tat, sah Brunetti unten am Bildschirm nach der Nummer der *telecamera* und der Uhrzeit: 2:57.

Plötzlich erbebte die Anlegestelle. Brunetti klammerte sich unwillkürlich an die Tischplatte. Ein Kopf ohne Körper erschien ruckelnd über dem Rand des Stegs.

Dann griffen zwei Hände nach der Leiter, und ein Mann stieg langsam hinauf, ganz vorsichtig. Er hielt den Blick auf seine Füße gesenkt, als fürchte er abzustürzen. Oben angekommen, sah er sich um, dann sprach er mit jemandem unter ihm. Eine Hand erschien und reichte ihm ein Tau, das der Erste bedächtig, aber durchaus routiniert vertäute.

Die obere Hälfte der zweiten Person, Schultern und Kopf eines Mannes mit Wollmütze, war einen Augenblick lang zu sehen, dann verschwand sie wieder und kam mit einer kleinen Frau in den Armen zurück. Er stemmte sie hoch, legte sie auf den Rand des Stegs und schob sie mit beiden Händen etwas weiter zur Mitte hin.

Wieder duckte er sich weg, nur um ein Stück weiter rechts mit einer zweiten Frau in den Armen aufzutauchen. Genau wie die erste legte er sie ab und schob sie auf den Steg.

Er rief dem Mann oben etwas zu, drehte sich um und zeigte auf etwas außerhalb des Bildausschnitts. Der Mann oben schüttelte den Kopf; was er sagte, veranlasste den Mann mit der Mütze, die Leiter hochzuklettern. Der andere machte eine abwehrende Bewegung, trat ihm entgegen und legte ihm die Hand auf den Arm. Der Mann mit der Mütze riss sich los und ging auf die Kamera zu, verschwand aus dem Bild, war kurz darauf wieder zur Stelle, schob sich an dem anderen vorbei zur Leiter, sagte etwas und stieg dort hinunter, wo ihr Boot liegen musste. Der andere warf das Tau hinunter und stieg dann, langsam, ebenfalls rückwärts die Leiter herab. Zurück blieben nur die zwei Frauen auf dem Steg.

Dann wurde der Bildschirm schwarz. Brunetti hatte die Aufzeichnung so angespannt verfolgt, dass er zusammenzuckte, als Griffoni sagte: »Die Kamera ist bewegungsempfindlich, solange sich nichts tut, bleibt sie ausgeschaltet.«

Um 3:05 Uhr erschien ein Mann mit gesenktem Kopf, nahm eine Zigarette aus einem Päckchen und ein Feuerzeug aus der Tasche. Er wandte sich ab, wie um die Flamme gegen den Wind zu schützen, zündete die Zigarette an, richtete sich auf und nahm einen tiefen Zug. Plötzlich erstarrte er, die Zigarette fiel ihm aus der Hand, dann hastete er mit drei Schritten zu den reglos vor ihm liegenden Gestalten hin. Er ging in die Knie, tastete nach dem Puls am Hals der ersten, dann der zweiten, sprang auf und verschwand in die Richtung, aus der er gekommen war.

Wieder wurde das Bild schwarz. Fast unmittelbar darauf wimmelte es von weiß Bekittelten, die mit atemberaubender Geschwindigkeit die Frauen auf Tragen legten und wegtrugen. Ende der Aufzeichnung.

»Wie lange hat es gebraucht, bis sie da waren?«, fragte Brunetti.

»Zwei Minuten und vierzig Sekunden. Die Zeit läuft unten am Bildschirm mit.«

»Ich werde nie mehr schlecht über das Krankenhaus reden«, sagte Brunetti. »Ich habe das Foto von ihrem Gesicht gesehen. Wer tut so etwas?«

Griffoni zuckte die Schultern. »Ich würde jetzt gern ins Krankenhaus zurück und sehen, was ich herausfinden kann.«

Brunetti fragte spontan: »Soll ich mitkommen?«

»Ist das kein Umweg für dich?«, fragte Griffoni. Das war kein Ja, aber sicher auch kein Nein.

»Eigentlich nicht, wenn ich den Weg über den Campo Santa Marina nehme«, antwortete er.

Sie betrachtete ihre Handfläche, und die schien die Sache zu entscheiden. »Wir könnten jetzt gleich aufbrechen. Ich habe nichts zu tun, und der Vice-Questore ist den ganzen Tag außer Haus.« Sie kam seiner Frage zuvor: »Foa hat mir erzählt, Patta sei zu einer Veranstaltung einer dieser ausländischen Stiftungen eingeladen, die sich den Erhalt der Serenissima auf die Fahne geschrieben hat.«

Brunetti kannte derlei Einrichtungen, zweifelte aber am Gelingen ihrer Mission. »Nun ja«, sagte er, »sie besuchen teure Restaurants, und das verschafft immerhin ein paar Leuten ihr täglich Brot.«

Als könne sie seine Gedanken lesen, reagierte Griffoni mit jenem speziellen Lächeln, das nur die obere Hälfte ihres Gesichts erhellte. Ihre Lippen waren zusammengepresst, ihre Augen hingegen funkelten vergnügt über die Absurdität des Ganzen. »Sie geben ein Charity-Dinner für Gutbetuchte, denen man erklären will, dass die Stadt unbedingt bewahrt werden muss«, sagte sie.

»Wovor?«, fragte Brunetti, der unwillkürlich an die Luftverschmutzung durch die eingeflogenen Gäste dachte.

»Ich vermute, das wird heute Abend enthüllt«, antwortete Griffoni.

»Aber woher weiß Foa davon?«, fragte Brunetti.

»Er soll den Vice-Questore zu dem Treffen und anschließend nach Hause chauffieren.«

Brunetti erinnerte sich an den Aushang, in dem vor der Zweckentfremdung von Dienstwagen gewarnt wurde. Patta konnte nichts passieren: Von Booten war nicht die Rede. Mit einem bitteren Lächeln erhob Brunetti sich und erklärte: »Komm, Claudia. Ich begleite dich zum Krankenhaus.«

Jetzt lächelte sie über das ganze Gesicht.

4

Als sie aus der Questura ins Freie traten, war jede Spur von Wärme aus der Luft gewichen. Griffoni ging als gebürtige Neapolitanerin niemals ohne wenigstens eine zusätzliche Kleidungsschicht aus dem Haus. Heute trug sie eine karamellfarbene Wildlederjacke über dem Arm, die in Brunettis Augen weitaus attraktiver aussah als das Sandwich, das er tags zuvor gegessen hatte.

»Hast du die in Neapel gekauft?«, fragte er, während sie in die Jacke schlüpfte und den Reißverschluss zur Hälfte schloss.

»Ja.«

»Sieht gut aus. Leider passt sie mir nicht, sonst würde ich dich niederschlagen und sie selbst anziehen«, scherzte Brunetti.

»Zu viel Zeit mit Kriminellen verbracht, würde ich meinen«, gab sie zurück. »Mein Onkel hat einen Laden.«

Brunetti warf den Kopf zurück und lachte schallend.

Unsicher, ob sie gekränkt sein sollte oder nicht, fragte Griffoni: »Was ist?«

»Ein Freund von mir – vielleicht sogar mein bester – ist Neapolitaner, und der hat, sowie mir irgendetwas gefällt, immer einen Onkel, eine Tante oder einen Cousin, der es mir zufällig beschaffen kann. Zu einem sehr guten Preis.«

»Sachen, die vom Lieferwagen gefallen sind?«, fragte Griffoni.

Wieder prustete Brunetti. Als er sich gefangen hatte,

sagte er: »Das hat er tatsächlich mal behauptet. Damals wollte mein Sohn ein Paar weiße Tennisschuhe mit dem Autogramm irgendeines amerikanischen Tennisspielers oder Basketballstars, wochenlang lag er uns damit in den Ohren. Ich erwähnte das, als wir mit Giulio über unsere Kinder sprachen, und er fragte wie nebenbei nach Raffis Schuhgröße. Einen Tag später traf ein Päckchen von UPS ein, und Giulio schrieb dazu, die seien von einem Lastwagen gefallen«, schloss er lachend.

»Und ihr habt sie behalten? Ich meine, dein Sohn hat sie behalten?«

»Selbstverständlich«, sagte Brunetti. »Wenn ich sie zurückgeschickt hätte, wäre Giulio für den Rest des Jahres beleidigt gewesen.«

Sie gingen in einträchtigem Schweigen weiter. Schließlich meinte Griffoni: »Na ja, er ist Neapolitaner.«

»Und?«

»Wie sonst sollte er auf eine solche Kränkung reagieren?«

Brunetti blieb stehen und sah sie an. »Kennst du ihn etwa?«

»Wen?«

»Giulio. Giulio D'Alessio. Meinen Freund.«

Griffoni fragte zögernd: »Heißt sein Vater Filippo?«

Brunetti starrte sie entgeistert an. »Ja«, sagte er.

»Mein Vater kennt ihn. Den Vater, meine ich.«

Brunetti hielt sich beide Ohren zu und drehte sich auf der Stelle. »Mein Gott«, stöhnte er. »Eine Verschwörung. Ich bin von ihnen umzingelt.«

»Von Neapolitanern?«, fragte sie und legte ihm beschwichtigend eine Hand auf den Arm.

Er drehte sich zu ihr um. »Nein«, sagte er. »Von Freunden.«

Griffoni schob ihn sanft von sich weg. »Was bist du für ein Kindskopf, Guido.« Genau dasselbe sagte auch Paola immer, wenn seine Phantasie über die Stränge schlug, doch das sagte er Griffoni wohlweislich nicht, sondern wurde wieder ernst: »Erzähl mir, was du sonst noch erfahren hast.«

Sie zog einen dunkelbraunen Seidenschal aus ihrer Handtasche und schlang ihn sich um den Hals. »Ich kann nicht begreifen, wie du dieses Wetter aushältst«, meinte sie, als habe Brunetti die Kälte bestellt. Und als erinnere sie das an etwas: »Die zwei wurden am Samstagabend auf dem Campo Santa Margherita gesehen. Die Zeugin, ein junges Mädchen, erinnert sich, weil eine der beiden sich Lucy nannte und dieser Name in einem Lieblingssong ihrer Mutter vorkommt.«

»Ist das alles?«, fragte Brunetti. Andere mussten sie doch auch gesehen haben. Irgendwer – im Hotel, im B&B oder Freunde, bei denen sie wohnten – musste doch bemerkt haben, dass sie verschwunden waren oder jedenfalls nicht in ihren Betten geschlafen hatten.

»Die Zeugin sagt, die beiden hätten sich mit zwei Männern unterhalten, dann habe sie aber Freunde getroffen und das nicht weiter mitverfolgt. Die Amerikanerinnen seien ihr erst heute früh wieder eingefallen, als sie den Namen Lucy im *Gazzettino* sah.« Die Schlagzeile hatte Brunetti auch gesehen: »Lucy und JoJo. Wer sind sie?«

Brunetti wollte gerade fragen, ob Griffoni Neuigkeiten über die andere junge Frau im Krankenhaus in Mestre habe, doch da bogen sie bereits in die Barbaria delle Tole ein und steuerten auf das Ospedale Civile zu.

Die Seitenwand der Basilica erschien zu ihrer Rechten, und schon standen sie auf dem Campo. Vor ihnen ragte das Ospedale auf, und während sie quer über den Platz zu dessen Eingang gingen, rückte auch die Fassade von ss Giovanni e Paolo näher. Griffoni verlangsamte ihre Schritte und sah von einem Gebäude zum anderen, als sollte sie einem davon einen Preis verleihen und könnte sich nicht entscheiden. Für gewöhnlich war diese Basilica – in ihrer unvergleichlichen Majestät – Brunettis Lieblingskirche in der Stadt; manchmal aber auch, er wusste selbst nicht, warum, San Nicolò dei Mendicoli, und früher, als er ein Mädchen gekannt hatte, das dort in der Nähe wohnte, Santa Maria dei Miracoli, bis er des Mädchens und damit auch der Kirche überdrüssig geworden war.

Er bot Griffoni gar nicht erst an, sie zur Befragung der Frau zu begleiten. Schließlich waren es Männer gewesen, die sie in diesem Zustand vor dem Krankenhaus abgeladen hatten. Er wünschte Griffoni viel Glück, verabschiedete sich und ging nach Hause.

Dort war noch niemand, also machte Brunetti sich einen Teller Oliven zurecht, schenkte sich ein Glas gekühlten Falanghina ein, trug beides ins Wohnzimmer, setzte sich und trank erst einmal einen Schluck.

Vergrößerte Fotos der zwei Männer aus dem Krankenhausvideo waren nicht nur an alle Polizeibeamten in Venedig, sondern auch an die Guardia Costiera, die Carabinieri und die Guardia di Finanza geschickt worden. Brunetti schätzte die beiden auf wenig mehr als zwanzig Jahre. Viel mehr ließ sich den Fotos nicht entnehmen.

Von dem Boot, mit dem die beiden angeliefert worden waren, war nichts zu erkennen, schließlich war die Überwachungskamera für die großen Sanitätsboote gedacht. Man hatte einzig die zwei Männer hastig ihre Last abladen und ebenso schnell wieder verschwinden sehen.

Brunetti nippte an dem Wein, aß ein paar Oliven und legte die Kerne auf den Tellerrand. Er lehnte sich zurück, trank noch einen kleinen Schluck und stellte das Glas auf den Tisch. Nachdenklich klopfte er die Daumen aneinander, was ihn an die Fingerspiele erinnerte, die er und sein Bruder als Kinder gespielt hatten. Bei einem davon formte man die Hände zu einer Kirche, deren Tor sich öffnen ließ: Das konnte er noch. Bei einem anderen musste man die Hände irgendwie so zusammenfügen, dass man so tun konnte, als ob das erste Glied des Daumens abgetrennt sei. Als seine Kinder klein waren, hatte er sie damit immer wieder begeistert, aber jetzt wollte ihm das kleine Kunststück einfach nicht mehr gelingen. Er verschränkte die Hände wieder und hielt sie still.

Campo Santa Margherita. Samstagabend. Solange es nicht regnete, kamen dort an Sommerabenden regelmäßig Hunderte von Schülern und Studenten zusammen. Schwatzen, trinken, von einer Gruppe zur anderen gehen, Freunde treffen oder neue Freundschaften schließen. In seiner Jugend war es nicht anders gewesen. Nur ohne Drogen und mit weniger Alkohol.

Die zwei jungen Frauen hatten laut der Zeugin mit zwei Männern gesprochen, und ein paar Stunden später wurden sie von zwei Männern vor dem Krankenhaus abgeladen. Kein Hinweis auf sexuelle Aktivitäten, kein Hinweis darauf, dass eine der beiden sich gegen einen Angriff gewehrt hatte.

»Was stimmt hier nicht?«, murmelte Brunetti. Er dachte an ein Buch, das Paola ihm jahrelang ans Herz gelegt hatte: *Drei Männer in einem Boot.* Er hatte es schließlich gelesen, es aber ganz und gar nicht gemocht. Jetzt ging es um lediglich zwei Männer in einem Boot, aber wer waren sie, und überhaupt, was hatten sie um drei Uhr morgens in einem Boot zu suchen? Und woher wussten sie, wo sie die zwei Frauen hinbringen, abladen oder loswerden konnten, je nachdem, wie ihr Verhalten zu interpretieren war? Wenn das Boot ihnen gehörte, waren sie mit der *laguna* vertraut, mussten aber nicht unbedingt Venezianer sein. Andererseits dürften nur Venezianer die Anlegestelle des Ospedale kennen. Wenn sie die Mädchen auf dem Campo Santa Margherita kennengelernt hatten, waren es womöglich Studenten. Wenn es ihnen gelungen war, mit den Mädchen ins Gespräch zu kommen, mussten sie ein wenig Englisch gekonnt haben, was darauf schließen ließ, aber noch nicht bestätigte, dass es sich in der Tat um Studenten handelte.

Er rief sich ins Gedächtnis, wie die Männer die zwei bewusstlosen Amerikanerinnen auf dem Steg abgelegt hatten: Einer stieg vorsichtig die Leiter hoch, vertäute das Boot und sah dann dabei zu, wie der andere sie nacheinander aus dem Boot hob und auf die Planken legte. Wäre es nicht sinnvoller gewesen, ins Boot zurückzuklettern und dem anderen zu helfen? Und worum war es in dem kurzen Wortwechsel gegangen? Was passte hier nicht ins Bild?

Er nahm noch einen Schluck Wein und ein paar Oliven, dann griff er zum Telefon und rief Griffoni an.

»Bist du noch im Ospedale?«

»*Sì.*«

»Bei der Amerikanerin?«

»*Sì.*«

»Kann sie sich an irgendwas erinnern?«

»Warte mal kurz«, meinte Griffoni, und er glaubte, einen Stuhl scharren zu hören. Sie hielt die Sprechmuschel zu und sagte etwas. Dann hörte er Schritte in einer längeren Pause. »Sie waren auf einem Campo mit vielen Studenten«, meldete Griffoni sich zurück. »Von der Zeugin wissen wir, es war der Campo Santa Margherita. Dort haben sie zwei Jungen getroffen, die sie zu einer Rundfahrt eingeladen haben.«

»Rundfahrt?«

»Die beiden hatten ein Boot, und sie sagt, die Männer hätten einen netten Eindruck gemacht, deshalb seien sie mitgegangen.« Griffoni verstummte, doch Brunetti drängte nicht.

»Das Boot war in der Nähe einer Brücke geparkt, wie sie sich ausdrückte.«

Er kannte die Brücke am Ende des Campo Santa Margherita, mit einer *riva* auf der anderen Seite.

»Sie sagt, anfangs war es sehr aufregend. Sie fuhren auf einem großen Kanal, mit großen Häusern links und rechts. Dann kamen sie an ein paar Kirchen vorbei, und plötzlich merkte sie, dass sie auf offenem Wasser waren.«

»Und?«

»Sie fand das unheimlich, weil es dort außerhalb der Stadt stockfinster war. Die einzigen Lichter waren weit weg, und sie hatten keine Ahnung, wo sie waren. Plötzlich, sagt sie, habe das Boot stark beschleunigt, der Bug sei wie wild auf das Wasser geklatscht, und die Jungen hätten gerufen und laut gelacht.« Dann fiel Griffoni noch ein: »Und da bekam sie es mit der Angst zu tun, sagt sie. Das Boot hüpfte so sehr, dass sie sich am Sitz festhalten musste.«

»Und wie ging es weiter?«

»Ab da kann sie sich an nichts mehr erinnern. Kurz davor, das wusste sie noch, wurde ihr schlecht, und sie schrie die Jungen an, sie sollten langsamer fahren. Und dann war sie im Krankenhaus, weiß aber nicht, wie sie dort hingekommen ist.«

»Und die jungen Männer?«, fragte Brunetti.

»Die haben ihnen erzählt, sie seien Venezianer. Das heißt, einer von ihnen. Sie sagt, er sprach ziemlich gut Englisch. Der andere hat nicht viel gesprochen, nur Italienisch.«

»Hat sie ihre Namen erfahren?«

»Der Englisch gesprochen hat, heißt angeblich Phil. Der Name des anderen fing mit M an – Mario, Michele, sie weiß es nicht mehr.«

»Sonst noch etwas?«

»Einer der beiden, sagt sie, hatte ein Tattoo am linken Handgelenk: schwarz und irgendwie geometrisch, wie ein Armband.«

»So wie tausend andere«, sagte Brunetti. »Erinnert sie sich, wie sie nass geworden ist?«

Griffoni stöhnte. »Mehr weiß sie wirklich nicht mehr, Guido.«

»Was sagen die Ärzte?«

»Dass die Erinnerung zurückkommen könnte, aber erst

nach und nach. Oder auch gar nicht. Irgendeine Kopfverletzung haben sie nicht finden können, also vermuten sie, es liegt bloß am Schock, an der Kälte, an den Schmerzen von dem Armbruch oder an der Angst, die sie ausgestanden hat.«

Bevor Brunetti noch etwas fragen konnte, erklärte Griffoni: »Man ruft mich. Ich muss wieder rein«, und legte auf.

Brunetti blieb allein mit seinen Olivenkernen, einem leeren Glas und immer noch keiner klaren Vorstellung von dem, was da am Samstagabend passiert war. Er dachte an die junge Frau mit dem zerschundenen Gesicht: Wie konnte ein Chirurg, der sie nie zuvor gesehen hatte, ihr Gesicht wiederherstellen? Dass sie wieder so aussah wie vorher?

Er ließ diese sinnlosen Spekulationen und konzentrierte sich auf die Fakten. Die zwei Männer waren Venezianer, sie hatten Zugang zu einem Boot, arbeiteten vielleicht sogar damit. Brunetti hatte keine Ahnung, wie viele Männer und Frauen in der Stadt auf die eine oder andere Weise mit Booten zu tun hatten. Hunderte? Oder noch viel mehr? Wie in den Zeiten, als die Serenissima Herrscherin der Meere gewesen war, blieb die Arbeit oft über Generationen hinweg in der Familie, und wie alle, die ständig ihr Leben aufs Spiel setzen, hielten die Bootsleute zusammen wie Pech und Schwefel.

Brunetti brachte das Glas und den Teller mit den Olivenkernen in die Küche und stellte beides neben die Spüle. Dann holte er sich in Paolas Arbeitszimmer etwas zu lesen, bis die Familie zum Essen nach Hause kam.

5

Am nächsten Morgen erhielt Brunetti eine von Signorina Elettra weitergeleitete Mail der Carabinieri mit den Namen der zwei Männer, die die jungen Frauen vor dem Krankenhaus abgelegt hatten. Marcello Vio, wohnhaft auf der Giudecca, Filiberto Duso in Dorsoduro. Der Name »Duso« weckte in Brunetti irgendeine positive Erinnerung, aber er las erst einmal weiter.

Die Carabinieri von der Wache am Ponte dei Lavraneri hatten die beiden identifiziert und fügten hinzu, auf Vio hätten sie »ein Auge«, erklärten aber nicht, warum.

Brunetti suchte die Website der Wache heraus – seit wann hatten eigentlich irgendwelche Polizeiwachen, zumal auf der Giudecca, eine eigene Website?, fragte er sich – und wählte die Nummer. Er meldete sich mit Rang und Namen und sagte, er habe die Nachricht bekommen, jemand habe die zwei Männer auf den von der Questura übermittelten Fotos erkannt, und bat, den Chef zu sprechen.

Es knisterte und knackte in der Leitung, dann sagte eine Altstimme, ob männlich oder weiblich, blieb Brunetti vorerst ein Rätsel: »Nieddu. Womit kann ich dienen?«

»Hier spricht Brunetti. Commissario. Von San Lorenzo.«

»Ah«, sagte Nieddu. »Ich habe von Ihnen gehört.«

Brunetti stöhnte unwillkürlich auf. »Das fängt ja gut an«, meinte er. In das Schweigen hinein fügte er hinzu: »Hoffentlich nichts Schlechtes.«

Das Lachen war unverkennbar weiblich, die Stimme weiterhin tief und freundlich. »Ja, natürlich. Sonst hätte ich es nicht gesagt.«

»Eine gute Überlegung«, meinte Brunetti. »Vorsicht ist besser als Nachsicht.«

Nach kurzer Pause fragte Nieddu: »Sie rufen wegen der zwei Männer auf den Fotos an, ja?«

»Allerdings«, antwortete Brunetti. »Ich wäre Ihnen für alles dankbar, was Sie mir über die beiden erzählen können.«

»Und ich wäre Ihnen dankbar, wenn Sie mir sagen würden, warum«, gab sie zurück.

»Ah«, sagte Brunetti. »Ist das jetzt 1:1 unentschieden?«

»Nein, Commissario, wo denken Sie hin.« Es gelang ihr, amüsiert und gekränkt zugleich zu klingen, und ganz gleich, ob sie im Ernst oder im Scherz sprach, der tiefe Alt ihrer Stimme erinnerte ihn an ein Cello.

»Ich kenne Ihren Rang nicht«, erklärte Brunetti. »Also verzeihen Sie bitte, dass ich Sie nicht korrekt angesprochen habe.«

»Capitano«, sagte sie knapp.

»Also, Capitano, gibt es hier etwas auszuhandeln?«

»In gewisser Weise, ja.«

»Dann sollten wir uns besser treffen, oder was meinen Sie?«

»Einverstanden«, meinte sie freundlicher.

Brunetti war drauf und dran, im scherzenden Ton zu fragen: »Bei Ihnen oder bei mir?«, dachte aber noch rechtzeitig an die neuen Verhaltensvorschriften, die das Ministerium in Rom im Kampf gegen sexuelle Belästigung erlassen hatte; schon fielen ihnen Karrieren zum Opfer, vom ungezwungenen Umgang miteinander ganz zu schweigen. In der gegenwärtig herrschenden Atmosphäre käme er kaum damit durch, er habe sich durch die Schönheit ihrer Stimme zu dem Spruch hinreißen lassen, also verzichtete er auf jede Koketterie und wurde förmlich.

»Da ich es bin, der um Informationen bittet, sollte ich wohl die Reise zu Ihnen antreten.«

»Wenn Sie die Überfahrt zur Giudecca als Reise ansehen.«

»Capitano«, sagte Brunetti. »Für mich kommt die Fahrt zur Giudecca einer Arktisexpedition gleich.«

Jetzt lachte sie, und er meinte, in einer Stunde könnte er da sein. Sie erklärte sich einverstanden und fragte, ob er wisse, wo das *commissariato* sei.

»Ganz am Ende, auf Sacca Fisola, richtig?«

»Ja. Nennen Sie dem Wachhabenden an der Brücke Ihren Namen, dann lässt er Sie vor.«

»In Ordnung, danke.«

»Mein Rang ist Capitano«, sagte sie. »Aber mein Name ist Laura.«

»Und ich heiße Guido«, erklärte Brunetti und antwortete mit einem »*Ciao*« auf die Freundlichkeit in ihrer Stimme, während er die sprachliche Brücke zur Herzlichkeit überschritt.

Brunetti sah sich extra nicht die Polizeiakten der beiden Männer an, bevor er losging, um unvoreingenommen herauszuhören, warum die Carabinieri auf einen der beiden »ein Auge hatten«. Er nahm die Nummer zwei nach Sacca Fisola, ohne groß auf die Pracht zu beiden Seiten des Kanals zu achten, ging ein Stück die *riva* hinunter und hielt dann auf die Carabinieri-Wache am anderen Ende der Insel zu. Die Gegend bestätigte ihn in seiner Meinung von der Giudecca: triste Betonquader, vollkommen schmucklos. Öde Wohnkästen, noch schlimmer durch die – zumindest für ihn – schreckliche Aussicht; denn jenseits der trägen Wasser der *laguna* wucherte der petrochemische Horror von Marghera, Reihen um Reihen riesiger Schlote, die Tag und Nacht ihre Giftwolken in den Himmel spuckten ... Brunetti stockte, wusste er doch so wenig wie alle anderen Einwohner Venedigs, was genau da in dicken Wolken aus diesen Schloten kam und regelmäßig verharmlost wurde.

Polizeiboote auf nächtlicher Streifenfahrt trafen dort regelmäßig Fischerboote an, gefüllt mit Muscheln, die sie mit beschwerten Schleppnetzen vom Grund der *laguna* kratzten und dabei die Meeresfauna zerstörten. Die Muscheln gediehen prächtig von dem, was sie da unten zu fressen fanden, in den Rückständen der Flüssigkeiten, die seit Generationen aus den Riesentanks der petrochemischen Industrie in die *laguna* sickerten.

Brunetti und seine Familie aßen keine Muscheln und auch sonst keine Schalentiere, die aus örtlichen Gewässern stammten. Chiara als Vegetarierin verzichtete ohnehin auf Fisch und andere Meerestiere. Er wusste noch, wie sie als Zwölfjährige einmal einen Teller *spaghetti alle vongole* mit den Worten von sich weggeschoben hatte: »Die haben mal gelebt.« Sie aß sie immer noch nicht, jetzt aber war sie besser informiert und begründete ihren Verzicht mit: »Die sind tödlich«. Ihre Familie tat Chiaras Ansichten zwar als übertrieben ab, doch der Appetit war ihnen allen vergangen.

Brunetti überquerte den Ponte dei Lavraneri und näherte sich dem Wachhäuschen. Der Carabiniere drinnen schob das Fenster auf: »*Sì, Signore?*«

»Ich möchte zu Capitano Nieddu.«

»Und Ihr Name, Signore?«

»Brunetti.«

Der Mann drehte sich auf seinem Stuhl und wies linker Hand in dem hohen Maschendrahtzaun auf ein Tor, hinter dem ein Kiesweg zwischen fast bis zum Boden zurückgeschnittenen Rosenrabatten zum Hauptgebäude führte. »Das Büro ist ganz hinten. Ich gebe dem Capitano Bescheid, dass Sie kommen.«

Brunetti dankte und ging zu dem Tor, das vor ihm aufsprang und sich hinter ihm automatisch wieder schloss. Beim Anblick der Rosen fragte er sich, ob man sie im Herbst wirklich so weit zurückschneiden sollte – aber was wusste er schon von Pflanzen und ihrer Pflege. Hinter den Rosen war ein Grasstreifen und dahinter nackte dunkle Erde, offenbar frisch umgegraben und geharkt. Dort sollten wohl im Frühjahr größere Gewächse gepflanzt werden.

Aber das hier war eine Carabinieri-Wache, keine Gärtnerei. Er gelangte zu einem zweigeschossigen Backsteingebäude mit einer Ziegelmauer dahinter. Die Mauer war stärker verwittert und offensichtlich älter als das Gebäude.

Er drückte auf die Klingel neben der Metalltür und trat zwei Schritte zurück, damit er durch den Türspion gut zu erkennen war. Dann zog er seine Dienstmarke aus der inneren Jackentasche, erkannte zu spät, dass er diese Bewegung besser unterlassen hätte, und hielt die Marke vor das Guckloch.

Er hörte ein Geräusch, die Tür ging auf, und vor ihm stand eine ungewöhnlich große Frau. Sie war in den Dreißigern, trug schulterlanges dunkles Haar und eine Uniformjacke mit einem Streifen unter den drei Sternen auf den Epauletten. Demnach war sie ein *primo capitano* und stand vermutlich höher im Rang als die meisten Männer der Einheit.

Er trat vor und reichte ihr die Hand. »Guten Morgen, Laura. Freut mich, Sie kennenzulernen.«

»Ganz meinerseits«, erwiderte sie mit ihrer tiefen Stimme und gab die Tür frei. »Gehen wir in mein Büro, da können wir reden.« Jetzt endlich zeigte sich ein Lächeln, fast so attraktiv wie ihre Stimme. Ihre Augen waren grün, mit winzigen Fältchen darum, die ihrer Schönheit keinen Abbruch taten. Beim Anblick ihrer taillierten Uniformjacke fragte sich Brunetti, wo die Carabinieri seiner Jugend – fett, schnauzbärtig, verknittert – geblieben waren.

Sie schritt mit ihren langen Beinen durch den Flur voraus. Brunetti spähte in die erste offene Tür, an der sie vorbeikamen, und dann, wie ein Schneider im Atelier eines Konkurrenten, verlangsamte er seine Schritte und sah zu jeder offenen Tür hinein, auch wenn er selbst nicht wusste, wonach er eigentlich suchte. Was er zu sehen bekam, glich mehr oder weniger den Räumen in der Questura: uniformierte Beamte, die an Computern saßen, Stapel von Akten und Papieren auf den Schreibtischen, daneben Fotos von Frauen und Männern und Kindern, Katzen und Hunden, eins von einem Mann in kurzen Hosen am Strand, einen Fisch hochhaltend, der fast so lang war wie er selbst. An den Wänden die üblichen Tafeln und Karten, Fotos des

Staatspräsidenten, in einem Büro ein Kruzifix, in einem anderen die Löwenflagge von San Marco.

Vor der letzten Tür rechts blieb sie stehen und winkte ihn hinein. Auch hier nichts Besonderes, nur dass der Schreibtisch nicht so übersät war wie die anderen. Computer, Tastatur, ein Buch, das aussah wie ein Band des Strafgesetzbuchs. Im Eingangskorb nur eine schmale Akte; der Ausgangskorb war voll.

Sie schloss die Tür hinter ihm und nahm an ihrem Schreibtisch Platz. Brunetti entschied sich für den Stuhl näher am Schreibtisch. Bevor er sich setzte, wies er auf den Eingangskorb und sagte: »Da kann man nur neidisch werden. Gratuliere.«

»Zum Auftakt Schmeicheleien, Guido. Das funktioniert immer«, erwiderte sie lächelnd.

»So habe ich das nicht gemeint«, sagte Brunetti. »Obwohl mir die Methode nicht unbekannt ist.«

Unterdrückte sie ein Lachen? Nieddu beugte sich vor, nahm eine Akte aus dem Ausgangskorb und reichte ihm ein paar Blätter.

Wie er erwartet hatte, waren die von Signorina Elettra übersandten hochvergrößerten Aufnahmen der Kamera an der Notaufnahme darunter. Zudem ein paar Seiten mit Bleistiftnotizen in gut lesbaren Druckbuchstaben. Bevor er sich an die Lektüre machte, sah Brunetti kurz auf, sagte aber nichts. Interessant, dachte er: keine Computerausdrucke, nur Handschriftliches, also offenbar inoffiziell. Sie blieb stumm, und er vertiefte sich in die Akte.

Er schob die Fotos beiseite und las. Brunetti hatte Beweismaterial für eine Verbindung der Männer mit den Opfern erwartet, aber diese Notizen klangen nach einem zweitrangigen Buddy-Film. Junge Männer, vor vierundzwanzig Jahren in derselben Woche geboren; einer der Sohn eines erfolgreichen Anwalts, der andere Sohn eines Gelegenheitsarbeiters, der in einer Chemiefabrik in Marghera die Tankcontainer reinigte. Dieser war vor neun Jahren außerhalb der Arbeitszeit betrunken mit seinem Auto von der Straße abgekommen und an einem Betonpfeiler gelandet. Zwar hatte er überlebt, war seither jedoch geistig und körperlich behindert. Die abschließende Bemerkung dazu ließ Brunetti frösteln: »In eine Anstalt eingewiesen.«

Brunetti hob den Kopf und sah zu Capitano Nieddu, aber die war in eine andere Akte vertieft, die von unsichtbarer Hand vor ihr aufgetaucht war, und blickte nicht auf. Er wandte sich wieder den Notizen zu. Marcello Vio, einziger Sohn des Schwerverletzten, hatte zwei jüngere Schwestern, die noch zur Schule gingen; dazu kam die Mutter. Um seine Familie zu unterstützen, verließ er mit fünfzehn die Schule und begann in der Spedition seines Onkels zu arbeiten, wo er bis zum heutigen Tag beschäftigt war.

Filiberto Duso war in diesem unwahrscheinlichen Drehbuch der junge Prinz. Er und Vio waren auf der Schule unzertrennlich, bis Duso aufs *liceo* wechselte und Abitur machte, während Vio arbeiten ging. Sie blieben aber beste Freunde und waren regelmäßig miteinander in der *laguna* unterwegs, immer auf der Suche nach Abenteuern. Man hielt sie allgemein für »*bravi ragazzi*«.

Gerüchten zufolge bewegte sich Vio mit seinen Aktivitäten in letzter Zeit zunehmend am Rand der Legalität, angeblich schmuggelte er Zigaretten aus Montenegro und half beim Transport illegal geernteter Muscheln. Im Zusammenhang damit wurde nicht Duso, sondern Vios Onkel erwähnt, Genaueres dazu fehlte. Brunetti las drei kurze Anmerkungen, in denen vom schlechten Einfluss des Onkels auf seinen Neffen die Rede war. Doch auf der Giudecca wimmelte es nur so von Gerüchten, und Brunetti hütete sich, Geschichten, die mit keinerlei halbwegs glaubhaften Tatsachen belegt wurden, allzu viel Glauben zu schenken.

Er las zu Ende, raschelte mit den Papieren, und als Nieddu schließlich aufblickte, fragte er: »Deswegen haben Sie ›ein Auge‹ auf Vio?«

Nieddu nickte. »Er tritt in die Fußstapfen seines Onkels, Pietro Borgato.«

»Und auf den haben Sie auch ein Auge?«

»Sogar noch mehr. Und seit langem. Es gibt Gerüchte.«

»Welcher Art?«, fragte Brunetti.

Nieddu setzte zu einer Antwort an, zuckte mit den Schultern und wechselte das Thema. »Sie wissen ja, wie das ist. Die Leute sagen, er habe mit irgendwelchen Schurkereien zu tun, aber wenn man nachfragt, wissen sie nichts Genaues. Aber sie hätten es aus glaubwürdiger Quelle.« Sie ließ ihm Zeit, darüber nachzudenken, und fügte hinzu: »Eine Nachbarin eines meiner Männer behauptet, er sei Schmuggler, aber was er schmuggelt, weiß sie nicht.« Sie winkte ab. »Genauso gut kann es sein, dass sie ihn einfach nicht mag und ihn nur deshalb für einen Schmuggler hält, weil er ein Boot besitzt.«

Was sollte Brunetti dazu sagen? Er schwieg eine Weile, wies dann auf die Fotos und fragte: »Woher wissen Sie, dass es diese beiden am Steg vor der Notaufnahme waren?«

Nieddu nahm die Akte aus dem Eingangskorb, blätterte darin, bis sie die gesuchte Seite fand, und hielt sie ihm hin.

Oben angeheftet war ein Foto von zwei jungen Männern, die Arm in Arm entspannt in die Kamera lächelten. Sie trugen kurze Hosen und T-Shirts. Beide waren tief gebräunt. Einer war sehr muskulös und hatte seine Sonnenbrille hochgeschoben, der andere, schlankere, trug einen Lorbeerkranz auf dem Kopf, wie Studenten ihn zur Feier ihres erfolgreich abgeschlossenen Studiums tragen. Von einer Schleife am Kranz hingen rote Seidenbänder herab. Der junge Mann hatte den Mund weit aufgerissen, als wollte er einen großen Bissen vom Planeten Erde nehmen. Brunetti musste an die Freude denken, an den unbändigen Stolz, mit dem er selbst einen Tag lang so einen Kranz getragen hatte: Er konnte die Begeisterung des jungen Mannes nachempfinden, bei dem es sich zweifelsfrei um Duso handelte.

Er studierte die Gesichter noch ein wenig länger, dann griff er nach den von Signorina Elettra geschickten Fotos, legte sie links und rechts neben das Bild der beiden und verglich sie sorgfältig. Kein Zweifel: Der mit der Sonnenbrille war Marcello Vio.

»Dusos Examensparty?«, fragte Brunetti und wies auf das Foto in der Mitte.

»Ja. Diesen Sommer.«

»Wer hat das aufgenommen?«

Capitano Nieddu zögerte kurz. »Einer meiner Männer.«

Brunetti ließ sich seine Überraschung nicht anmerken. »Und wie sind Sie daran gekommen?«

»Er hat die Fotos gesehen, die uns geschickt wurden, und mir dieses hier heute früh mitgebracht.«

Brunetti legte sich das zurecht. Offenbar war der Beamte, wenn er das Foto gemacht hatte, ein Freund, vielleicht ein Verwandter eines der Männer auf dem Bild. »Darf ich Ihnen zu dem Treffer gratulieren?«

Sie hob abwehrend die Hand. »Nein – das Foto hat doch der Kollege entdeckt.«

»Der also vermutlich auf der Giudecca lebt, oder wenigstens in der Stadt.«

»Richtig«, sagte sie. »Ein guter Mann.«

»Jung?«, fragte Brunetti.

»Nein, er ist sechzig und wartet nur noch auf seine Pensionierung.«

»Verstehe«, sagte Brunetti, beeindruckt vom Mut dieses Mannes. Er schlug die Beine andersrum übereinander, beugte sich vor und tippte auf das erste Blatt der handschriftlichen Notizen. »Haben Sie oder der Kollege, von dem Sie diese Informationen haben, irgendwelche Beweise für das, was hier steht?«, fragte er.

»Abgesehen vom Aktenkundigen? Nein. Niemand würde zugeben, irgendetwas gesagt zu haben. Nur der übliche Tratsch«, erklärte sie. »Hörensagen und selbst Wissen, dass etwas geschieht, ist schön und gut. Aber das wird kein Richter als Beweis akzeptieren.« Sie verschränkte die Arme und schlug ihrerseits die Beine übereinander. »Und natürlich darf niemand erfahren, dass man etwas ausgeplaudert hat.« Sie verstummte, offenbar auf Bestätigung wartend.

Brunetti nickte aufmunternd.

»Seit ich hier angefangen habe«, begann sie betont langsam und deutlich, vielleicht um ihren leichten sardischen Akzent zu überspielen, »bitte ich die Männer und die eine andere Frau in der Einheit, auf Klatsch und Tratsch zu achten, auf Gerüchte und alles, was man sich in den Bars erzählt. Sie sollen das aufschreiben und mir geben. Ich kopiere es dann und vernichte die Originale, so dass alles einzig in meiner Handschrift vorliegt, sollte es jemals Schwierigkeiten geben.«

»Schwierigkeiten?«, fragte Brunetti.

Sie wandte den Blick ab und sah aus dem Fenster, hinter dem nur die alte Backsteinmauer zu sehen war. Sie betrachtete die Mauer, zog die Lippen zusammen und drehte sich wieder zu ihm um.

»Nach allem, was ich über Sie gehört habe, Commissario, verstehen Sie bestimmt, dass ich als Frau es in diesem Job nicht gerade leicht habe. Im Gegenteil, oft ist es für mich schwerer.«

Als sie nicht weitersprach, pflichtete Brunetti ihr bei: »Das bezweifle ich nicht. Viele meiner Kollegen halten nicht viel von Frauen im Polizeidienst.«

»Oder außerhalb, wage ich zu behaupten«, entfuhr es ihr, ehe sie zu ihrem freundlichen Ton zurückfand. »Ich habe noch etwas für Sie«, sagte sie, zog eine Schublade auf und nahm einen Umschlag heraus. Sein Name stand darauf. »Das sind die Fakten über die beiden. Vollständiger Name, Adressen, Telefonnummern, gegenwärtige Beschäftigung, Arbeitsstelle.« Dann: »Keine Vorstrafen. Vio bekam drei Bußen als Raser in der *laguna*. Sonst nichts.« Doch dann setzte sie noch hinzu: »Aber was man so über ihn hört, wird immer … suspekter.« Sie räusperte sich und erklärte trocken: »Das Foto, das mein Kollege gemacht hat, existiert nicht.« Irgendwie klang ihre Stimme nicht mehr so schön, als sie hinzufügte: »Sie haben das nicht gesehen, Commissario.«

Brunetti nickte und schob den Umschlag ungeöffnet in die Innentasche seiner Jacke.

Sie schwiegen eine Weile. Brunetti wartete gespannt, was noch alles kommen würde. Capitano Nieddu, der das nicht entging, kam auf ihr ursprüngliches Thema zurück. »Ich denke, diese Gerüchte haben einen wahren Kern. Wir haben sie aus verschiedenen Quellen, unter anderem von einer früheren Freundin Vios und einem entfernten Cousin.« Zu Brunettis Überraschung entkräftete sie ihre eigene Bemerkung mit einem Schulterzucken.

Ihre Notizen beschäftigten sich nicht mit der Frage, ob Vio tatsächlich Zigaretten schmuggelte; auch Brunetti verfolgte das nicht weiter, dagegen ließ sich ohnehin kaum etwas unternehmen. »Wie schätzen Sie ihn ein?«

Während Nieddu sich eine Antwort überlegte, rieb sie an einem unsichtbaren Fleck auf der Tischplatte. Schließlich sagte sie: »Ich vermute, er oder sie alle beide haben tatsächlich etwas mit Schmuggelware zu tun. Geschäftlich.« Sie sah zu Brunetti und fügte hinzu: »Kinder von Freunden sind mit Vio zur Schule gegangen. Sie sagen, er sei nicht besonders klug, im Grunde aber ein guter Junge.« Dann: »Im Gegensatz zu seinem Onkel.«

»Und der andere? Duso?«

Wieder dieses Schulterzucken. »Sein Vater ist Anwalt.« Jetzt klingelte bei Brunetti endlich etwas: Duso hieß der Anwalt eines seiner Freunde, der begeistert war von dessen Kompetenz und Integrität.

Doch er sah keinen Anlass, dies Nieddu zu verraten,

wartete vielmehr schweigend, dass sie weitersprach. »Der Junge arbeitet bereits in der Kanzlei seines Vaters«, erklärte sie schließlich. »Er tut gut daran, sich von dunklen Machenschaften fernzuhalten, in die sein Freund womöglich verwickelt ist.« Gut daran tat er bestimmt, aber das bewies noch lange nicht, dass Duso auch ein guter Junge war.

»Und die Zigaretten?«, fragte Brunetti in unbeteiligtem Ton.

»Mein Gott, wen kümmern die schon?«, rief sie.

Da sich ihre Sicht der Dinge so deckte, schlug Brunetti vor: »Informieren wir uns gegenseitig über alles, was wir herausfinden?«

»Aber gern«, antwortete Nieddu und fügte dann hinzu: »Wie Sie bemerkt haben werden, habe ich nicht noch einmal nachgefragt, warum Sie sich für die beiden interessieren. In der Zeitung stand, sie hätten die jungen Frauen zum Pronto Soccorso gebracht.«

Brunetti nickte.

»Eine Nachbarin von mir arbeitet dort«, fuhr sie fort; ihre Stimme klang plötzlich heiser. »Sie hat mir erzählt, wie die junge Frau aussah, als die Männer sie auf dem Steg abgeladen haben.«

»Wir wissen nicht, was passiert ist«, sagte Brunetti, obwohl sich das wie eine Ausrede anhörte.

»Aber wir wissen, wer sie dort ausgesetzt hat«, stieß Nieddu hervor. Dann, immer zorniger: »Das tut man keinem Hund an.«

Brunetti stand auf, schüttelte sein rechtes Hosenbein auf, strich den Stoff mit beiden Händen glatt und richtete sich auf. »Danke, Laura, für Ihre Zeit und die in Aussicht gestellte Zusammenarbeit. Wenn möglich, werden wir uns die beiden noch heute vorknöpfen.« Er fragte, ob sie ihre Telefonnummern austauschen sollten. Sie stimmte lächelnd zu und zückte ihr *telefonino*.

Nachdem das erledigt war, wandte Brunetti sich zum Gehen; sie machte keine Anstalten, ihn zur Tür zu begleiten. Dort angekommen, drehte er sich um und sagte: »Eines noch. Ich werde mir nicht anmerken lassen, dass ich über ihn oder seinen Onkel Bescheid weiß. Ich fische nicht in fremden Gewässern.«

Sie nickte. »Also dann, viel Erfolg.« Brunetti ging zurück zur *riva* und nahm die Nummer zwei nach San Zaccaria.

6

An Deck des Vaporetto informierte Brunetti Signorina Elettra per Telefon, die beiden Verdächtigen seien eindeutig identifiziert und sollten zur Vernehmung in die Questura gebracht werden. Das Handy zwischen Schulter und Ohr geklemmt, nahm er den Umschlag aus der Tasche und diktierte ihr die Kontaktdaten. Auf ihre Frage hin bat er sie, eine gerichtliche Vorladung zu besorgen. Patta werde bestimmt einverstanden sein, schließlich seien Mitarbeiter der Amerikanischen Botschaft von dem Fall betroffen. Brunetti erinnerte sich, wie Patta vor einigen Jahren in der internationalen Presse gelandet war: Die *New York Times* persönlich hatte Pattas Namen erwähnt zusammen mit der Floskel, die Festnahme habe »der 'Ndrangheta einen schweren Schlag versetzt«. Für die internationale Presse waren alle Schläge gegen die Mafia »schwer« oder »vernichtend«. Auch in den verbreiteteren europäischen Sprachen boten sich offenbar keine angemesseneren Wörter wie »sinnlos« oder gar »ins Leere gehend« an.

Brunetti schärfte ihr ein, die beiden Männer dürften, sobald sie in Polizeigewahrsam waren, mit niemandem sprechen oder telefonieren. Dass sie in getrennte Vernehmungszimmer gebracht werden sollten, brauchte er ihr nicht zu sagen, und dass die Carabinieri auf einen der beiden »ein Auge hatten«, musste sie nicht wissen.

»Sagen Sie Pucetti, er soll Vio abholen, und schicken Sie Vianello mit einem zweiten Boot zu Duso. Beide wissen nur, sie sollen ihren Mann zur Questura bringen, immer im Singular.«

»Natürlich, Commissario«, sagte Signorina Elettra. »Soll ich schon mal mit Recherchieren anfangen?«

»Ein Capitano der Carabinieri hat mir eben erklärt, die hätten in ihren Unterlagen nichts gefunden«, sagte Brunetti.

Er hörte so etwas wie ein Klicken. Schnalzte sie ungläubig mit der Zunge? Oder war es ein Ausdruck ihrer Enttäuschung?

Jedenfalls brachte das Geräusch Brunetti wieder auf Kurs, und er fügte eilig hinzu: »Aber Sie sollten auf alle Fälle mal genauer nachsehen, Signorina«, worauf sich der Griff um sein *telefonino* unwillkürlich entspannte. Wie jemand, der mit einem Blumenstrauß sein schlechtes Benehmen wettzumachen versucht, setzte er noch obendrauf: »Einer der beiden hat einen Onkel auf der Giudecca. Pietro Borgato. Vielleicht können Sie sich den auch einmal näher ansehen?«

»Wissen Sie schon, wann Sie es ermöglichen können hierherzukommen, Signore?«, fragte sie mit einem Zartgefühl, von dem Brunetti sich erst einmal erholen musste. Er sah auf die Uhr: schon nach eins, stellte er überrascht fest.

»Bis zwei müsste ich es schaffen.«

»Gut. Wäre das alles, Signore?«

»Die beiden sind in der Stadt aufgewachsen«, sagte Brunetti so beiläufig wie möglich.

»Verstehe«, quittierte sie seine ebenso formlose wie gesetzeswidrige Aufforderung, sich in den gesperrten Akten über jugendliche Straftäter nach früheren Verhaltensauffälligkeiten der beiden jungen Männer umzusehen.

»Würden Sie ausrichten, dass ich in Kürze eintreffe?«, kam Brunetti auf Vianello und Pucetti zurück. »Wenn es Schwierigkeiten gibt, sollen sie mich anrufen.«

»Selbstverständlich, Signore«, antwortete Signorina Elettra.

Brunetti dankte ihr und legte auf. Erst da fiel ihm ein, dass Paola ihn zum Mittagessen erwartet hatte. Hoffentlich war sie nicht beunruhigt oder verärgert, weil er nicht angerufen hatte. Vielleicht erwischte er sie ja noch, bevor das Essen auf den Tisch kam.

Nach dem vierten Klingeln meldete sich eine fremd klingende Stimme: »Ristorante Falier. Leider muss ich Ihnen mitteilen, dass unser Restaurant heute geschlossen hat. Bitte versuchen Sie es ein andermal. Danke für Ihr Verständnis.« Dann wurde aufgelegt.

Zur Buße für seine Pflichtvergessenheit bestellte Brunetti in einer der vielen Bars an der Riva degli Schiavoni zwei *tramezzini*, schaffte aber von jedem nur einen Bissen; der Wein war völlig ungenießbar. Nicht ärgern, sagte er sich und setzte seinen Weg fort, bis er die Bar am Ponte dei Greci erreicht hatte; er grüßte Sergio, den Inhaber, und bat um ein Tramezzino mit Spargel und Ei und eins mit Thunfisch und Tomate. Er aß im Stehen, trank dazu ein Glas Pinot Grigio und hinterher einen Kaffee. So viel zum Mittagessen für einen, der arbeiten muss, sagte er sich auf dem Weg zur Questura. Demnächst würde er ein Stück Pizza aus der Hand essen oder im Gehen Spaghetti aus einer Pappschachtel schlürfen. »Oder auf den Treppenstufen der

Rialtobrücke«, brummte er zur Verblüffung einer älteren Dame, die gerade an ihm vorbeiging.

Er betrat das Gebäude, erwiderte den Gruß des Wachhabenden und ging zu Signorina Elettras Büro hinauf. Er hatte vor dem Besuch bei den Carabinieri nicht bei ihr vorbeigeschaut, daher sah er erst jetzt ihre herbstliche Kleidung. Brauner Pullover, beige Hosen, braune Schuhe. Doch was fehlte, war eine Anspielung auf rot oder gelb verfärbtes Herbstlaub oder gar das satte Orange reifer Kakifrüchte. Nichts zu sehen vom pompösen Scharlachrot der Granatäpfel. Beim Anblick der gedeckten Töne fühlte Brunetti sich irgendwie betrogen. Die Vase mit roten Chrysanthemen reichte nicht aus, sein Verlangen nach Buntheit zu stillen.

Lächelnd fragte er: »Gibt es Neuigkeiten?«

Als sie sich auf ihrem Stuhl umdrehte, erhaschte Brunetti einen Blick auf den Ärmel der Jacke, die über der Lehne hing: theaterroter Samt, wie er einem jener völlig verrückten Herrscher gefallen hätte: Heliogabal, vielleicht. Das munterte ihn auf und gab ihm den Glauben zurück – woran, hätte er selbst nicht sagen können.

»Foa hat angerufen, er ist«, sie sah auf ihre Uhr, »er ist in zehn Minuten hier.«

»Welche Zimmer sind frei?«, fragte Brunetti.

»Zwei und vier«, nannte sie die am unfreundlichsten eingerichteten Vernehmungsräume, graugrün gestrichen und mit nichts als einem billigen Plastiktisch und vier Plastikstühlen ausgestattet. Obwohl drinnen und draußen Rauchverbotsschilder hingen, stank es in beiden Zimmern nach Zigaretten, und immer, sooft sie auch weggefegt wurde, lag Asche auf dem Boden. Seit Jahren gab es Beschwerden über den Geruch, sowohl von denen, die hier befragt wurden, als auch von denen, die die Fragen stellten, aber es war nun einmal so, dass Verdächtige, denen man zu rauchen gestattete, häufig eher mit der Sprache herausrückten. Aber immer funktionierte auch das nicht.

Brunetti rief Griffoni von seinem Handy an. »Du hast gehört, dass wir sie abholen?«

»Ja.«

»Einer wird in zehn Minuten hier sein. Möchtest du …«

»*Sì*«, sagte sie so laut, dass er das Handy vom Ohr weghalten musste. Man hörte ein Geräusch, einen lauten Schlag, gefolgt von metallischem Klappern und Schritten.

Er ging auf den Flur hinaus zur Treppe. Und schon sah er sie sich oben, linke Hand am Geländer, um die Kurve schwingen und die Stufen hinuntereilen. Als sie ihn bemerkte, nahm sie die Hand vom Geländer und verlangsamte ihre Schritte.

»Sie sind noch nicht da«, rief er beruhigend zu ihr hoch.

Kaum stand sie vor ihm, bat Griffoni: »Erzähl.« Ihr noch vom Sommer gebräuntes, jetzt zusätzlich gerötetes Gesicht bildete einen umwerfenden Kontrast zu ihren blonden Haaren und den grünen Augen. Kaum zu glauben, dass sie aus dem Süden stammte.

»Die Carabinieri von der Giudecca haben die beiden erkannt«, sagte Brunetti. »Beide sind nicht vorbestraft.«

»Aber sie sollen nicht zusammen verhört werden, oder?«, fragte Griffoni.

»Claudia«, meinte Brunetti mit leisem Tadel.

»Entschuldige, entschuldige«, erwiderte sie. »Schon klar.« Und dann, unruhig, einen Schritt zurückweichend, mit angespannter Stimme: »Ich habe vorhin das Mädchen gesehen.«

»Die in Mestre?«

»Ja.« Sie senkte den Blick.

Brunetti wartete, aber sie blieb stumm. »Und?«, fragte er schließlich.

Griffoni fuhr sich mit der Hand über den Mundwinkel, wie immer, wenn sie nervös war. Den Blick gesenkt, schüttelte sie den Kopf. »Guido«, sagte Griffoni, »sie ist neunzehn.« Und ihm in die Augen sehend: »Sie ist noch nicht wieder bei Bewusstsein, und operieren kann man sie erst, wenn sie aufwacht.«

Plötzlich hörten sie unten Stimmen. Ein Mann sagte etwas, ängstlich und aufgeregt, dann begann Pucetti, die Ruhe selbst: »Wenn Sie mich bitte begleiten wollen …« Der Rest war nicht mehr zu hören, wohl weil sie sich in Richtung des Vernehmungszimmers im hinteren Teil des Gebäudes entfernten. Die lautere Stimme sagte noch: »Ich weiß überhaupt nicht, was Sie von mir …«, dann war auch von dieser Person, vermutlich Vio, nichts mehr zu hören.

Brunetti blieb nicht mehr viel Zeit, Griffoni alles zu erklären; er wies mit dem Kopf nach den verklingenden Schritten unten im Flur und sagte: »Der da arbeitet als Bootsführer, und sein Freund, der bei der Geschichte dabei war, ist Anwalt in der Kanzlei seines Vaters. Ich weiß bisher nur, dass die Carabinieri der Giudecca auf den mit dem Boot ›ein Auge haben‹. Es gibt Gerüchte, dass er Zigaretten und Muscheln geschmuggelt haben soll.«

Griffoni kommentierte das mit einem verächtlichen Schnauben.

»Vielleicht auch noch anderes«, sagte Brunetti.

»Nur Gerüchte?«, hakte sie nach.

Doch da erschien Pucetti unten an der Treppe und rief hinauf: »Commissari, ich habe ihn in Zimmer vier gebracht.«

»Danke, Pucetti«, sagte Brunetti im Heruntergehen zu dem pflichteifrigen Beamten. »Möchten Sie gern dabei sein?«

»O ja, Signore«, kam die Antwort, vielleicht ein wenig zu begeistert.

»Claudia?«, fragte Brunetti.

»Unbedingt. Kommen Sie, Pucetti. Wir wollen doch mal sehen, ob er wirklich über Boote Bescheid weiß.«

Der junge Mann im Vernehmungszimmer stand hinter einem Stuhl, auf die Lehne gestützt wie jemand auf dem Sprung. Er trug dieselbe Sonnenbrille wie auf dem Foto, das Brunetti gesehen hatte, verwaschene Jeans und ein dunkelblaues Sweatshirt. Unter den hochgeschobenen Ärmeln zeigten sich kräftige Unterarme, einer mit einem Tattoo wie ein Armband. Rundes Gesicht mit Stupsnase, die Frisur nach der aktuellen Mode an den Seiten kurzgeschoren und oben lang. Aber trotz dieser jugendlichen Aufmachung wirkte er älter als auf dem Foto, das Capitano Nieddu ihm gezeigt hatte: dunkle Ringe um die Augen und eine schmerzverzerrte Miene. Seine Haut war trocken und bleich unter den Resten der Sommerbräune, und Brunetti glaubte, seinen Atem zu hören.

»Nehmen Sie Platz, Signor Vio«, sagte Brunetti und ging zum Tisch. Er wartete, dass Vio den Stuhl herauszog und sich setzte. Dann schaltete er das Aufnahmegerät ein: »Unser Gespräch wird aufgezeichnet, Signor Vio. So wird sichergestellt, dass kein Wort verlorengeht, was hier gesprochen wird. Ich hoffe, Sie sind damit einverstanden.« Letzteres fügte Brunetti in einem Ton hinzu, der klarmachte, dass er weder hoffte noch es ihn kümmerte, ob Signor Vio damit einverstanden war oder nicht.

Vio hatte sich umständlich auf den Stuhl niedergelassen, eine Hand auf die Lehne gestützt. Brunetti kam es vor, als setzte Vio das *argumentum ad misericordiam* in Szene: einen Appell ans Mitleid. Er verscheuchte den Gedanken an die bewusstlose junge Frau im Krankenhaus und ermahnte sich, nicht aufgrund dessen, was das Mädchen erlitten hatte, die Schuld dieses Mannes als gegeben vorauszusetzen. Vio saß, die Lehne nicht berührend, so stocksteif da wie eine viktorianische Jungfrau und versuchte gar nicht erst, seine Nervosität zu verbergen, während sein Blick unstet umherwanderte. Er hatte einen Zweitagebart und die perfekten Zähne seiner Generation. Sein Atem ging flach und schnell.

Brunetti hatte nichts Schriftliches mitgebracht. Manche Leute fielen aus allen Wolken, wenn er ihnen Einzelheiten aus ihrem Leben präsentierte, ohne in den Akten nachsehen zu müssen. Griffoni hatte links neben Brunetti Platz genommen, er selbst saß Vio gegenüber. Pucetti stand rechts von ihnen mit hängenden Armen an die Wand gelehnt in der Rolle des uniformierten Beamten, der sich beim kleinsten Anzeichen von Fehlverhalten auf den Befragten stürzt.

»Könnten Sie mir sagen, wo Sie arbeiten, Signor Vio?«, begann Brunetti in sachlichem Ton.

»Arbeiten?«, wiederholte Vio, als sei ihm das Wort unbekannt. Er hustete und hielt sich die Hand vor den Mund.

»Ihr Job, Signor Vio. Sie haben doch einen Job?«

Vio versuchte, sich bequemer hinzusetzen, zuckte zusammen und nahm wieder seine steife aufrechte Haltung ein. »Ja. Tu ich. Arbeiten, meine ich. Bei meinem Onkel.« Jeder Venezianer hätte an seiner Art zu reden erkannt, dass er von der Giudecca kam, aus einer Familie von Arbeitern, Generationen von Arbeitern womöglich, und sich nicht gewundert, wenn er vorzeitig die Schule verlassen hätte.

»Und was machen Sie für Ihren Onkel?«, fragte Griffoni.

Vios Augen schossen in Richtung ihrer Stimme, als dürfe die Frau eigentlich gar keine haben. Er dachte über die Frage nach und antwortete dann Brunetti, nicht ihr: »Ich lade und entlade die Lasten, die mein Onkel in die Stadt transportiert. Manchmal führe ich das Boot, manchmal nicht.« Er atmet, dachte Brunetti, wie ein alter Mann: Wie kann er sein Geld mit dem Schleppen schwerer Gegenstände verdienen? Sein Onkel muss ja sehr nachsichtig sein.

»Das heißt, manchmal steuern Sie das Boot selbst?«, fragte Brunetti.

»Ja.«

»Haben Sie eine Zulassung, Signor Vio?«

»Ja, habe ich«, sagte er. Als er sich unwillkürlich nach links drehte, um in seine Hosentasche zu greifen, zuckte er zusammen, erstarrte, nahm vorsichtig wieder die frühere Haltung ein und blickte auf.

»Schon gut, Signor Vio«, sagte Brunetti. »Das können wir leicht überprüfen.«

Vios Augen weiteten sich, er entgegnete aber nichts.

»Was für eine Art Boot fahren Sie für Ihren Onkel?«, fragte Griffoni.

»Art? Ein Transportboot. Er hat drei verschiedene Größen«, erklärte Vio und musste husten. »Ich fahre sie alle«, sagte er schließlich.

»Verstehe«, sagte Griffoni. »Und Ihre Zulassung gilt für alle drei Bootsgrößen?«

Vio nickte, und sie bemerkte nicht unfreundlich: »Sie haben uns etwas zu sagen, Signor Vio.«

Der junge Mann räusperte sich. »Zu sagen? Was?«, fragte er. Brunetti hatte den Eindruck, Vio versuche, tief durchzuatmen, um sich zu beruhigen, was ihm aber nicht gelang, weshalb er sich mit ein paar hastigen Atemzügen begnügte.

Brunetti sah ihm lächelnd ins Gesicht und erklärte in onkelhaftem Ton: »Das Gespräch wird aufgezeichnet, Sie müssen also sprechen, sonst hört man nichts.«

»Oh, verstehe«, murmelte Vio und schielte nach dem Gerät. »Danke. Ja. Die Zulassung. Meine gilt für alle diese Boote.«

»Besitzen Sie auch selbst ein Boot?«, fragte Brunetti.

»Ja, ein *pupparìn*«, antwortete Vio, »aber dafür brauche ich keine Zulassung.«

»In Ihrem Alter hatte ich auch eins«, sagte Brunetti mit allem Anschein von Wahrheit. »Aber ich wollte nie einen Motor dafür.«

»Ich auch nicht, Signore.«

»Und wie machen Sie das dann an Redentore?«, fragte Brunetti neugierig und ein wenig besorgt. Hatte er kein eigenes Boot, groß genug, dass er mit seinen Freunden ins *bacino* hinausfahren konnte, um sich das Feuerwerk anzusehen? Welcher Venezianer würde sich diese Chance entgehen lassen?

Die Miene des jungen Mannes entspannte sich etwas. »Mein Onkel lässt mich eins seiner Boote nehmen.«

»Ach, das ist aber nett von ihm«, säuselte Griffoni. »Es muss schön für Sie sein, dass er so großes Vertrauen zu Ihnen hat.«

»Na ja, er weiß eben, dass ich ein guter Bootsführer bin«, gab Vio stolz zurück. Wieder hustete er. Diesmal zog er ein nicht allzu sauberes weißes Taschentuch hervor und wischte sich den Mund.

Brunetti entging nicht, wie Pucetti hinter ihm von einem Bein aufs andere trat. Wie verschieden Vio und Pucetti doch waren, dachte Brunetti, nicht vom Alter her, aber der eine so aufgeweckt und der andere so naiv.

»Es muss schön sein, mit Freunden in die *laguna* hinauszufahren«, schwärmte Griffoni, als sei es ihr Lebenstraum, in Gesellschaft auf dem Wasser zu schaukeln.

»Ja, so ist es, Signora«, antwortete Vio.

Das kann doch nicht wahr sein, dass es so einfach ist, dachte Brunetti, der noch zögerte, das Netz über dem leeren Schädel des Jungen auszuwerfen. Und warum, fragte er sich, betrachtete er Vio als Jungen?

»Tun Sie das?«, fragte Brunetti.

»Was, Signore?«, fragte Vio.

»Mit Freunden in die *laguna* hinausfahren«, erklärte Brunetti lächelnd.

Er sah genau, wann seinem Gegenüber die Bedeutung der Frage aufging. Offenbar hatte der junge Mann geglaubt, der umgängliche Ton der zwei Polizisten, die ihn vernahmen, sei ein Zeichen ihres Wohlwollens, es sei ihm gelungen, sie zu überzeugen, dass er ein guter Arbeiter und folglich ein guter Mensch war, der nur aufgrund eines Irrtums hier gelandet sein konnte. Brunettis Frage nahm ihm diese Illusion und holte ihn in die grausame Wirklichkeit zurück: Er war in der Questura, und dies war ein Verhör.

»Oh«, sagte Vio, seine Hände umklammernd. »Nicht so oft. Nur an Redentore.« Er sah auf seine Hände, löste sie voneinander und legte sie flach vor sich hin, wo er sie unter Kontrolle hatte.

»Redentore war vor einem Monat«, erinnerte ihn Brunetti. »Waren Sie seitdem noch mal mit Freunden unterwegs?«

»Nein!«, antwortete Vio zu schnell und zu laut. »Ich arbeite auch am Wochenende. Ich habe keine Zeit.« Wieder hinderte ihn ein Hustenanfall weiterzureden, und er musste erst einmal verschnaufen.

»Ach wirklich?«, fragte Griffoni, als sei ihr ganz anderes zu Ohren gekommen. Sie machte ein skeptisches Gesicht und sah zu Brunetti: »Da haben Sie aber was anderes gehört, oder, Commissario?«

»Nun«, antwortete Brunetti gedehnt. »Vielleicht liegt hier ein Irrtum vor.«

»Hm«, machte Griffoni nicht sonderlich überzeugt.

Vio sah zwischen den beiden hin und her, als könne er besser begreifen, was sich da abspielte, wenn er keinen der beiden aus den Augen ließ.

Brunetti erklärte: »Wir möchten Ihnen ein paar Fragen zu Samstagabend stellen, Signor Vio.«

Vio sah Brunetti mit offenem Mund an, dann wanderte sein Blick zu Griffoni. Er rührte sich nicht, vor Angst erstarrt wie ein Kaninchen vor der Schlange.

Brunetti war die Freundlichkeit selbst. »Könnten Sie uns eine Vorstellung davon vermitteln, was Sie am Samstagabend getan haben, Signor Vio?«

»Ich …«, setzte er an, und die beiden beobachteten, wie er sich zu erinnern versuchte, was dieses Wort bedeutete, Samstag, und wann das gewesen war. »Ich bin spazieren gegangen.«

»Waren Sie zu Hause, als Sie beschlossen haben, einen Spaziergang zu machen?«, fragte Griffoni in harmlosem Plauderton.

»Ja.«

»Und wo ist das, wenn ich fragen darf?«

»In der Nähe von Sant'Eufemia.«

»Haben Sie Nachsicht mit mir, Signor Vio«, sagte sie honigsüß. »Ich bin keine Venezianerin und kenne mich in der Stadt nicht so gut aus.«

Kurz schien es, als müsse er selbst sich erst einmal zurechtfinden, dann aber sprudelte er los: »Unten am Ende des Kanals, noch vor Harry's Dolci. Nummer 630.« Er hob einen Arm, wie um auf sein Zuhause zu zeigen, zuckte vor Schmerz heftig zusammen und stieß einen bellenden Husten aus. Wieder nahm er sein Taschentuch und wischte sich den Mund.

»Danke, Signor Vio«, sagte Griffoni.

Brunetti schaltete sich ein: »An einem Samstagabend kann man da nicht viel unternehmen, würde ich sagen.« Um klarzustellen, dass ihm die Gegend nicht unbekannt war, fügte er hinzu: »Sogar Palanca macht schon um zehn Uhr zu.«

»Nein, da nicht.«

»Ach, wo denn?«, flötete Griffoni, als brauche sie nur noch den Namen des schönen venezianischen Lokals, um alsgleich dorthin aufzubrechen und ihn in Ruhe zu lassen.

Brunetti und Griffoni waren ein erprobtes Team, wenn es darum ging, Verdächtige oder überhaupt alle, die sie befragten, aufs Glatteis zu führen. Oft spielten sie ›guter Polizist, böser Polizist‹ und tauschten die Rollen manchmal mitten im Verhör. Abgesprochen hatten sie das nie, sie legten sich vorher auch keine Strategie zurecht, sondern suchten einfach nach Schwachstellen, in die sie mit dem Taktgefühl von Haien vorstießen.

»Auf der anderen Seite«, sagte Vio widerwillig.

»Vom Giudecca-Kanal?«, fragte Griffoni, als gäbe es noch einen anderen Kanal, den man von der Giudecca aus überqueren könne.

»Ja.«

»Und wo waren Sie da?«

Vio setzte zu einer Antwort an, aber Brunetti unterbrach ihn: »Haben Sie Bekannte getroffen?«

Vio klappte unwillkürlich den Mund zu, während er Schritt für Schritt seinen Weg durch die Stadt am Samstagabend durchging. Sie waren förmlich dabei, wie er jemandem begegnete, denn er riss erstaunt die Augen auf und sah sich um, als müsse die Person in der Nähe sein. Sein Atem ging schneller, seine Nervosität schien zu verhindern, dass er genug Sauerstoff bekam.

Vio nickte nur und machte eine abwehrende Handbewegung.

Brunetti ließ ihm Zeit, wieder zu Atem zu kommen, und fragte dann kühl: »Wen haben Sie getroffen?«

»Eine von der Arbeit.«

»Wen?«, setzte Brunetti nach.

Erst nach längerem Zögern sagte Vio: »Die Sekretärin meines Onkels.« Brunetti ließ sich seine Freude über diese Antwort nicht anmerken: Gefragt, ob und wo sie Vio gesehen habe, würde eine Frau eher die Wahrheit sagen. Nein, wies er seine stets mahnende innere Stimme zurecht: Nicht weil Frauen ehrlicher sind (auch wenn er selbst davon überzeugt war), sondern weil sie mehr Angst vor Ärger mit Behörden haben.

»Und wo waren Sie da?«, fragte Brunetti.

»Campo Santa Margherita«, antwortete Vio. »Da habe ich sie gesehen.«

»Ach, so weit? Zu Fuß?«, fragte Griffoni voller Mitgefühl, als sei die Entfernung zwischen den verschiedenen Haltestellen des Vaporetto Nummer zwei und dem Campo für sie so gewaltig wie die zwischen Venedig und Rom.

»Nein«, sagte Vio kaum hörbar.

»Oh«, zwitscherte sie. »Sie haben ein Boot genommen?«

»Ja.«

Ganz der Neuling, der stolz mit Insiderwissen prahlt, fragte sie: »*Numero Due?*« Brunetti konnte nur hoffen, sie werde es damit nicht übertreiben und auch noch fragen, ob er etwa erst in Santa Marta ausgestiegen sei.

Vio saß allein an seiner Seite des Tischs. Der Stuhl neben ihm war leer, und Pucetti stand nach wie vor schweigend fast zwei Meter von ihm entfernt. Und doch zog Vio ein Gesicht, als fühle er sich von allen Seiten umzingelt. Als säße er in der Falle.

Er senkte den Kopf und sprach zur Tischplatte.

»Entschuldigen Sie«, sagte Griffoni freundlich. »Ich kann Sie leider nicht hören.«

Der junge Mann murmelte etwas.

Lachend wiederholte sie: »Tut mir leid, ich habe Sie immer noch nicht verstanden.«

Er blickte auf und sah zu ihr hin, neben ihr der unerschütterliche Brunetti. Er presste die Lippen aufeinander und stieß einen Laut hervor. Seine Finger schlossen sich, bis auf dem Tisch zwei Fäuste lagen.

Er kniff die Augen zu, riss sie auf, schloss sie wieder. Das Summen wurde immer lauter.

Endlich öffnete er die Augen wieder und wandte sich zu Brunetti. Er spreizte die Finger und drückte die Hände flach auf den Tisch, wie, um daraus Kraft zu schöpfen. »Ich habe …«, begann er, stemmte sich aber plötzlich hoch und drehte sich um, als wollte er die Flucht ergreifen. Dabei blieb er mit dem Fuß am Stuhlbein hängen, um ihn freizubekommen, machte er eine ruckartige Bewegung, einmal, zweimal, ohne zu begreifen, was ihn da festhielt. In dem Moment, als er den Fuß endlich losbekam, krümmte sich sein ganzer Körper zusammen.

Er stöhnte auf, stöhnte noch einmal, als traktierten ihn die anderen im Raum mit scharfen Gegenständen. Er krachte an den Tisch, suchte vergeblich nach einem Halt und sank, noch lauter stöhnend, zu Boden.

Plötzlich, als sei das alles noch nicht genug, begann er, fürchterlich zu husten. Gelähmt vor Entsetzen, sahen die anderen einen dünnen Faden blutigen Speichels aus seinem Mund rinnen, dann brach er vollständig zusammen.

7

Pucetti reagierte als erster. Mit einem Satz schwang er sich über den Tisch und war bei Vio, der winselnd und keuchend vor Husten am Boden lag. Der junge Beamte riss ihm das Hemd auseinander und wollte schon mit der Herzdruckmassage beginnen, verfing sich aber mit einer Hand in dem Hemd und riss es vollständig auf. Gerade als er anfangen wollte, das Herz wieder zum Schlagen zu bringen, stieß Griffoni, die zu ihm geeilt war, Pucetti so heftig zur Seite, dass er gegen die Wand krachte.

Brunetti kniete sich hin und sah, was sie gesehen hatte.

»Was ist das denn, was ist das denn«, sagte Griffoni mit heiserer Stimme und zeigte auf Vios Brust.

Der Mann war Arbeiter, schleppte und wuchtete tagtäglich schwere Lasten von einem Ort zum andern und besaß einen Oberkörper, von dem jeder Bodybuilder nur träumen konnte. Die Rippen an der linken Seite konnte man zählen, so deutlich traten sie hervor. Rechts jedoch waren sie in den Leib gedrückt und nicht zu erkennen. Die ganze rechte Seite war in einem breiten Streifen vom Schlüsselbein bis zur Hüfte schwarz angelaufen.

Vio zuckte und stöhnte, wand sich, nach Luft ringend, wie ein Fisch, immer und immer wieder. Als er die Luft endlich ausstieß, rann ihm wieder blutiger Speichel aus dem Mund, gefolgt von einem furchtbaren Hustenkrampf und noch mehr Speichel.

Brunetti wählte auf seinem Handy die 118, meldete sich

mit Namen und Dienstgrad und sagte, in der Questura gebe es einen Notfall, er brauche sofort den Rettungsdienst und einen Arzt. Die genauen Umstände waren zu kompliziert, also legte er auf, das Krankenhaus konnte ja zurückrufen, falls es noch Fragen gab.

Vio hatte sich ein wenig beruhigt und hustete nicht mehr ganz so erbärmlich. Griffoni hatte irgendwo eine Decke aufgetrieben und über dem jungen Mann ausgebreitet. Pucetti war verschwunden. Brunetti wagte es nicht, den jungen Mann anzufassen, aus Furcht, diesem zerschundenen Leib noch weiteren Schaden zuzufügen. Er stand auf, hilflos vor etwas, das er nicht einschätzen konnte, ohnmächtig angesichts dieser Qualen, die er nicht lindern konnte.

Da gab es nun all diese neuesten Produkte der Technik, die ihm versprachen, dank ihrer könne er Hilfe aus dem ganzen Land herbeirufen – aus der ganzen Welt, wenn er wollte. Doch vor ihm lag ein Mann, schmerzverkrümmt, blutend, halb erstickt, und Brunetti wusste nicht, was er tun sollte, konnte nur auf die Ankunft derer warten, die sich mit den Rätseln des menschlichen Körpers auskannten und wussten, wie man Leben rettet.

Brunetti war bei der Geburt seiner beiden Kinder dabei gewesen, falls »dabei sein« hieß, dass er dank der Beziehungen seines Bruders auf dem Flur vor dem Kreißsaal herumstehen durfte. Auch da hatte er dieses angestrengte, qualvolle Keuchen gehört, ohne die genaue Ursache dafür zu kennen, auch wenn er natürlich wusste, was dem ein Ende machen würde. Wie es dann auch geschah.

Das Jaulen der Sirene holte ihn in dieses Zimmer zurück, zu diesem Stöhnen, zu diesem leidenden Mann. Das Jaulen brach ab. Er legte Griffoni eine Hand auf die Schulter und wies mit dem Kinn zur Wand gegenüber. Kaum hatten sie sich dorthin verzogen, stürzte eine weißgekleidete Frau ins Zimmer, dichtgefolgt von einem Sanitäter mit Sauerstoffflasche und Maske.

Die Ärztin warf einen Blick auf den Mann am Boden, wandte sich zu Griffoni und Brunetti und fragte, nur mühsam die Beherrschung wahrend: »Was ist hier vorgefallen?«

Brunetti nahm das Wort. »Wir sind Polizisten und haben ihn befragt. Er musste ständig husten und bekam kaum Luft. Plötzlich stand er auf, krümmte sich und kippte um.«

»Wann war das?«

Brunetti sah auf die Uhr. »Vor sechzehn Minuten.«

Die Ärztin nickte, drehte sich zu dem Mann hinter ihr um, griff nach der Sauerstoffmaske, kniete neben Vio nieder und streifte ihm die Maske über Mund und Nase, fühlte seinen Puls und sah sich den riesigen Bluterguss an.

Als Nächstes zog sie ein Stethoskop aus dem Kittel, setzte es, während sie sein Gesicht im Auge behielt, auf seine Brust und hörte ihn ab. Schließlich steckte sie das Stethoskop wieder ein und beugte sich über Vio.

Zwei Männer kamen ins Zimmer, einer mit einer zusammengerollten Trage.

»Signore«, sagte die Ärztin, über Vio gebeugt, »können Sie mich hören?«

Vio stöhnte.

»Wir müssen Sie bewegen«, sagte sie. Die zwei Männer kamen heran, einer rollte die Trage aus.

»Es wird weh tun, Signore«, sagte die Ärztin und nahm seine Hand. »Aber versuchen Sie, ruhig zu bleiben. Ich vermute, eine Rippe ist in Ihre Lunge eingedrungen, und dort sollte sie – wenn Sie das aushalten – auch bleiben, bis wir Sie ins Krankenhaus gebracht haben. Wenn sie sich bewegt, könnte sie noch mehr Schaden anrichten.«

Vio blieb stumm, und sie fragte: »Haben Sie mich verstanden?«

Diesmal stöhnte er.

Sie rieb sich die Hände an ihren Hosenbeinen warm und beugte sich wieder über ihn. »Ich werde Sie jetzt anfassen. Haben Sie keine Angst.«

Vio reagierte nicht. Sie legte erst eine Hand, dann die andere an die Seite seines Brustkastens und tastete ihn vorsichtig ab. Vio stöhnte, rührte sich aber nicht. Als die Ärztin an den blutunterlaufenen schwarzen Streifen kam, wurde das Stöhnen ein wenig lauter.

Sie nahm die Hände weg, zog eine kleine Tasche zu sich heran und öffnete sie. »Ich gebe Ihnen etwas gegen die Schmerzen, Signore. Es wird helfen, aber ganz gehen sie davon nicht weg. Bitte, bitte, versuchen Sie, ruhig zu bleiben, wenn meine Kollegen Sie auf die Trage legen.« Schweigen. »Haben Sie mich verstanden?«

»*Sì*«, hustete Vio. Die Ärztin zog eine Spritze auf, injizierte die klare Flüssigkeit und tätschelte seine Hand, vielleicht, um ihn zu beruhigen, oder auch, um ihn vorzubereiten auf das, was ihn erwartete.

Sie erhob sich und ging an die Tür; die Sanitäter näherten sich Vio. Brunetti und Griffoni traten auf den Flur hinaus, um Platz zu machen. Sie hörten ein Hin und Her, metallisches Klappern, ein Röcheln, ein Seufzen, unterdrücktes Stöhnen, einer der Männer kam auf den Flur, dann der andere, auf der Trage zwischen ihnen mit kalkweißem Gesicht Vio. Dicht hinter ihnen erschien der dritte mit der Sauerstoffflasche.

Brunetti und Griffoni drückten sich an die Wand und sahen den Sanitätern nach. Kurz darauf erschien die Ärztin mit ihrer Tasche. Sie nickte ihnen zu und sagte: »Wir bringen ihn ins Ospedale Civile.«

Brunetti und Griffoni folgten durch die Eingangshalle und zur Tür hinaus ins Freie. An der Anlegestelle wartete ein Ambulanzboot mit laufendem Motor. Gerade als die Sanitäter darauf zugingen, hörte Brunetti ein anderes Boot näher kommen. Er spähte den Kanal hinunter und sah Foa am Steuer des Polizeiboots, neben ihm Vianello und ein junger Mann mit windzerzausten schwarzen Haaren.

Foa legte vor dem Ambulanzboot an; Vianello schob sich aufgeregt an dem jungen Mann vorbei und war mit einem Satz auf der *riva*. »Was ist passiert?«, rief er.

Doch bevor Brunetti antworten konnte, sprang der junge Mann vom Boot und lief zu der Trage, die die Sanitäter abgestellt hatten, um abzuwarten, bis das Durcheinander sich legte. Blind für die anderen, beugte er sich über Vio und stammelte voller Panik immer wieder »Marcello, Marcello«.

Brunetti wollte einen Schritt auf die beiden zumachen, doch Griffoni packte ihn am Arm und drückte so fest zu, dass Brunetti sich nicht von der Stelle rührte.

Vio blickte auf, sagte etwas und streckte eine Hand nach dem anderen aus. Duso – denn wer sonst konnte das sein? – nahm sie in beide Hände, blieb aber stumm.

Die Ärztin ging auf Duso zu und tippte ihm auf die

Schulter. »Gut, gut, lassen Sie das jetzt. Er muss ins Krankenhaus.« Zu den drei Sanitätern sagte sie: »Bringen Sie ihn aufs Boot.«

Die Männer hoben die Trage an, lösten Vios Hand aus Dusos, kletterten an Bord und brachten die Trage in die Kabine. Die Ärztin folgte ihnen. Während die Kabinentür zuklappte, der Motor aufbrauste und der dritte Mann sich neben den Bootsführer stellte, hob Duso hilflos eine Hand. Er kniete immer noch auf dem Pflaster, zu verwirrt, irgendetwas anderes zu tun, als dem Ambulanzboot nachzusehen, bis es außer Sicht- und Hörweite war.

Brunetti machte sich von Griffoni los, ging zu Duso und half ihm hoch.

Brunetti sah die Tränen auf den Wangen des jungen Mannes, bevor der sie abwischen konnte. Mit erstickter Stimme fragte Duso: »Was ist passiert?«

»Er ist umgekippt, während wir mit ihm gesprochen haben«, erklärte Brunetti. »Die Ärztin vermutet, ihm ist eine gebrochene Rippe in die Lunge eingedrungen.«

Bevor Duso etwas sagen konnte, fügte Brunetti beruhigend hinzu: »Sie schien nicht sehr besorgt, meinte aber, er sollte sicherheitshalber geröntgt werden.« Sein ruhiger Ton und die frei erfundene Geschichte taten die erwünschte Wirkung.

Brunetti wies auf den Eingang der Questura. »Wollen Sie bitte mitkommen? Es wird nicht lange dauern.« Er hielt sich dicht an Dusos Seite, während Griffoni ihnen voran in den hinteren Teil des Gebäudes ging und das Vernehmungszimmer neben jenem betrat, in dem Vio zusammengebrochen war.

Hier sah es ordentlich aus: zwei Lampen auf dem Tisch, Stühle auf beiden Seiten, sogar eine Karaffe mit Wasser und vier Gläser.

Brunetti zeigte auf den von der Tür am weitesten entfernten Stuhl und wartete, bis Duso sich gesetzt hatte. In die Tischplatte vor diesem Platz waren zwei Anschlussbuchsen eingebaut, eine davon in Wirklichkeit eine Kamera, die auf den Befragten gerichtet war, so dass er auch auf einem Monitor im Nebenzimmer zu sehen war. Den Ton übertrug die größere der beiden Tischlampen.

Brunetti und Griffoni nahmen auf der anderen Seite Platz, Brunetti direkt gegenüber Duso. Ihn beruhigte es, Vianello in der Nähe zu wissen: Sein Freund, der das Ohr einer Fledermaus besaß, vernahm nicht nur, was gesagt wurde, sondern auch, was dahintersteckte. Wo manche Trotz hörten, spürte Vianello Angst heraus. Was andere für Unterwürfigkeit hielten, erkannte Vianello als Hinterlist.

Brunetti richtete seine Aufmerksamkeit auf den jungen Rechtsanwalt. Einen Juristen zu vernehmen ist kein Kinderspiel. Gerade Anwälte sehen sich oft als die einzig wahren Rechtskundigen und setzen nicht selten voraus, Polizisten verstünden nicht viel von den subtilen Feinheiten der Gesetze, ihren scheinbaren Widersprüchen und vielfältigen Deutungsmöglichkeiten. Duso, am Beginn seiner Karriere und noch nicht so erfahren wie seine älteren Kollegen, kam wohl nicht auf die Idee, dass die zwei Polizisten, mit denen er gleich reden sollte, genau wie er Jura studiert hatten und, wenn sie gewollt hätten, jetzt ebenfalls Anwälte sein könnten. Ja, er würde staunen, wenn ihm zu Ohren käme, dass beide zusammen womöglich sogar mehr Erfahrung mit dem Gesetz hatten als sein Vater oder jeder andere Anwalt in seiner Kanzlei.

Jugend denkt oft in Bildern, nicht in Worten, vielleicht also sah Avvocato Duso sich zuweilen als Drachentöter, dem niemand etwas anhaben konnte. Er arbeitete nur einen Katzensprung entfernt von den Gallerie dell'Accademia, und falls er schon einmal in dem Museum gewesen war, dürfte Mantegnas kleine Holztafel mit dem Porträt von San Giorgio ihm nicht entgangen sein: Der Heilige, in voller Rüstung, schaut nach links und lenkt den Blick des Betrachters zu dem, was sich hinter seinen Füßen befindet. Dort liegt der Drache, sein Kopf, ein Wunderwerk der Illusionsmalerei, ragt aus dem unteren Bildrahmen, und in seinem aufgerissenen Maul steckt die abgebrochene Spitze des Speers, mit dem der Heilige ihn zur Strecke gebracht hat.

Griffoni stupste ihn unauffällig an, und Brunetti konzentrierte sich. »Avvocato Duso«, begann er förmlich, »wenn ich mich vorstellen darf: Brunetti, Commissario di Polizia.« Er sah zu Griffoni, die unmerklich nickte. »Und das ist meine Kollegin, Commissario Claudia Griffoni.«

Brunetti spulte die juristischen Formalitäten ab. »Ich weise darauf hin, dass dieses Gespräch, zu dem wir Sie aufgeboten haben, aufgezeichnet wird.« Er sah Duso fragend an. »Ich nehme an, das ist Ihnen klar?«

Filiberto Duso war ein gutaussehender junger Mann in einem Land, wo die meisten jungen Männer gut aussehen; folglich war er sich dessen wohl gar nicht bewusst. Hohe, markante Wangenknochen, die Nase schmal und ebenmäßig. Die noch vorhandene sommerliche Bräune bildete einen angenehmen Kontrast zu seinen blauen Augen. Er war glatt rasiert, und neben den Mundwinkeln hatte er zwei Grübchen, wenn er lächelte. Sein Haar hätte mal wieder geschnitten werden können.

»Filiberto Duso«, sagte er schließlich, ohne ihnen die Hand entgegenzustrecken.

»Signor Duso, danke, dass Sie sich zu dieser Unterredung bereit erklärt haben«, begann Brunetti und wartete gespannt, wie Duso auf eine Bemerkung reagieren würde, die geradezu nach einer sarkastischen Antwort schrie.

Der junge Mann hatte sich offenbar von dem Schreck erholt, mit ansehen zu müssen, wie sein Freund von Sanitätern weggetragen wurde. Mit selbstbewusstem, aber nicht warmem Lächeln sagte er: »Als Anwalt ist es meine Pflicht und mir ein Vergnügen, der Polizei behilflich zu sein.«

»Danke«, sagte Brunetti und sah zu Griffoni. Vielleicht gelang es ihr ja, ihn zu provozieren?

»Wir möchten mit Ihnen über die Ereignisse von Samstagabend reden, Signor Duso«, sagte sie.

»Welche Ereignisse?«, fragte Duso.

Griffoni ließ sich nicht beirren. »Wir möchten wissen, was Sie an diesem Abend getan haben. Und wir möchten herausfinden, ob Ihre Erinnerung sich mit der von Signor Vio deckt.«

Sollten Brunetti oder Griffoni vermutet haben, die Erwähnung von Vios Namen würde Duso aus der Ruhe bringen, so hatten sie sich getäuscht, denn er antwortete gleichmütig: »Um acht habe ich bei meinen Eltern gegessen und bin anschließend noch mindestens bis zehn dortgeblieben.«

»Und dann?«, insistierte sie sanft.

»Dann bin ich zu mir nach Hause gegangen.«

»Könnten Sie uns sagen, wo das ist?«

»Dorsoduro«, antwortete er und fügte, bevor sie nachhaken konnte, hinzu: »950. Am Kanal, gleich um die Ecke
von Nico.«

Griffoni nickte, als wisse sie genau, wo das war.

»Ah, nicht weit von der Haltestelle«, sagte Brunetti.
»Sehr praktisch, wenn man zur Giudecca will.«

»Oder zur Stazione«, ergänzte Duso. »Besonders wenn
ich die Nummer 5.2 erwische. Die bringt mich in achtzehn
Minuten dorthin.« Vermutlich sollte die genaue Zeitangabe
von seinem wahren Ziel an diesem Abend ablenken.

Brunetti nickte. Na, ist er nicht clever?, dachte er bei
sich. Duso könnte den ganzen Vormittag hier sitzen und
über Vaporetto-Fahrpläne und die beste Verbindung zum
Bahnhof plaudern.

»Bleiben wir bei Ihrer Wohnung, Signor Duso, ja?«, bat
er freundlich. »Zum Campo Santa Margherita haben Sie es
auch nicht weit, richtig?«

Duso lehnte sich lächelnd zurück. »Ich fürchte, ich bin
zu alt, um mich noch mit dem Campo Santa Margherita
abzugeben, Commissario.« Bevor Brunetti dem widerspre-
chen konnte, fuhr Duso fort: »Als Student habe ich dort
viel Zeit verbracht. Vielleicht zu viel Zeit.« Er seufzte wie
ein alter Mann, der sich wehmütig an seine Kindheit erinnert, die Kindereien aber längst hinter sich gelassen hat.

Duso beugte sich vor und legte die gefalteten Hände auf
den Tisch. »Im Übrigen«, sagte er, »ist es da nicht mehr wie
früher.« Fehlte nur noch, dass Duso traurig den Kopf schüttelte. »Damals gab es Alkohol, jede Menge.« Er lächelte
nachsichtig. »Aber viel weniger Drogen.«

Brunetti hätte irgendeine missbilligende Geste erwartet, aber Duso rührte sich nicht, sondern sprach ruhig weiter. »Heute ist das ein Drogenbasar. In der Kanzlei erzählt man sich, dort gebe es alles.«

»Und? Sind Sie interessiert?«, fragte Griffoni.

Duso zuckte grinsend die Schultern. »Nein, nicht mehr.« Sein Grinsen wurde noch breiter. »Meines Wissens kann man nicht rückwirkend verhaftet werden, also kann ich Ihnen sagen, dass ich Drogen tatsächlich ein paarmal ausprobiert habe, Haschisch, Marihuana, einmal sogar irgendwelche Pillen, die mir jemand gab, als ich nächtelang fürs Examen lernen musste.« Er schüttelte befremdet den Kopf darüber, was er als Student so alles angestellt hatte! »Aber jetzt nicht mehr«, versicherte er mit ernster Miene.

»Das ist gewiss recht interessant, Signor Duso«, sagte Brunetti. »Aber könnten wir auf den Campo Santa Margherita zurückkommen?«

»Und die Ereignisse vom Samstagabend«, ergänzte Griffoni.

Duso spielte den Überraschten. »Ich kann Ihnen leider nicht folgen. Warum fangen Sie immer wieder vom Campo Santa Margherita an?«

»Wo waren Sie am Samstagabend?«, fragte Brunetti wie aus der Pistole geschossen.

Dusos Blick wanderte von ihm zu Griffoni und dann zur Tischplatte, während er die verschiedenen Möglichkeiten erwog. Marcello hatte bestimmt nichts gesagt – wer also konnte sie dort gesehen haben? Wer von den vielen jungen Leuten, die dort in ständig wechselnden Gruppen herumstanden, hatte ihn erkannt? Wer konnte beobachtet haben, wie sie mit den zwei Amerikanerinnen in das Boot gestiegen waren?

Duso blickte auf. »Warum wollen Sie das wissen?«

»Weil wir Polizisten sind«, antwortete Brunetti, »und weil wir Ermittlungen zu einer Straftat anstellen, deren Ausgangspunkt der Campo Santa Margherita war.«

Wie viele Gedanken Duso durch den Kopf schossen, zeigte sich daran, dass er erst nach einer Weile zurückfragte: »›Ausgangspunkt‹?«

»Richtig«, antwortete Brunetti. »Wir brauchen eine Bestätigung, dass Sie da waren.«

»Was für eine Straftat?«

»Verlassen einer Unfallstelle«, begann Brunetti. »Verstoß gegen schifffahrtsrechtliche Vorschriften. Unterlassene Hilfeleistung.«

Duso brauste auf: »Aber wir haben …«

»Haben was, Signor Duso? Die beiden zum Krankenhaus gebracht und auf dem Steg liegen lassen? Ohne irgendwen herbeizuholen? Um drei Uhr morgens?«

Duso sah zu Brunetti und fragte mit nicht mehr so fester Stimme: »Ich habe das Recht, einen Telefonanruf zu machen, nicht wahr?«

»Ja, das haben Sie«, sagte Brunetti. »Hier in diesem Raum, jederzeit.«

Duso nahm ohne ein weiteres Wort sein *telefonino* aus der Innentasche seiner Jacke und gab eine Nummer ein. Es klingelte dreimal, dann meldete sich eine Männerstimme.

»*Papi*, hier ist Berto«, sagte Duso, seine Stimme plötzlich zehn Jahre jünger. »Ich habe ein Problem.«

8

Wäre Brunetti das nur erspart geblieben. Duso hatte sich angehört wie sein eigener Sohn: zerknirscht und verängstigt, unsicher, ob er mit seinem Verhalten womöglich der Karriere seines Vaters schadete. Duso sprach nichts davon offen aus, doch in seiner Stimme schwangen vom ersten Wort an Furcht, Respekt und Scham mit, die ihn auch nicht verließen, als das Gespräch beendet war und er mit geschlossenen Augen dasaß, die offene Hand auf dem Tisch – wie ein neuzeitlicher Christus, der sich auf den ersten Nagel gefasst macht.

Brunetti hatte es genossen, dem jungen Mann auf den Zahn zu fühlen, sich mit ihm zu messen und dabei festzustellen, was für ein guter Anwalt der Jüngere eines Tages sein würde. Seine Haltung zu Beginn ihrer Auseinandersetzung hatte ihn beeindruckt. Der junge Mann war nicht auf den Kopf gefallen, ließ sich nicht zu Sarkasmus hinreißen und blieb unerschütterlich höflich.

Wie zerbrechlich junge Menschen sind, dachte Brunetti, wie wenig steckt hinter ihrer Selbstsicherheit. Eine Generation, aufgewachsen Jahrzehnte nach Brunetti und seinen Altersgenossen, viele von ihnen in gepolsterten Nestern, mit erfolgreichen Eltern, die sich ihrerseits auf dem enormen wirtschaftlichen Aufschwung der sechziger Jahre ausruhen konnten.

Brunetti hatte mit den Eltern dieser jungen Leute die Universität besucht. Er erinnerte sich noch, wie sehr er manche von ihnen beneidet hatte, mit ihren Jacketts von Duca D'Aosta, dem Geschäft, das schon vor langer Zeit von der Frezzeria ausgerechnet nach Mestre umgezogen war. Und ihre Fratelli-Rossetti-Schuhe, in jeder Saison das neueste Modell, und wie sehr er sich braune Mokassins mit Quasten gewünscht hatte, die er ohne Socken tragen wollte, wenn er das Geld dafür zusammengespart hätte. Und jetzt besaß er ein Paar und mochte es nicht mehr, und wenn er sie doch einmal trug, dann mit Socken.

Er beugte sich vor. »Signor Duso?«

Keine Antwort.

»Signor Duso?«, wiederholte Brunetti.

Duso schreckte auf, sah seine Hand vor sich liegen und zog sie hastig zurück, bevor er sich aufrichtete. Er zupfte an seinen Ärmeln und richtete seine Krawatte. »*Sì*, Commissario?«, fragte er mit mühsam beherrschter Stimme.

»Meinen Sie, wir können weitermachen?«, fragte Brunetti. »Sie haben uns von Samstagabend erzählt«, fügte er hinzu, wohlwissend, dass das nicht stimmte. Aber vielleicht half es Duso, mit seiner Geschichte fortzufahren.

Duso legte beide Hände auf den Tisch, verschränkte die Finger und starrte sie an. »Marcello und ich wollten uns auf dem Campo Santa Margherita nach Mädchen umsehen.«

»Marcello Vio?«, fragte Brunetti.

Duso nickte. »Ja. Das machen wir alle paar Wochen, und vorigen Samstag war es wahrscheinlich zum letzten Mal warm genug, abends länger draußen zu sein.«

»Läuft es gewöhnlich gut für Sie?«

»Meistens«, sagte er, den Blick noch immer auf seine Hände gesenkt. »Manche haben mit mir zusammen studiert oder studieren immer noch, also kenne ich sie schon, oder wir treffen uns mit Mädchen, die Marcello kennt. Oder wir lernen Touristinnen kennen; manchmal gehen wir schwimmen.«

»Und die Mädchen, die Sie am Samstagabend getroffen haben – kannten Sie die?«

Er schüttelte den Kopf. »Nein. Die haben wir angesprochen. Ich kann Englisch; Marcello auch, allerdings nur sehr wenig, aber das hat den Mädchen nichts ausgemacht.«

Ob er vorhat, überlegte Brunetti, den zwei jungen Frauen die Schuld in die Schuhe zu schieben? Dass sie darauf bestanden hätten, nachts in die *laguna* hinauszufahren? Weil das doch so romantisch wäre? Und fahr schneller, bitte fahr schneller? Womöglich hätten die Mädchen auch noch vorgeschlagen, irgendwo an den Strand zu gehen?

»Warum?«, fragte Griffoni, vielleicht um derlei Ausreden zuvorzukommen.

»Nun ja, sie waren eben erst angekommen und den ganzen Tag herumgelaufen, waren fasziniert von der Stadt, und dann sagte eine der beiden, sie würde gerne die Kanäle bei Nacht sehen.« Er dachte kurz nach. »Da war es schon nach Mitternacht.«

»Aber Sie sind doch in die *laguna* hinausgefahren, oder?«, fragte Griffoni.

»Das war danach«, antwortete er.

»Wonach?«, fragte sie.

»Wir sind eine Stunde lang in der Stadt herumgefahren, dann meinte Marcello, ihm sei das zu langweilig, er habe Hunger und wolle zu dieser Bar drüben bei der Tolentinikirche, die hat bis zwei Uhr auf. Als ich das den Mädchen erklärte, lachten sie und sagten, sie hätten jede Menge zu essen dabei.«

»Um ein Uhr morgens?«, fragte Griffoni.

»Wir sind dann«, ging er über ihren Einwand hinweg, »zur Punta della Dogana gefahren und haben uns dort auf die Stufen gesetzt.« Seine Stimme entspannte sich ein wenig. »Sie hatten alles dabei: Salami, Schinken und Käse, zwei ganze Brote, Oliven und Tomaten. Das reichte für uns alle. Und eine Flasche Wein. Ich habe gefragt, wozu sie das alles mit sich schleppten, und sie sagten, sie hätten es am Abend auf ihr Zimmer mitgenommen, wenn sie in der Stadt keinen schönen Platz gefunden hätten.« Er sah zu Brunetti: »Und so veranstalteten wir ein Picknick.«

Lächelnd erzählte er weiter: »Als wir fertig waren, mussten wir alles einsammeln. Essensreste, Servietten, Einwickelpapier und Tüten wanderten in einen Plastikbeutel. Die, die JoJo hieß, legte ihn unter die Sitzbank hinten im Boot und meinte, den sollten wir morgen in die Mülltonne werfen.« Er saugte die Unterlippe ein, schloss kurz die Augen und sagte: »Wir mussten es ihr versprechen.«

»Und wie ging es weiter?«, fragte Griffoni.

»Wir sind … in die *laguna* hinausgefahren.«

»Wohin genau?«, fragte Brunetti, obwohl es letztlich nicht ins Gewicht fiel.

»Richtung Sant'Erasmo.«

»Ganz schön weit«, bemerkte Brunetti. »Und nachts nicht ungefährlich.«

»Ich weiß, ich weiß. Das habe ich Marcello auch gesagt, aber er meinte, jetzt seien wir schon mal unterwegs. Er wolle nur einmal um die Insel herumfahren und dann wieder zurück. Keine Ahnung, warum«, sagte er schulterzu-ckend.

»Dann beeil dich wenigstens, habe ich gesagt. Es war kalt und schon nach zwei, aber Marcello hat Salzwasser im Blut, auf einem Boot ist er in seinem Element. Es gibt nichts Schöneres für ihn. Also fuhren wir weiter, den Mädchen wurde kalt, mir auch, aber Kapitän Marcello wollte einfach nicht kehrtmachen.« Duso verstummte.

»Und dann?«, fragte Brunetti.

Duso sah zu Brunetti hinüber, nickte und nahm noch einen Anlauf. »Die beiden waren aufgestanden und hüpften frierend auf der Stelle, dabei hatten sie schon unsere Pullover über den Schultern.«

Wie er das Entscheidende vor sich herschiebt, dachte Brunetti. Doch dann kam es: »Plötzlich gab es einen Knall«, sagte Duso. »Fast wie eine Explosion, und das Boot kam zum Stillstand. Wasser schwappte über den Bug und die Seiten und durchnässte uns. Wir kamen so abrupt zum Stehen, wie wenn man bei *caigo* in eine Mauer reinläuft.« Als Venezianer benutzte er das venezianische Wort für sehr dichten Nebel.

»Die Mädchen stürzten. Ich war direkt neben ihnen, wurde aber vom Sitz geschleudert und hatte keine Chance, sie aufzufangen. Eine schlug mit dem Kopf an die Boots-wand, die andere fiel lang hin und landete halb auf mir, krachte aber auch an die Wand. Ich glaube, sie hat sich den Arm gebrochen oder das Handgelenk.«

»Und Sie?«

»Ich blieb erst mal liegen. Ich hatte mir den Kopf ange-schlagen und war ziemlich benommen. Die zwei fingen zu schreien an, und Marcello stöhnte laut, als hätte er einen schweren Treffer abbekommen.«

Er sah von einem zum anderen. »Ich wusste nicht, was ich tun sollte. Ich wusste nicht, wo wir waren und ob das Boot womöglich gleich unterging.« Er schloss die Augen. »Ich weiß nur noch, wie dunkel es war. Ich konnte Lichter sehen, weit weg, vielleicht auf Sant'Erasmo.« Unruhig atmend, fuhr er fort: »Es ist so schwarz da draußen, und alles ist so weit weg.«

Griffoni und Brunetti warteten schweigend, dass er sich beruhigte.

»Ich habe die Mädchen gefragt, ob alles in Ordnung mit ihnen sei.« Er versuchte zu lachen, aber es kam nur ein erstickter Laut heraus. »Vermutlich wollte ich in Wirklichkeit wissen, ob sie am Leben waren.«

»Sie jammerten. Irgendwie konnte ich sie nebeneinander hinlegen und mit den Pullovern zudecken. Dann ging ich zu Marcello und fragte, was mit ihm los sei. Er sagte, er sei an die Kante der Sitzbank gekracht und habe schlimme Schmerzen. Ich sagte, wir müssten zum Krankenhaus, wegen ihm und den Mädchen.« Duso spürte, dass ihm die Stimme zu versagen drohte, und holte mehrmals mit geschlossenen Augen tief Luft, bis er sich wieder unter Kontrolle hatte.

»Aber womit ist das Boot zusammengestoßen?«, fragte Griffoni.

»Mit einer *briccola*. Viele dieser Holzpfähle reißen sich los, weil die Gezeiten immer stärker werden, und dann treiben sie in der *laguna* umher. Die sind ziemlich groß, und es kommt ständig zu Unfällen.«

Brunetti ließ ihm keine Gelegenheit, die in der *laguna* lauernden Gefahren zu diskutieren. »Und weiter?«, fragte er.

»Marcello sagte, wir müssten zurück, ganz egal, wie. Ich wusste nicht, wo wir waren, und konnte das Boot nicht steuern. Also musste er das tun.«

»Und dann?«, fragte Brunetti.

»Die Mädchen lagen unten im Boot und jammerten leise vor sich hin, und ich saß neben Marcello und hielt ihn im Arm, um ihn warm zu halten. Der Motor funktionierte noch. Marcello sagte, wir bringen die Mädchen zurück, und dann müsste ich ihm helfen.«

»Wie hat er das gemeint?«

»Er sagte, wir bringen die Mädchen zum Pronto Soccorso.«

»Wie lange haben Sie zum Krankenhaus gebraucht?«, fragte Brunetti.

»Keine Ahnung, eine halbe Stunde vielleicht. Ich konnte nicht mehr klar denken, aber ich fand, es dauerte viel länger als auf dem Hinweg.«

»Und als Sie dort angekommen sind?«

»Marcello sagte, er könne auf den Steg klettern und das Tau halten, aber ich müsse die Mädchen hochheben und dort hinlegen. Er selbst habe zu starke Schmerzen.«

»Und so haben Sie es gemacht?«

Duso nickte mehrmals. »Er hat am Steg angelegt und ist raufgeklettert, wobei ich ihn von hinten stützen musste, damit er die Leiter hochkam. Dann gab ich ihm das Tau.«

»Und Sie konnten die beiden Mädchen hochheben?«, fragte Griffoni.

»Ja. Eine nach der anderen – sie wogen beide nicht viel. Ich hob sie auf den Steg. Sie sagten kein Wort. Ich dachte, vielleicht waren sie in Ohnmacht gefallen.« Brunetti vergegenwärtigte sich das Video: Duso hatte wohl tatsächlich keine große Mühe gehabt, die Mädchen bis zum Steg hochzuheben und auf die Planken zu schieben. Sie hatten sich nicht bewegt; an Pullover konnte Brunetti sich nicht erinnern.

»Und Marcello?«

»Der blieb unterdessen oben. Ich sagte, er solle den Alarmknopf neben dem Eingang drücken, aber er stand da wie gelähmt. Also bin ich raufgeklettert und habe selbst den Alarm betätigt, damit jemand kommt und sich um die Mädchen kümmert.« Er sah zu Brunetti, dann zu Griffoni. »Marcello stand nur da, hob eine Hand, als wollte er mich aufhalten, sagte aber nichts.« Da keine Zwischenfragen kamen, fuhr er fort: »Ich bin wieder ins Boot geklettert, und kurz darauf kam Marcello mir nach. Dann sind wir weggefahren.«

»Verstehe«, sagte Brunetti.

Duso starrte mit weit aufgerissenen Augen die Wand hinter Brunetti an. Er öffnete den Mund, setzte zum Sprechen an, hielt inne, öffnete ihn wieder und sagte schließlich: »Ich habe ihr Gesicht gesehen, als ich sie ablegte.«

9

W o waren Sie danach?«, brach Griffoni das Schweigen.

Duso sah kurz zu ihr hin und senkte den Blick. Er sagte nichts.

Seine Lippen zuckten, seine Lider flatterten. In seinem Kopf spielte sich offenbar eine andere Szene ab.

Brunetti und Griffoni verständigten sich mit Blicken, noch etwas zu warten. Schließlich sagte Griffoni: »Möchten Sie uns erzählen, wohin Sie danach gegangen sind, Signor Duso?«

»Oh, Verzeihung«, antwortete Duso. »Könnten Sie die Frage wiederholen, Dottoressa?«

»Wo waren Sie danach? Nachdem Sie die jungen Frauen vor dem Krankenhaus abgelegt haben.« Sie nickte aufmunternd.

Duso blinzelte, als erwache er aus einer Trance und brauche noch etwas Zeit, um sich zurechtzufinden. »Marcello«, begann er endlich, »ist Richtung Arsenale losgefahren, sehr schnell. Er müsse das Boot zurückbringen, sagte er immer wieder.« Brunetti fragte sich, wie stark das Boot beschädigt sein mochte, wollte aber nicht unterbrechen.

Der junge Mann fuhr fort: »Wir hatten unsere Pullover wieder angezogen. Sie waren nass, halfen aber gegen den Wind. Ich saß neben ihm: Ich wollte ihn immer noch warm halten. Aber ich bin immer wieder eingedöst.«

»Wo sind Sie hingefahren?«

»Richtung Arsenale, aber dann ist er irgendwo abgebogen, an der griechischen Kirche vorbei ins *bacino,* und da hat er Vollgas gegeben. Und dann weiß ich nur noch, dass wir plötzlich am Bootshaus seines Onkels anlegten.«

»Auf der Giudecca?«, fragte Brunetti.

»Ja.«

Brunetti fragte nicht weiter nach. Wo das war, würde er noch früh genug herausfinden. »Und dann?«

»Marcello sagte, wir müssten das Boot vertäuen und zudecken, aber vorher müssten wir es säubern«, erklärte Duso. »Marcello konnte sich kaum noch bewegen, also musste ich das Putzen übernehmen.«

Griffoni entging nicht, wie sich zum ersten Mal Gereiztheit in seine Stimme schlich. »Wann ungefähr war das, Signor Duso, als Sie das Boot zudecken sollten?«

Duso überlegte. »Gegen vier.«

»Danke«, sagte Brunetti. »Und wie ging es weiter?«

»Ich bin zur Haltestelle Palanca gegangen und habe auf das Vaporetto gewartet, aber da bin ich eingeschlafen. Der *marinaio* musste mich wecken, als das Boot kam.«

Brunetti nahm an, es kam bestimmt nicht selten vor, dass jemand von der Nachtschicht Leute aufrütteln musste, die auf einer Bank im *embarcadero* eingeschlafen waren. »Sind Sie nach Hause gefahren?«, fragte er.

»Ja. Natürlich«, sagte Duso, und dann wehleidig: »Wohin denn sonst?«

»Und am Tag danach?«, fragte Griffoni.

»Ich habe bis zum Mittag geschlafen und dann bei Nico gefrühstückt. Kaffee und eine Brioche.«

Brunetti verkniff sich die Bemerkung, dass Duso folglich

für einen großen Teil des Tages kein Alibi habe. »Und was noch?«

»Ich bin nach Hause gegangen und wieder eingeschlafen.«

»Bis wann?«, fragte Brunetti.

»Ungefähr bis acht.«

»Und dann?«, fragte Griffoni.

»Habe ich die Reste gegessen, die meine Mutter mir am Samstag mitgegeben hatte.«

»Und dann?«, bohrte sie weiter.

»Bin ich wieder ins Bett gegangen.«

»Haben Sie mit Signor Vio gesprochen?«, fragte Brunetti; die Telefondaten würden sich ja leicht ermitteln lassen.

Der Name seines Freundes ließ ihn aufhorchen. »Nein.«

»Er hat nicht angerufen?«

Duso legte die Hände offen auf den Tisch und schien die Runen darin zu entziffern. Offenbar sagten sie ihm, dass er gefahrlos die Wahrheit sagen durfte. »Er hat drei- oder viermal angerufen, aber ich bin nicht rangegangen.« Er schloss die Augen und sagte weiter nichts.

Brunetti musste an eine Bemerkung denken, die Stalin fälschlich zugeschrieben wurde: »Kein Mensch, kein Problem.« So formuliert, klang es eiskalt und erbarmungslos, für den Alltagsgebrauch jedoch ließ sich »kein Mensch« gut ersetzen: »kein Kontakt«, »keine E-Mail«, »kein Anruf«. Das Verblassen der Erinnerung, unser allzeit bereiter Helfer, kümmerte sich um die Einzelheiten, und schon war das Problem beseitigt.

»Warum, Signor Duso?«, fragte Griffoni.

Duso hob den Kopf und sah sie an. »Weil ich nichts davon wissen wollte.«

»Haben Sie im Krankenhaus angerufen?«, fragte sie.

Duso schwieg, doch weder Griffoni noch Brunetti dachten daran, ihm aus der Verlegenheit zu helfen, indem sie einfach eine andere Frage stellten: Beide waren entschlossen, so lange zu warten, bis er sich genauer erklärte. »Nein. Habe ich nicht«, sagte er endlich. Mehr nicht, doch die beiden warteten weiter.

»Am Montag bin ich zur Arbeit gegangen«, fing Duso schließlich an. »Jemand hatte den *Gazzettino* mitgebracht, und ich las den Artikel. Da stand nur, dass die Mädchen zum Krankenhaus gebracht und dort behandelt wurden und dass eine der beiden in Mestre operiert werden sollte.«

»Und das hat Ihnen gereicht?«, fragte Griffoni tonlos.

»Ja. Sie waren im Krankenhaus, also in guten Händen.«

Brunetti verzichtete darauf, Dusos Überzeugung, dass die jungen Frauen im Krankenhaus wirklich in guten Händen seien, zu erschüttern. Stattdessen fragte er: »Hat Vio erneut angerufen?«

»Ja. Um mir zu sagen, dass er den Artikel gelesen hat.«

»Sonst nichts?«, fragte Brunetti.

»Nein. Wir haben darüber gesprochen, und dann sagte er, anscheinend habe er sich bei dem Sturz im Boot etwas gebrochen.«

Brunetti beschloss, zur Sache zu kommen. »Avvocato Duso, ich fürchte, Ihnen ist nicht klar, dass Ihr Verhalten rechtliche Konsequenzen hat.« Er ließ dem jungen Mann Zeit, darauf zu antworten, aber es kam nichts.

»Erstens«, fuhr Brunetti fort, »haben Sie es unterlassen, einen Unfall zu melden, bei dem Personen zu Schaden gekommen sind. Obendrein haben Sie es unterlassen, diesen

Personen Hilfe zu leisten. Dies ist eine Straftat, zu Wasser wie zu Lande.«

»Aber wir haben ihnen doch Hilfe geleistet«, protestierte Duso. »Wir haben sie zum Pronto Soccorso gebracht.«

»Oder vielmehr, Signor Duso: Sie haben die beiden auf dem Steg ausgesetzt«, stellte Griffoni klar.

Sein Gesicht lief rot an vor Zorn oder Panik. »Das ist nicht wahr. Überhaupt nicht wahr. Ich habe den Alarmknopf an der Tür gedrückt.«

»Kann Ihr Freund das bezeugen?«, fragte Griffoni.

Duso antwortete zögernd: »Ich weiß nicht. Eigentlich müsste er es gesehen haben. Aber genau kann ich das nicht sagen.« Verunsichert von ihrer strengen Miene, fügte er hinzu: »Sie glauben doch nicht, ich würde sie da liegen lassen, ohne den Alarmknopf zu drücken?«

Griffoni lehnte sich zurück und verschränkte die Hände im Schoß. Nachdem sie mehrmals die aufrechten Daumen aneinandergetippt hatte, sagte sie schließlich: »Leider bleibt mir nichts anderes übrig, als genau das anzunehmen, Signore.«

»Was?«

»Dass Sie die zwei dort liegengelassen haben, ohne den Alarmknopf zu drücken.«

»Wie bitte?«, fragte er aufgebracht.

»Es gibt an diesem Eingang keinen Alarmknopf, Signor Duso. Früher gab es mal einen, aber der wurde vor ungefähr sechs Monaten entfernt.«

»Das verstehe ich nicht«, stammelte Duso.

»Es gab zu viele Fehlalarme, Signor Duso. Besonders im Sommer. Irgendwelche Leute fuhren mit dem Boot dort vor, im Schutz der Dunkelheit, kletterten rauf, hämmerten auf den Knopf und machten sich wieder aus dem Staub. Bis jemand aufmachte, war weit und breit keiner mehr da.«

Sie ließ ihm Zeit, das zu verarbeiten, und fuhr dann fort: »Ich war gestern dort. Es gibt keinen Alarmknopf. Die Mädchen wurden rein zufällig von jemandem gefunden, der mal eben zum Rauchen rausgegangen war.«

Duso starrte sie fassungslos an. »Man hat mir die Stelle gezeigt«, erklärte Griffoni, »wo der Knopf früher war.«

Duso schien eher verwirrt als verängstigt. »Aber ich habe den Knopf gedrückt.«

Brunetti sah zu Griffoni. Sie nahm die Hände auseinander und legte sie auf den Tisch. Er dachte an das Video und rief sich die Einzelheiten ins Gedächtnis. Die Kamera befand sich über der Tür und zeigte folglich weder das Gebäude noch den Alarmknopf.

Griffoni stützte die Hände auf den Tisch und drehte sich zu Brunetti um. Er ahnte, was sie vorhatte, und sagte, ihr zuvorkommend, lauter, als es seine Gewohnheit war: »Claudia, kann ich mal mit dir reden?«

Er stand auf, schob seinen Stuhl absichtlich mit viel Getöse über den Boden und knallte ihn gegen das Pult.

Griffoni folgte ihm so leise zur Tür, wie er laut gewesen war. Duso blieb mit seinen Gedanken allein.

Auf dem Flur sagte Brunetti: »Erzähl.«

Sie schüttelte verwirrt den Kopf. »Ich hatte es eilig, Guido. Ich bin mir sicher, da war ein Schild, aber an einen Alarmknopf kann ich mich nicht erinnern.«

Er überlegte kurz und fragte dann: »Hast du die Nummer des Pronto Soccorso?«

Während sie schon wählte, sagte er: »Sag einfach, jemand soll auf den Steg gehen, ein Foto machen und es dir schicken.«

Sie nickte bereitwillig. Jemand meldete sich, sie nannte ihren Dienstgrad und Namen und sagte, sie habe eine Bitte im Zusammenhang mit den zwei jungen Frauen, die am Wochenende auf dem Steg abgelegt worden seien. Die Erwähnung der Opfer räumte alle Hindernisse aus dem Weg, und drei Minuten später hatte Griffoni das Foto auf ihrem Handy.

»Pronto Soccorso« stand in Rot auf einem weißen Plastikschild an der Mauer neben der Automatiktür. Ein roter Kreis darunter war kreuzweise mit zwei Streifen schwarzen Isolierbands überklebt, aber in Teilen noch zu erkennen.

Sie hielt Brunetti das Foto hin. Der legte den Kopf schräg, und sein Blick verengte sich: »Schon möglich. Spätnachts, kopflos, in Panik.«

Griffoni sah sich das Ganze noch einmal an. »Schwer zu sagen.« Schließlich gab sie zu: »Wenn ich das gesehen hätte, hätte ich wahrscheinlich auch draufgedrückt.«

»Bleibt immer noch, dass er den Unfall nicht gemeldet hat«, sagte Brunetti, wusste aber selbst, dass das für ein Verfahren kaum reichen würde. Wie lange hätte ein Ambulanzboot gebraucht, dort hinauszufahren und die jungen Frauen zum Krankenhaus zu bringen?

»Gehen wir wieder rein?«, fragte Griffoni.

Aber Brunetti geriet plötzlich ins Grübeln. Er antwortete nicht, sondern blieb vor dem Vernehmungszimmer stehen und versuchte, sich an etwas zu erinnern, das einer der beiden Männer gesagt oder angedeutet hatte. Oder hatte es mit ihrer Reaktion auf den Unfall zu tun? Vio hatte es auf dem Weg zum Krankenhaus offenbar nicht eilig gehabt, was im Widerspruch nicht nur zur Aussage des Mädchens stand, dass er vor dem Unfall gar nicht schnell genug hatte fahren können, sondern auch zu der Tatsache, dass er schon mehrmals als Raser aufgefallen war.

Was hatte sich mit dem Unfall geändert? Gewiss, das Boot hatte Schaden genommen, aber wenn Vio es später noch bis zur Giudecca geschafft hatte, konnte es so schlimm nicht gewesen sein. Natürlich würde er sich seinem Onkel gegenüber verantworten müssen, trotzdem hatte er nicht gezögert, das Boot zu dessen Anlegestelle zurückzubringen.

»Guido?«, hörte er Griffoni sagen.

»Ja?«, fragte er.

»Lass uns wieder reingehen.«

Er ließ ihr den Vortritt. Duso hatte sich nicht vom Fleck gerührt. Er wirkte immer noch wie betäubt, als habe ihn aus heiterem Himmel ein schwerer Schlag getroffen.

»Sie können jetzt gehen, Signor Duso«, sagte Brunetti, ohne sich über die Gründe für diese Entscheidung auszulassen.

Griffoni erklärte: »Sie wissen, Signor Duso, unterlassene Hilfeleistung ist eine schwere Straftat. Sollten Sie beabsichtigen, die Stadt zu verlassen, müssen Sie uns vorgängig kontaktieren.« Sie ließ das wirken und fügte hinzu: »Egal, aus welchem Grund.«

Wie unter Drogen stand der junge Mann auf, nickte den beiden fahrig zu und ging.

»Was hältst du davon?«, fragte Brunetti, als sie in seinem Büro angekommen waren.

»Ich denke, er war wirklich überrascht, als ich ihm sagte, dass der Alarmknopf nicht mehr da ist.« Griffoni saß vor dem Schreibtisch, die Beine lang ausgestreckt. Sie kippelte nach hinten, verschränkte die Hände im Nacken und schloss die Augen. »Es war dunkel. Die beiden standen noch unter Schock nach dem, was passiert war. Oder auch von dem, was sie da taten. Kurz: Ja, er könnte das wirklich für den Alarmknopf gehalten haben.«

»Du glaubst ihm also?«, fragte Brunetti.

Sie ließ die Hände sinken und setzte den Stuhl sacht auf dem Boden ab. »Ich halte es für möglich« war alles, was sie sagte.

Sie schwiegen eine Weile, bis Griffoni schließlich bemerkte: »Ich nehme an, Duso hat sich in den vergangenen Tagen mit den Paragraphen zu unterlassener Hilfeleistung beschäftigt.« Lächelnd fügte sie hinzu: »Wahrscheinlich hat er auch einen Blick ins Seerecht geworfen.«

Sie wartete kurz und fuhr dann fort: »Sie hatten keine bösen Absichten, und sie haben sie, so schnell es ging, zum Krankenhaus gebracht. Das spricht sicher …«

Plötzlich hob sie die Stimme: »Aber hat Vio wirklich geglaubt, er könnte damit durchkommen? Die Mädchen einfach am Krankenhaus abladen und ab die Post, und niemand würde sich fragen, wer sie da hingebracht hat oder was geschehen war?« Sie sah Brunetti fragend an. »Hältst du ihn für so dumm?«

Aber statt weiter über Vios Intelligenz zu spekulieren, fassten sie lieber sein Verhalten ins Auge. »Warum ist er nicht selbst in die Notaufnahme gegangen?«, fragte Brunetti. »Mit so einer schweren Verletzung.«

»Adrenalin«, sagte Griffoni. »Beide hatten genug davon im Blut.«

»In diesem Fall«, folgerte Brunetti, »wäre er später ins Krankenhaus gegangen. Ist er aber nicht.« Ins Blaue hinein fügte er hinzu: »Er muss vor irgendetwas Angst gehabt haben, würde ich sagen.«

Beide ließen es dabei bewenden und setzten dann gleichzeitig zum Sprechen an. Griffoni: »Und jetzt?« Brunetti: »Ich verstehe das nicht.«

Schließlich meinte er: »Ich denke, ich höre mich morgen mal auf der Giudecca nach der Spedition von Vios Onkel um.«

»Soll ich mitkommen?«, fragte sie.

Beinahe hätte Brunetti zugestimmt, dann aber machte er sich klar, was dabei herauskommen konnte, wenn er versuchte, in Begleitung einer attraktiven großen Blondine, die ganz offensichtlich keine Venezianerin war, bei den Bewohnern der Giudecca Erkundigungen einzuziehen. »Ich glaube, ich mache das lieber allein«, antwortete er.

»Damit du sie unbefangener befragen kannst, auf diese verstohlene, durchtriebene Art, mit der ihr Venezianer euch untereinander verständigt?«, fragte sie.

»So in etwa.« Er lächelte unverbindlich. »Ich möchte die Leute nicht unnötig verwirren.« Griffoni sollte ruhig in dem Glauben bleiben, dass er von ihrem mangelhaften Venezianisch sprach, nicht von ihrer Erscheinung.

Sie stand auf und schüttelte nach dem langen Sitzen ihre Füße aus.

»Außerdem, wenn ich mitkommen sollte, müsste ich meinen Reisepass einpacken«, scherzte sie wie zum Beweis, dass sie nicht gekränkt war.

»Ich denke, die Leute auf der Giudecca sind es eher gewohnt, unsere Dienstmarken zu sehen, Claudia«, sagte Brunetti und fügte hinzu, ihr Tag sei lang genug gewesen, sie solle doch jetzt nach Hause gehen.

Sie erhob keine Einwände.

Als sie fort war, recherchierte Brunetti in seinem Computer und wurde schnell fündig: Borgato Trasporti, Giudecca 255, Frachtschifffahrt für die gesamte *laguna,* zu den Inseln, zum Festland, nach Jesolo und Cavallino. Kostenvoranschlag gratis. Seit 2010 im Geschäft. Inhaber Pietro Borgato. Er schlug die Adresse nach. Nummer 255 lag am Rio del Ponte Longo. Er steckte sein Handy ein und machte sich auf den Heimweg.

Unterwegs überlegte er, wer ihm mit Informationen zu dem Geschäft oder dessen Inhaber weiterhelfen könnte. Als Ersten rief er einen Tenente auf der Wache bei Sant'Eufemia an, der sagte, er kenne Pietro Borgato und könne ihn nicht sonderlich leiden. Nein, er habe der Polizei noch niemals Schwierigkeiten gemacht, nie etwas getan, wofür man verhaftet werden könne. Allerdings, als ihn vor Jahren der Hund eines Nachbarn gebissen hatte, habe er die Polizei gerufen und verlangt, dass der Hund eingeschläfert werde. Das war, erklärte er Brunetti, einer dieser Fälle, die man nicht vergisst. Brunetti dankte dem Kollegen, ohne wegen des Schicksals des Vierbeiners nachzufragen.

Als Nächsten rief er einen alten Klassenkameraden an,

der in der Personalabteilung von Veritas arbeitete, der Firma, die für die Müllabfuhr in Venedig verantwortlich war; nachdem sie sich kurz über ihre Kinder ausgetauscht hatten, erklärte Brunetti, er wolle die *spazzini* um einen Gefallen bitten.

»Die *spazzini*?«, wiederholte sein Freund. »Was um Himmels willen bringt dich dazu, mit den Müllmännern zu sprechen?«

»Nicht mit allen, Vittore, nur mit dem, der für Giudecca 255 zuständig ist.«

»Na schön«, antwortete sein Freund nach kurzem Zögern und bat Brunetti zu warten, er müsse erst nachsehen. Nach einer Minute meldete er sich wieder: »Valerio Cesco, 378 446 3967. Reicht das?«

»Absolut«, sagte Brunetti, notierte die Nummer und dankte überschwenglich.

Er beendete das Gespräch und tippte die Rufnummer ein. Beim zweiten Klingeln meldete sich jemand.

»Signor Cesco«, sagte Brunetti und verschluckte sich fast an dem breiten Venezianisch, zu dem er sich zwang. »Hier spricht Commissario Guido Brunetti.«

»Commissario von der Polizei?«, fragte Cesco.

»*Sì*«, antwortete Brunetti. Da Cesco schwieg, fuhr er fort: »Ich habe eine Frage zu jemand auf Ihrer Route.«

»Um wen geht es?«

»Pietro Borgato.«

Brunetti lauschte dem Schweigen. Erst nach geraumer Zeit fragte Cesco: »Warum fragen Sie nach ihm?«

»Wir sind auf ihn aufmerksam geworden«, antwortete Brunetti.

»Ah«, sagte Cesco gedehnt. »Er hat ein Transportgeschäft.«

»Ja. Das weiß ich.«

»Viele Boote. Und viel Hin und Her.«

»Na, freut mich, dass er gut zu tun hat«, gab Brunetti freundlich zurück.

»Ja. Hat er«, erklärte Cesco trocken.

»Können Sie mir irgendetwas über sein Transportgeschäft sagen?«

Cesco stieß eine Mischung aus Schnauben und Seufzer aus. »Nicht am Telefon«, meinte er.

»Sehr vernünftig«, antwortete Brunetti. »Können wir uns treffen?«

»Ich fahre gewöhnlich um 6:52 Uhr von den Zattere nach Palanca, aber wenn Sie wollen, können wir uns um 6:40 Uhr am *embarcadero* treffen und das frühere Boot nehmen.«

Brunetti riss sich zusammen und fragte munter: »Ich nehme an, Sie sprechen von morgen früh?«

»*Sì*, Signore.« Da Brunetti nicht gleich antwortete, fügte er hinzu: »Seien Sie froh, dass wir nicht Januar haben.«

Brunetti lachte laut auf und sagte, er werde pünktlich sein. Dann steckte er das Handy ein und rief: »Was habe ich getan?«

10

Das Abendessen nahm der Vorstellung, am nächsten Morgen so früh aufstehen zu müssen, viel von ihrem Schrecken, ja Brunetti lachte über sich selbst, dass ihm diese Lappalie so bedrohlich erschienen war.

Paola hatte ein Brathähnchen zubereitet, gefüllt mit Rosmarin und Thymian, dazu Quinoa. Die Kräuter, erzählte sie, habe sie aus dem Garten einer Kollegin entwendet, bei der sie nach der Arbeit ein Buch abgeholt hatte.

»Entwendet?«, fragte Chiara.

»Die Pflanzen standen in ihrem Garten«, erklärte sie ihrer Tochter, »zugewuchert, ungepflegt, vertrocknet – verwahrlost, könnte man sagen –, ich habe sie nur ein wenig zurechtgestutzt. Es war ein Akt der Befreiung.«

»Du hast sie nicht gefragt?«, ließ Chiara nicht locker.

»Ich habe die Kräuter erst bemerkt, als ich schon zur Tür draußen war«, erklärte Paola schon weniger geduldig.

Chiara, der der Verzehr von Fleisch nicht behagte, behagte die Rechtfertigung einer Gesetzesübertretung schon gar nicht.

»Wenn sie irgendein Armband nicht mehr tragen möchte, und dir gefällt es, würdest du das dann auch ›befreien‹?«

Raffi, der aufmerksam zugehört hatte, musste grinsen und wandte sich schnell wieder dem Hähnchenschenkel zu, bevor Paola seine Miene sehen konnte.

Statt ihrer Tochter zu antworten, wandte Paola sich an Brunetti: »Sag du mal was. Als unser Fachmann für Logik.«

»Der bin ich«, meinte Brunetti nur und spießte ein Stück Fleisch auf.

»Und wie würdest du das nennen, was Chiara gerade behauptet hat?«

Brunetti legte die Gabel hin und trank einen Schluck Wein. Dann sah er zu seiner Tochter und erklärte in sehr ernstem Ton: »Ich fürchte, du bist dem *argumentum ad absurdum* zum Opfer gefallen. Die von dir angeführten Fälle ähneln sich, sind aber nicht identisch, so einleuchtend der Vergleich beim ersten Hören auch sein mag.«

Er leerte sein Glas, schenkte sich nach und fügte hinzu: »Es ist also nur ein rhetorischer Trick.« Bevor sie etwas zu ihrer Verteidigung sagen konnte, bemerkte er lächelnd: »Sehr clever, das muss ich zugeben, und oft von Erfolg gekrönt.«

»Das sehe ich auch so«, sagte Paola. »Aber ich finde, wenn es von dir kommt, klingt es überzeugender.«

»Weil ich der König der Logik bin?«

»So etwa«, räumte Paola ein.

Chiara, deren Gabel über den Zucchini schwebte, die ihre Mutter mit denselben Kräutern wie das Hähnchen gefüllt hatte, antwortete spitz: »Viele Leute argumentieren so, vergleichen zwei Dinge miteinander, die in Wirklichkeit ganz verschieden sind.«

Raffi pflichtete ihr bei: »Politiker machen das andauernd.«

»Ich verstehe sowieso nicht, wie man sich mit Politik beschäftigen kann«, erklärte Chiara.

»Wie bitte?«, fragte Paola.

»Du hast mich schon verstanden, *mamma*. Wozu die

Aufregung? Die Leute reden über Politik, die Regierung wechselt, die Leute ereifern sich weiter, dann kommt die nächste Wahl, und die Politiker erzählen immer noch dasselbe, und nichts ändert sich.«

»So, mein Engel, habe ich in deinem Alter auch gedacht«, bemerkte Paola und kam Chiaras Protest zuvor: »Und denke ich immer noch.«

Brunetti wünschte sich sehnlichst, sie würden aufhören oder das Thema wechseln. Wenn er doch nur alle Stunden, die er in seinem Leben mit Gesprächen über Politik und Politiker verbracht hatte, irgendwie aneinanderreihen und an die ihm verbleibende Zeit anhängen könnte – wie viel länger würde er dann noch leben? Und vor allem: Was könnte er mit dieser Zeit anfangen? Vielleicht eine andere Sprache lernen oder stricken und Pullover oder lange Schals für die ganze Familie fabrizieren. Bis zu welchem Gürtel im Judo könnte er es schaffen?

»Guido? Guido?«

Er sah lächelnd zu Paola und fragte: »Ja, meine Liebe?«

Sie verdrehte die Augen, warf aber nicht die Hände in die Luft, denn darin hielt sie eine große Schüssel. »Ich habe gefragt, ob du Kakis mit Sahne haben möchtest.« Paola stellte die Schüssel neben eine zweite, mit einer Kumuluswolke aus Schlagsahne darauf. Sie schaufelte zwei Löffel Kakipüree in eine Schale und schob Brunetti die Sahne hin.

»So viel Vertrauen hast du zu mir?«, fragte er übertrieben besorgt.

»Nein, aber ich habe noch nie erlebt, dass du die Kinder hungern lässt.« Sie löffelte das glibbrige Püree in zwei weitere Schalen und schob sie den Kindern hin.

Brunetti strich den Inhalt seiner Schale mit dem Löffel glatt und schaufelte Sahne darüber. Für ihn sah das aus wie ein orangefarbenes Meer, auf dem dicke Wolken trieben.

Dann nahm er noch einen Löffel Kaki und ließ den Brei auf die Wolken tröpfeln.

»Guido«, sagte Paola mit ihrer Lehrerinnenstimme, »wenn du weiter mit dem Essen spielst, gehst du auf dein Zimmer.«

»Darf ich die Schüssel mitnehmen, Fräulein?«

Paola schob ihre Schale weit von sich weg und ließ den Kopf auf die Tischdecke sinken. »Er treibt mich in den Wahnsinn, und wenn ich dann auf dem Dachboden einge-sperrt bin, wird er sich um die Kinder kümmern müssen.«

So gern er den Rest ihrer Geschichte gehört hätte, ant-wortete Brunetti – der es herzlos gefunden hätte, weiterzu-essen, während sie ihre tragische Zukunft ausmalte – doch mit normaler Stimme: »Es schmeckt wirklich wunderbar, Paola. Ich mag es, dass du immer ein bisschen Zucker unter die Sahne mischst.«

Paola richtete sich auf, dankte ihm für das Kompliment und machte sich über ihren Nachtisch her. Die Kinder wa-ren längst fertig und hielten ihr wie hungrige Küken mit leisen Klagelauten ihre leeren Schalen hin.

Mitten in der Nacht erwachte Brunetti aus einem Traum, in dem er am Steuer eines Autos saß und mit Vollgas eine Allee entlangraste; während sich sein Gefährt einer Kurve näherte, tastete er auf dem Beifahrersitz nach einer Flasche Gin, einem Getränk, das er verabscheute. Gerade als er die Flasche an die Lippen setzte, schüttelte es ihn heftig, er riss die Augen auf. Das Auto, die Straße sowie der Gin waren verschwunden, und er hatte plötzlich eine Erklärung dafür, warum Vio auf dem Weg zum Krankenhaus so langsam gefahren war.

Wäre er von der Polizei angehalten worden – mit den verletzten jungen Frauen im Boot und dem Unfallschaden am Bug –, hätten sie ihn und Duso auf Alkohol und Drogen getestet, und wenn der Test positiv ausgefallen wäre, hätte er seine Zulassung verloren und mit einem Strafverfahren rechnen müssen. Nachdem sie am Krankenhaus angelegt hatten, wies nichts mehr auf einen Unfall hin, und folglich riskierte er weniger, wenn er schnell fuhr.

Mit dieser Erkenntnis schlief er wieder ein, bis ihn um 6:15 Uhr der Wecker aus dem Schlaf riss.

Als Brunetti am *embarcadero* Zattere eintraf, warteten dort bereits sieben Leute. Die drei Frauen und den Priester konnte er ausschließen, blieben noch ein Mann in frischgebügelten Jeans, weißen Ledersneakern und brauner Wildlederjacke, ein Weißhaariger im Geschäftsanzug und ein etwa Dreißigjähriger in modisch zerfetzten Jeans, weißen Sneakern und kurzer blauer Matrosenjacke.

Er trat auf den Mann in der Wildlederjacke zu und fragte: »Signor Cesco?«

Der sah ihn überrascht an, während der in der blauen Jacke sagte: »Das bin ich, Signor Brunetti.« Er kam auf den Commissario zu, gab ihm die Hand und zog ein Päckchen Zigaretten aus der Tasche. »Gehen wir raus, solange ich rauche«, sagte er freundlich. Seine Haut war wettergegerbt wie bei vielen, die immer im Freien arbeiten. Kurzgeschnittenes dunkles Haar, über den Ohren schon leicht ergraut. Im Gesicht Spuren von Aknenarben aus seiner Jugend, aufgeweckte Augen, ein breites Lächeln.

»Ich sehe offenbar nicht wie ein *spazzino* aus«, sagte er. Auf der Plattform außerhalb der überdachten Anlegestelle zündete er seine Zigarette an und inhalierte genüsslich. »Darf ich das als Kompliment auffassen?«

Brunetti zuckte die Schultern. »Mein Vater war Hafenarbeiter«, meinte er lächelnd, aber nicht mehr mit so starkem venezianischem Akzent. »Deshalb käme ich nie auf die Idee, dass man sich schämen müsste, wie ein *spazzino* auszusehen.«

»Sagen Sie das mal meinen Kommilitonen«, erwiderte Cesco, diesmal mit ernstem Gesicht.

»Kommilitonen?«, fragte Brunetti neugierig.

»An der Ca' Foscari. Ich habe vor sechs Jahren meinen Abschluss in Architektur gemacht.«

Brunetti nickte, sagte aber nichts.

»Wie Sie«, fuhr Cesco fort, »hatte auch ich keinen Vater, der mir einen Job in seinem Büro verschaffen konnte, und seine Freunde konnten mich auch nicht unterbringen.« Er rauchte behaglich Richtung San Basilio gewandt, von wo das Boot kommen musste. Nach einem letzten Zug ging er zu dem Abfalleimer am Eingang der Haltestelle, drückte die Zigarette aus und warf sie hinein. Wieder bei Brunetti, wies er mit dem Kinn nach dem Abfalleimer und sagte: »Weniger Arbeit für meine Kollegen auf dieser Seite.«

Brunetti nickte. »Was ist mit Pietro Borgato?«, fragte er.

Cesco stützte sich aufs Geländer. »Dürfen Sie mir sagen, warum Sie sich für ihn interessieren?« Doch da unterbrach sie das Nahen des Boots. Es stieß sanft an den Kai und hielt an.

Brunetti ging an Bord; Cesco und die anderen folgten. Der *marinaio* schob das Gitter zu. Die meisten blieben während der kurzen Überfahrt an Deck, die zwei Männer schwiegen. Auf der anderen Seite stiegen sie aus, und erst auf der *riva* vor dem *embarcadero* antwortete Brunetti auf Cescos Frage: »Nein, das darf ich Ihnen nicht sagen.«

»Das habe ich mir gedacht«, antwortete Cesco, »aber schön, dass ihr euch für ihn interessiert.«

Brunetti sah ihn fragend an.

Cesco lehnte sich an das Geländer. »Weil er es in der Welt zu was gebracht hat.« Grinsend fügte er hinzu: »Und weil ich ihn nicht mag.«

»Warum?«, fragte Brunetti.

Cesco dachte kurz nach. »Weil er mich herumkommandiert. Und mir sagt, wie ich meinen Job zu tun habe.«

Lächelnd bat Brunetti: »Geht das etwas genauer?«

Cesco machte ein paar angedeutete Liegestütze an der Geländerstange, während er sich seine Antwort zurechtlegte. Schließlich sagte er: »Einmal kam er mit einem Müllsack heraus, als ich gerade etwas auffegte – einen Hundehaufen, glaub ich –, und da sagt er, ich solle das mit Wasser wegspülen, und wirft mir den Sack vor die Füße. Er hätte ihn genauso gut in meinen Karren legen können, aber nein, er lässt ihn einfach fallen.«

»Wie haben Sie reagiert?«

»Ich habe den Hundehaufen aufgefegt, den Müllsack in meinen Karren gelegt und bin gegangen.«

»Hat er was gesagt?«

»Er hat mir nachgeschimpft: *Sei uno stronzo*.«

»Und Sie?«

»Ich bin weitergegangen und habe die Säcke vor den nächsten Häusern eingesammelt.«

»Und er?«

»Keine Ahnung. Ich hatte zu tun.«

Dies genügte Brunetti als Eindruck. Er kam auf sein Thema zurück. »Woher wissen Sie, dass er es zu was gebracht hat?« Und dann: »Wenn ich fragen darf.«

»Weil ich der Müllmann bin«, sagte Cesco mit triumphierendem Grinsen. »Meine Route führt mich auf einen Hof gegenüber dem Kanal, in dem seine Boote liegen. Da mache ich in der Früh gern mal eine Zigarettenpause. Manchmal lasse ich den Karren dort stehen und gehe einen Kaffee trinken, komme zurück und rauche noch eine.« Brunetti fragte sich schon, ob er womöglich in die Hände eines Phantasten geraten sei, der ihm jeden Moment erzählen werde, Pietro Borgato sei einer von denen, die ihren Müll im Kanal versenken, und Brunetti solle ihn verhaften. Er ließ sich aber nichts anmerken und nickte Cesco ermunternd zu.

»Als ich vor ein paar Monaten in den Campiello Ferrando ihm gegenüber einbog, fielen mir vor seinem Haus zwei Boote auf, *cabinati* mit geschlossenen Kabinen. Große Boote, ziemlich neu, aber nicht brandneu, wenn Sie wissen, was ich meine.«

Brunetti nickte.

»Andere Boote als die er schon hatte, eher wie Taxis, nur größer«, sagte Cesco. »Dann kamen zwei Männer mit einem Motor aus dem Bootshaus, mindestens 250 PS, wenn nicht mehr.« Da sie sich auf Venezianisch unterhielten, ging der Müllmann davon aus, dass Brunetti eine so ungeheure PS-Stärke richtig einzuschätzen wusste: Das war sehr viel mehr, als für den Transport selbst der schwersten Frachten erforderlich war.

Und tatsächlich bemerkte Brunetti verblüfft: »*Madonna Santissima.* – Und Sie? Was haben Sie gemacht?«

»Ich habe meinen Karren am üblichen Platz geparkt, geräuschvoll den Besen reingeworfen, mir eine Zigarette angezündet und hinter dem Karren Position bezogen. Genau wie immer sechsmal die Woche in den letzten vier Jahren.«

»Sie waren also unsichtbar?«, unterbrach Brunetti, um zu zeigen, dass er begriff.

»Richtig«, bestätigte Cesco. »Ich stand da, rauchte meine Zigarette und beobachtete die beiden. Sie gingen ins Lager zurück und schleppten noch einen Motor heraus. Dieselbe Größe.« Er legte eine Kunstpause ein, und Brunetti wusste, der große Knalleffekt stand unmittelbar bevor. »Und dann?«, soufflierte er.

Cesco war seine Genugtuung anzumerken. »Sie bauten den ersten Motor ein. Borgato kam dazu und trieb sie an wie Maultiere. Beschimpfte sie, wies sie zurecht, verfluchte ihre Mütter, schrie immer wieder, sie sollten sich beeilen mit Einbauen.«

Er sah zu Brunetti, aber der nickte nur und überließ es Cesco, endlich auf den Punkt zu kommen.

»Ich sah auf die Uhr, zehn Minuten hatte ich da gestanden, also kam ich hinter dem Karren hervor, warf die Kippe auf den Boden, nahm den Besen und fegte ein bisschen, so wie jeden Tag. Dann verstaute ich den Besen und ging.«

»Haben die Sie bemerkt?«

»Wie Sie gerade sagten«, erklärte Cesco mit breitem Lächeln, »bin ich unsichtbar. Als ich nach drei Stunden meine Route beendet hatte, brachte ich den Karren ins *magazzino*, so wie jeden Tag.«

Brunetti tat ihm den Gefallen und fragte: »Und dann?«

»Bin ich zu dem Hof zurückgegangen.«

»Und?«

»Die beiden Boote waren weg.« Schon wollte er sich noch eine Zigarette anzünden, zog aber die Hand zurück und fuhr fort: »Seitdem habe ich die Boote mehrmals gesehen. Aber immer nur frühmorgens.«

Brunetti sah ihm an, dass er noch nicht fertig war, und blieb so ungerührt und reglos stehen wie eine Eiche.

Cesco erlag der Versuchung und zündete sich nun doch eine weitere Zigarette an und blickte Brunetti ins Gesicht: »Als ich einmal, an einem Regentag«, begann er, »meinen Karren dort abstellte, lag eins dieser großen Boote drüben vertäut. Er und sein Neffe – wie heißt er noch? Marcello? – waren mit einem Schlauch darauf zugange, spritzten es ab. Der Neffe kniete an Deck, wischte das Wasser mit einem Lappen auf und wrang ihn über die Bordwand aus. Borgato schimpfte die ganze Zeit, er solle schneller machen.«

Cesco nahm seelenruhig ein paar Züge an seiner Zigarette. Brunetti tat keinen Mucks.

»Borgato ging ins Bootshaus, kam mit einem schwarzen Müllsack zurück und fing an, irgendwelche Sachen von Deck aufzusammeln und in den Sack zu stecken.«

»Konnten Sie sehen, was das war?«, fragte Brunetti.

»Kleidung: Eine Jacke, Schuhe, ein Tuch. Das weiß ich noch, weil all die Farben im Regen leuchteten.«

»Haben Sie sonst noch etwas gesehen?«

Cesco schüttelte den Kopf. »Als sie schließlich fertig waren, ließ der Neffe den Motor an, setzte rückwärts aus dem Kanal, wendete, und sie fuhren davon.«

»Haben Sie irgendeine Idee, wo sie hin sind?«

»Nein.« Cesco ging zum Eingang des *embarcadero,* drückte seine Zigarette aus, entsorgte sie im Mülleimer und meinte: »Die Macht der Gewohnheit.« Dann ergänzte er im Näherkommen: »Seither habe ich die Boote nicht mehr gesehen.« Er sah auf die Uhr. »Ich muss jetzt los.«

Damit wandte er sich vom Wasser ab und reichte Brunetti die Hand, der sie bereitwillig schüttelte.

»Danke für Ihre Hilfe.«

Cesco versenkte die Hände in den Taschen. »Gern geschehen«, sagte er und verschwand die *riva* hinunter, ein Mann auf dem Weg zur Arbeit.

Brunetti blieb noch ein wenig stehen und kehrte dann auf einen Kaffee, eine Brioche und noch einen Kaffee bei Palanca ein. Von dort ging er über den Ponte Piccolo und nahm die erste *calle* rechts zum Campiello Ferrando, der an einem Kanal endete. Noch einmal rechts, und er gelangte mit drei Schritten in einen Innenhof, weiter ging es nach links, nach rechts, bis er wieder vor dem Kanal stand, rechts von ihm ein Garten. Auf der anderen Seite des Kanals war ein Lagerhaus mit zwei Booten davor. Das musste es sein.

Brunetti ging zur *riva* zurück, blieb eine Weile stehen und sah zu, wie die Sonne den Tag zum Leben erweckte. Zu seiner Überraschung war es erst kurz vor acht. Er bummelte zur Haltestelle Redentore und wartete auf die Nummer zwei.

11

Da Brunetti es nicht eilig hatte, zur Arbeit zu kommen, spazierte er von der Haltestelle Vallaresso zur Piazza San Marco, um den so früh am Morgen kaum bevölkerten Platz in Augenschein zu nehmen. Tatsächlich hätte er die Leute dort an einer Hand abzählen können. Er schlenderte umher, erfreute sich an den im Wind flatternden Fahnen und den Pferden, die überm Portal des Doms mit zierlich erhobenen Vorderläufen auf die Piazza hinunterblickten, als überlegten sie, welchen Weg sie einschlagen sollten. Wie wunderschön sie waren, wenn auch nur Kopien, kühn und üppig wie so vieles, was sich ihm hier darbot.

Angesichts der fast menschenleeren Piazza fiel ihm die Mahnung ein, die seine Mutter ihm oft erteilt hatte: Bedenke, was du dir wünschst, es könnte in Erfüllung gehen. Jahrelang hatten wir Venezianer gewünscht, die Touristen sollten verschwinden und uns unsere Stadt zurückgeben. Tja, der Wunsch wurde erfüllt, und was haben wir jetzt davon?

Er schüttelte den Gedanken ab, blieb neben dem Glockenturm stehen und nahm das Panorama in sich auf. Konnte ein gewöhnlicher Sterblicher unempfindlich hierfür sein? Doch das war eine rhetorische Frage; achselzuckend wandte er sich ab und setzte seinen Weg zur Questura fort.

Als Erstes schaute er in Signorina Elettras Büro vorbei, doch die war außer Haus. Er wollte schon gehen, da bemerkte er Vice-Questore Giuseppe Patta, der im Durchgang zu seinem Büro stand und ihn beobachtete. Brunetti war erleichtert, weit genug von ihrem Schreibtisch stehen geblieben zu sein, so dass er nicht den Anschein erweckte, als schnüffle er in Signorina Elettras Papieren.

»Guten Morgen, Vice-Questore«, sagte er. »Ich wollte zu Signorina Elettra.«

»Warum?«, fragte Patta zu seiner Verblüffung; normalerweise zeigte der Vice-Questore keinerlei Interesse an Polizeiangelegenheiten, es sei denn, sie stellten seine Autorität in Frage oder verlangten eine Entscheidung.

»Ich hatte sie gebeten, etwas für mich in Erfahrung zu bringen, Dottore«, antwortete Brunetti vage.

»In welcher Sache?«, fragte Patta so ruhig, dass Brunetti sogleich Unheil witterte.

»Ihr Vater kennt einen sehr guten Uhrmacher auf der Giudecca. Ich habe eine alte Omega, die mein Großonkel …«

»Giudecca?«, fuhr Patta dazwischen. »Haben die nicht einen ganz schlechten Ruf?«

Brunetti gestattete sich ein kleines Lachen. »Ich denke, das geht auf alte Legenden zurück, Dottore. Aus der Generation meiner Eltern.«

»Sie wollen diese Leute doch nicht etwa beschützen, Brunetti?«

Statt zu sagen – wie man es bei jemand Fremdem tun würde –, dass die Giudecchini so schnell vor nichts geschützt werden müssten, antwortete Brunetti mit einem weiteren kleinen Lachen: »Selbstverständlich nicht, Vice-Questore.«

Zufrieden wandte Patta sich ab und verschwand in seinem Büro.

Als Nächstes ging Brunetti zu Vianello. Er betrat den Bereitschaftsraum im Erdgeschoss und sah den Ispettore am hinteren Ende mit zwei Beamten sprechen, alle drei in Uniform. Vianello signalisierte ihm, er komme gleich. Auf Vianellos Schreibtisch lag der neueste *Gazzettino*, Brunetti begann, in der Zeitung zu blättern. Er überflog eine Meldung über die Festnahme zweier Politiker in der Lombardei, die Wählerstimmen gekauft hatten; in einem anderen Artikel ging es um eine Großrazzia, bei der 138 Mafiakollaborateure festgenommen worden waren: Politiker, Geschäftsleute, Anwälte, ein Banker, alle beteiligt an Kreditwucher und dem Zuschustern von Straßenbauaufträgen. Zur Illustration gab es zwei der längst alltäglichen Fotos von eingestürzten Autobahnbrücken und Nahaufnahmen von bröckelnden Betonpfeilern, die mit ihren an allen Seiten herausstehenden Eisenstangen für Autofahrer nicht gerade vertrauenerweckend wirkten.

Er schob die Zeitung gelangweilt zur Seite; darunter kam *La Repubblica* zum Vorschein. Da er vom Zustand des Landes genug gelesen hatte, schlug er den Kulturteil auf. Und was erblickten seine staunenden Augen? Die Rezension einer neuen Übersetzung von Tacitus' *Annalen*! Die hatte er als Student im Original gelesen – freilich mit Hilfe einer Übersetzung, die ihm schon damals äußerst fade vorgekommen war; dennoch hatte hinter dem schwierigen Latein und der drögen Übersetzung etwas Geniales hervorgeblitzt.

Als Vianello neben ihm auftauchte, ließ Brunetti die Zeitung sinken.

»Der *Gazzettino* ist dir wohl nicht gut genug?«, fragte

Vianello und wies mit dem Kinn nach der beiseitegeschobenen Zeitung.

»Der ist für niemanden gut genug«, antwortete Brunetti.

»Warum liest du ihn dann jeden Tag?«

»Stimme des Volkes«, gab Brunetti zurück. »Er spricht von dessen Sorgen, Vorlieben, Verbrechen.«

Vianello machte ein skeptisches Gesicht.

»Außerdem«, gab Brunetti zu bedenken, »steht dort immer, welche Apotheken am Sonntag offen haben.« Er schob die Zeitungen zusammen.

Vianello nahm vor dem Schreibtisch Platz. »Also, was gibt's?«

»Ich möchte dir etwas erzählen«, sagte Brunetti.

Vianello nahm Brunettis veränderten Tonfall wahr und rückte mit dem Stuhl näher.

»Ich war heute früh auf der Giudecca, um mir die Stelle anzusehen, wo Vios Onkel sein Transportgeschäft hat. Aber vorher habe ich mit dem Müllmann gesprochen, der für die Gegend zuständig ist.«

»Mit dem Müllmann?«, fragte Vianello überrascht.

»Er hat mir erzählt, Borgato besitze neue Boote, die aber nicht dort festgemacht sind«, erklärte Brunetti und berichtete dann, was er von Cesco über die Motoren erfahren hatte, über ihre Größe, viel zu groß für normale Transporte.

Vianello hatte sofort verstanden: »Wenn er kein Fischer mit einem sehr großen Boot ist, braucht er so starke Motoren nicht.« Sein Interesse war geweckt. »Ist das alles, was er dir erzählt hat?«

Brunetti antwortete zögernd: »Im Prinzip ja, aber es hat

sich nicht so angehört, als ob er besonders viel für Borgato übrig hat.«

»Also kein zuverlässiger Zeuge.«

Brunetti ging darüber mit einem Achselzucken hinweg; er wusste selbst, wie wenig zuverlässige Zeugen es gab. »Er ist klug und ein guter Beobachter. Er hat zwei Männer gesehen, die die Motoren – mindestens 250 PS, wie er sagt – installiert haben. Seine Meinung über Borgato ändert nichts daran.«

Vianello lehnte sich zurück und verschränkte ohne ein Wort die Arme.

»Schon gut, schon gut, Lorenzo«, räumte Brunetti ein. »Es sind große Motoren auf Booten von jemand, der in der *laguna* Sachen befördert – von dem allerdings gemunkelt wird, er sei an Schmuggelgeschäften beteiligt.«

»Vielleicht braucht er die einfach zum Transport größerer Mengen«, sagte Vianello; nach einer langen Pause fügte er versöhnlich hinzu: »Meinetwegen. Ich werde ein paar Leute bitten, die Augen offenzuhalten.«

»Es könnte auch sein, dass er mit diesen Booten auf die Adria hinausfährt, um diese größeren Mengen abzuholen«, meinte Brunetti.

»Und worum könnte es sich handeln?«, fragte Vianello.

»Ich fürchte, da werden wir die Guardia Costiera um Unterstützung bitten müssen.« Ein Lächeln huschte über Brunettis Gesicht, als ihm ein Freund einfiel, der in dieser Angelegenheit nützlich sein könnte.

Brunetti hatte im Lauf der Jahre viele Freundschaften geschlossen: Manche hatten jahrzehntelang gehalten, andere hatten ihn eine Zeitlang begleitet und sich dann aufgelöst, oder genauer gesagt, er hatte das Interesse daran verloren und sich einfach nicht mehr gemeldet. Zu seinen Freunden zählten auch einige, die Paola »Guidos Streuner« nannte, Männer und Frauen, die auf den ersten Blick nicht in das Leben zu passen schienen, das sie sich ausgesucht hatten oder in das sie hineingestolpert waren. Aber Außenseiter waren sie nicht, denn die meisten von ihnen hatten ihren Platz gefunden und lebten dort durchaus zufrieden. Nur ihre Umwelt mühte sich vergeblich zu verstehen, warum sie sich dort eingerichtet hatten.

Brunetti wusste aus Erfahrung, wie Menschen am falschen Platz im Leben gefangen sein können. In seiner Schulzeit hatte er Giovanni Borioni kennengelernt, Sohn des Marchese einer Kleinstadt im Piemont, deren Namen Brunetti immer wieder vergaß. »Rocca Soundso« hatte Giovanni sie genannt, und dieser Name hatte den richtigen verdrängt. Giovanni lebte mit seiner Mutter nach deren Scheidung von dem Marchese in Venedig. Der Marchese war in Turin geblieben, bestand aber darauf, dass sein ältester Sohn eine klassische Ausbildung machen sollte: Also kam Giovanni auf das auch von Brunetti besuchte *liceo classico* und musste Latein lernen, wofür er wenig Begabung zeigte.

Drei Jahre lang gab Brunetti seinem Freund Giovanni Nachhilfe in Latein und anderen Fächern. Gemeinsam machten sie das Abitur, und Brunetti war nicht weniger stolz als der Marchese, dass Giovanni es geschafft hatte; auf der Abschlussfeier hatte er ihn umarmt, als der Name aufgerufen wurde. Dass Giovanni da schon längst nichts mehr von »*amo, amas, amat*« wusste, spielte weiter keine Rolle.

Giovanni ließ darauf die lateinische Grammatik endgültig hinter sich, durchkreuzte die Pläne, die sein Vater mit ihm hatte, und studierte Agrarwissenschaft an der Universität Modena. Heute war er nicht nur Marchese, sondern auch Landwirt und bewirtschaftete die gewaltigen Ländereien seiner Familie in Rocca Soundso als Experimentierfeld für biologischen Anbau. Brunettis Kinder hatten in den Sommerferien auf Giovannis Ländereien gearbeitet und waren fit und braungebrannt nach Venedig zurückgekehrt, mit noch größerem Respekt vor dem unermesslichen Wert der Natur, als sie ohnedies schon hatten.

Aber genug davon, denn hier geht es nicht um Brunettis Freundschaft mit Giovanni, sondern mit dessen jüngerem Bruder Timoteo, einem auf Seerecht spezialisierten Rechtsanwalt und Berater von Marine und Guardia Costiera, jenen Kräften, die für die Verteidigung von Italiens Seegrenzen zuständig sind.

Wenn Brunetti und Timoteo gelegentlich miteinander zu tun hatten, bekundete der Anwalt jedes Mal aufrichtiges Interesse an Brunettis Arbeit und tat seine eigene »als stumpfsinniges Aktenwälzen« ab. Brunetti seinerseits, sehr belesen in venezianischer Geschichte, war stets an seerechtlichen Fragen interessiert. Und da es in der Natur des Menschen liegt, jemanden zu mögen, der Interesse an der eigenen Arbeit zeigt, ergab es sich, dass diese zwei Männer, die sich zwar selten sahen, aber einander regelmäßig schrieben, sich als gute Freunde betrachteten.

Nicht verwunderlich also, dass Brunetti seinen Freund Timoteo anrief und ihn bat, ihn mit dem Leiter der Guardia Costiera in Venedig zusammenzubringen, und ebenso wenig verwundert es, dass Capitano Ignazio Alaimo, Chef der Capitaneria di Porto, den Anruf von Commissario Guido Brunetti entgegennahm, nachdem sein Freund Timoteo Borioni ihn darum gebeten hatte.

Die Mühlen der Götter mahlen außerordentlich langsam; die der italienischen Bürokratie jedoch sind zu enormem Tempo fähig, je nachdem, von wem sie in Gang gesetzt werden. Im Falle eines Anwalts für Seerecht, der nicht nur der Bruder eines Marchese war, sondern auch mehrere Admirale zu seinen Freunden zählte – von denen einer für den zusätzlichen goldenen Streifen auf Capitano Alaimos Rangabzeichen gesorgt hatte –, kam die an eben diesen Capitano gerichtete Bitte um einen Gefallen einem Befehl gleich. Und so wurde Brunettis Anruf unverzüglich zu dem Capitano durchgestellt, und dieser erklärte dem Commissario, er sei herzlich willkommen, wenn er ihn noch am heutigen Nachmittag besuchen wolle. Lieber morgen Vormittag? Jederzeit. Um elf? Perfekt.

Paola war einmal vom Fachbereich Italienisch der Universität Oxford, wo sie studiert hatte, eine Gastprofessur angeboten worden – das Thema blieb ihr überlassen, Hauptsache, es ließen sich Parallelen zu Italien ziehen. Lange hatte sie überlegt, welchen Roman von Henry James sie nehmen sollte, bis sie im Urlaub zufällig auf Maria Edgeworths *Patronage* stieß. Brunetti erinnerte sich noch, wie er in Sardinien am Strand lag und versuchte, Livius zu lesen, während Paola ihm immer wieder ganze Absätze vorlas, in denen geschildert wurde, wie Dummköpfen, Schurken und Faulpelzen dank der Begünstigung durch einflussreiche Freunde ihrer Eltern der gesellschaftliche Aufstieg gelang.

Anfangs hatte Brunetti befürchtet, das Buch werde sie zu endlosen politischen Moralpredigten anstacheln – all diese niederträchtigen Söhne, schwachsinnigen Vettern und haarsträubend arbeitsscheuen Gestalten, deren Karriere allein durch Verwandte in hohen Regierungsämtern, Schwiegereltern mit guten Beziehungen oder schlicht durch Erpressung befördert wurde.

Doch dazu ließ Paola sich nicht hinreißen, nur hin und wieder blickte sie von der Lektüre auf und bemerkte: »Ah, genau wie mein Onkel Luca!« – »Ja, genau so ist Luigino an seinen Job gekommen!« Oder: »Exakt wie der, der seinen Botschafterposten verloren hat, weil er eine Affäre mit der Frau des Landwirtschaftsministers hatte.«

12

Alle diese Gedanken waren verflogen, als er und Griffoni am nächsten Morgen von Foa auf einem Polizeiboot zur Capitaneria gefahren wurden, denn Foa und das Boot leuchteten in der Sonne um die Wette.

Ein uniformierter Matrose erwartete sie, salutierte und half Brunetti und Griffoni auf die *riva* vor dem orangefarbenen Capitaneria-Gebäude an den Zattere, jener langgestreckten Promenade gegenüber der Giudecca, die nur durch wenige Geschäfte verschandelt ist: Selbst der große Supermarkt am unteren Ende bei San Basilio mit seinem unscheinbaren Eingang war für Ortsunkundige kaum zu erkennen. Brunetti schickte Foa zur Questura zurück; sie würden nachher das Vaporetto nehmen.

Der Matrose in der weißen Jacke überquerte eilig die breite *riva*, hielt die Eingangstür auf und ließ ihnen den Vortritt: »Ich bringe Sie zu Capitano Alaimo.«

Beide waren noch nie in dem Gebäude gewesen und sahen sich neugierig bei den Kollegen um. Die Aussicht vom Vordereingang war jedenfalls besser als die von der Questura: Dort hatten sie einen Kanal und eine Kirche, aber das gab es in Venedig fast an jeder Ecke. Hier hingegen bot sich jedem, der das Haus verließ, ein Panorama der Giudecca, vom Molino Stucky bis zum anderen Ende, wo einige der bedrohlicheren Einsatzboote der Guardia Costiera vor Anker lagen.

Sie folgten der leuchtend weißen Jacke des Matrosen ins

Innere des Palazzo und eine breite Marmortreppe hinauf, auf deren erstem Absatz ein riesiges Gemälde hing, das offenbar die Schlacht von Lepanto darstellte. Galeonen und Galeassen, die einen beflaggt mit dem türkischen Halbmond, die anderen mit dem Kreuz der Europäer, segelten im Golf von Patras dicht gedrängt aufeinander zu und beschossen sich mit Kanonen, aus denen weiße Pulverdampfwölkchen stiegen, beifällig beobachtet von der Madonna, die über dieser Szene schwebte.

»Und bei uns hängt ein Schwarzweißfoto des Staatspräsidenten«, sagte Griffoni.

Brunetti enthielt sich eines Kommentars.

Oben angekommen, folgten sie dem Matrosen in einen Korridor. An der zweiten Tür rechts klopfte er an, wartete, öffnete, nahm Habachtstellung ein und folgte erst nach ihnen in das Zimmer. Zwei Uniformierte saßen an gegenüberstehenden Schreibtischen vor ihren Computern. An der Wand hinter dem Mann zur Rechten hing eine große Karte der *Laguna Nord;* hinter dem zur Linken der südliche Teil bis hinunter nach Chioggia.

Brunetti wandte sich von den Karten ab und ging zu Griffoni und dem Matrosen, die bereits vor einer Tür am anderen Ende des Büros standen. Der Matrose sah zwischen den beiden Commissari hin und her, als wolle er sie mit seinem Blick an Ort und Stelle festnageln. Dann klopfte er an.

»*Avanti*«, rief jemand von innen.

Der Matrose öffnete die Tür, ließ die zwei an sich vorbei, schlug die Hacken zusammen, salutierte und schloss die Tür.

Ein verblüffend kleiner Mann – er wirkte fast wie eine Miniaturstatue – hatte sich hinter seinem Schreibtisch erhoben und kam mit eiligen Schritten zu ihnen herum. Er nahm Griffonis Hand, deutete einen Handkuss an, schüttelte Brunettis Rechte und sagte: »Bitte, bitte, nehmen Sie dort drüben Platz, da können wir in Ruhe reden.« Seine wohlproportionierte Figur und sein selbstsicheres Auftreten ließen vergessen, wie klein er war. Dichte schwarze Locken über einem Gesicht, dessen Fältchen um die Augen und senkrechte Furchen an den Mundwinkeln die Jahre verrieten, die er auf Schiffsdecks verbracht hatte; die Augen blassgrau, was nicht so recht zu seiner Erscheinung passen wollte.

Brunetti sah sich um. Das geräumige Büro reichte nicht nur für den Schreibtisch, sondern auch für eine Sitzecke mit einem niedrigen Tisch, um den ein viersitziges Sofa und drei Sessel standen. Der Capitano bat Griffoni, auf dem Sofa Platz zu nehmen, von wo sie aus den Fenstern schauen konnte; Brunetti setzte sich ihr gegenüber. Capitano Alaimo ignorierte den zweiten Sessel ihr gegenüber und ließ sich am Ende des Tischs nieder, etwa gleich weit entfernt von den beiden Polizisten in einem gleichschenkligen Dreieck. Brunetti fiel auf, dass Alaimos Sessel niedriger war als seiner, so dass der Capitano mit den Füßen den Boden berührte.

An den Wänden entdeckte Brunetti eine Reihe von Aquarellen verschiedener Ausbrüche des Vesuvs. Eines war vom Meer aus gemalt, ein anderes offenbar von Norden. Auf zwei anderen stiegen gigantische Wolken aus weißem Rauch und Flammen hoch über die Kuppe des Vulkans, an dessen Flanken Magma herabströmte; auf einem anderen Bild standen drei Gentlemen mit Spazierstöckchen mit dem Rücken zum Betrachter und beobachteten den feuerspeienden Berg aus der Ferne. Das letzte Bild zeigte im Vordergrund die ruhige See, auf der Schiffe mit weißen Segeln fuhren, im Hintergrund den Vulkan, aus dem eine himmelhohe weiße Rauchwolke aufstieg.

Alaimo folgte dem Blick seines Gastes und bemerkte: »Das in der Mitte hat einer meiner Vorfahren gemalt.«

Brunetti stand auf, ging nah an das Bild heran und las tatsächlich unten am Rand den Namen »Giuseppe Alaimo«.

»War er Maler von Beruf?«, fragte Brunetti. »Das ist eine sehr schöne Arbeit.«

»Nein«, sagte Alaimo mit einem kleinen Lachen. »Er war Arzt.«

»Wissen Sie, welcher Ausbruch das war?«, fragte Brunetti, noch immer das Bild studierend.

»Eine Jahreszahl ist nicht angegeben«, sagte Alaimo. »Aber in der Familie erzählt man sich, es war der von 1779.«

»Einer von den schlimmen«, mischte Griffoni sich ein, und zwar mit starkem neapolitanischem Akzent, nachdem man bei Alaimo das Napolitano schwach herausgehört hatte.

Der Capitano fuhr zu ihr herum. »Höre ich richtig?«

»Nicht so schlimm wie einige andere im 18. Jahrhundert und nichts Besonderes, verglichen mit manchen anderen in den letzten zweitausend Jahren, aber doch schlimm genug.«

»Arbeiten Sie denn nicht hier?«, fragte Alaimo nur.

»Doch, aber ich komme von dort«, sagte sie und wies auf die Bilder.

Alaimo meinte verlegen: »Entschuldigen Sie, aber ich habe Ihren Namen nicht mitbekommen.«

»Griffoni«, antwortete sie. »Claudia Griffoni.«

»*Oddio*«, rief Alaimo aus, die Hände an den Schläfen, als wolle er sich die Haare ausraufen oder verhindern, dass ihm der Kopf explodierte. »Das hätte ich wissen müssen. Eine so schöne Frau wie Sie, Signora, kann nur aus Neapel kommen.«

»Dasselbe gilt für einen so galanten Mann wie Sie, Capitano«, erwiderte Griffoni, und Brunetti fragte sich, ob die Capitaneria di Porto seiner Kollegin demnächst ein Boot zur privaten Benutzung bereitstellen werde. Schweigend setzte er sein Studium der einzelnen Zeichnungen fort, als fände das Melodram hinter seinem Rücken gar nicht statt.

Und schon wandten die beiden sich den üblichen Themen zu: Wo in Venedig gab es anständigen Kaffee? Oder Mozzarella? (Der Capitano bekam wöchentlich eine Lieferung, und wenn sie wolle …) Wie sollten sie hier einen weiteren Winter überleben? Ob er/sie den/die kenne? Seine Tante, die Äbtissin des Chiostro di San Gregorio Armeno. Gemeinsame Freunde, eine Lieblingspizzeria im Herzen des Spagnoli-Viertels. Der schnellste Weg zum Flughafen.

Plötzlich schalteten sie um und zählten, vielleicht Brunetti zuliebe, ein paar Annehmlichkeiten des Lebens in Venedig auf.

Brunetti, der sie bei ihrer Unterhaltung nicht sehen konnte, achtete besonders genau auf ihre Stimmen und auf Griffonis neapolitanischen Akzent, der mit jedem Satz stärker wurde. Überrascht stellte er fest, dass sie sich unter dem Einfluss des Napolitano weniger klug und, geradezu schockierend, immer vulgärer anhörte, während sie beklagte, was sie in Venedig alles vermisste – nicht zuletzt eine gute *discoteca*.

Sie arbeiteten jetzt seit einigen Jahren zusammen, aber noch nie hatte Brunetti sie so gehört. War es das, was die Leute meinten, wenn sie schlecht von den »*terroni*« redeten? Machten die aus dem Süden nur dann einen kultivierten und intelligenten Eindruck, wenn sie sich den Konventionen des Nordens anpassten? Aber sobald sie Napolitano sprachen, waren sie wieder die alten Barbaren? Oder brachte die Unterhaltung mit diesem Neapolitaner ihre Hormone in Wallung, und sie riskierte einen kleinen Flirt?

Langsam wurde ihr Geplapper ihm zu viel. Er wandte sich von den Bildern ab und fragte: »Darf ich kurz stören, *Signori*? Ich würde gern wieder auf Venedig zurückkommen.«

Alaimo konnte ein erleichtertes Aufatmen nicht ganz unterdrücken. »Selbstverständlich, Commissario.«

Griffoni flötete: »Man vergisst so leicht alles andere, wenn man von zu Hause erzählt.« Sie schenkte Alaimo ein Lächeln, bei dem alle ihre Zähne zu sehen waren, und fragte mit einer Stimme, die mindestens zehn Jahre jünger klang als zuvor: »Dürfte ich Sie vielleicht um ein Glas Wasser bitten, Capitano?«

Alaimo sprang auf. »Wie unhöflich von mir, Ihnen nichts zu trinken anzubieten! Und was«, wandte er sich an Brunetti, »darf ich Ihnen bringen lassen, Commissario?«

»Einen Kaffee, allenfalls«, antwortete Brunetti, der etwas brauchte, das ihn aus der Erstarrung befreite, in die ihn die Unterhaltung der beiden versetzt hatte.

Alaimo eilte hinaus und sprach vor der Tür mit einem seiner Leute. Griffoni stupste Brunetti mit dem Fuß ans Schienbein. Verblüfft beugte er sich vor und rieb sich die Stelle.

»Überlass das mir, Guido«, flüsterte sie mit Nachdruck.

Brunetti wollte schon protestieren, aber ihr kalter Blick hielt ihn zurück. »Tu's einfach«, sagte sie, und schon lehnte sie sich lächelnd zurück, während Alaimo wieder hereinkam.

Der Capitano setzte sich, sagte, die Getränke würden gleich gebracht, und fragte nicht etwa Brunetti, sondern Griffoni, weshalb sie ihn zu sprechen wünschten.

Griffoni schaltete wieder auf ihre Neapel-Stimme um und sagte mit einem leisen Lachen, das dennoch schrill in Brunettis Ohren drang: »Sie haben sicherlich die Fotos von den zwei Jungen gesehen, die die amerikanischen Touristinnen am Pronto Soccorso abgelegt haben.« Ihre Aussprache erinnerte ihn an die Mädchen aus Forcella, die er vor Jahren während seiner Dienstzeit in Neapel gekannt hatte.

Alaimo nickte. »Die von der Giudecca?«

In dem Augenblick ging die Tür auf, und ein Kadett in weißer Uniformjacke trug ein Tablett mit drei Gläsern Wasser und drei Tassen Kaffee herein. Während der junge Mann die Getränke auf dem Tisch verteilte, bemerkte der Capitano: »Ich dachte, Sie möchten vielleicht auch einen Kaffee, Dottoressa.«

»Ja, sehr freundlich«, sagte Griffoni, verzichtete aber immerhin auf die übliche Klage über den schlechten Kaffee »hier oben«. Anscheinend hatte sie die Neapel-Schwärmerei beendet, auch wenn sie den Akzent beibehielt. Mein

Gott, dachte Brunetti, ist das dieselbe Frau, der ich mein Leben anvertraut hätte?

Als alle ihren Kaffee getrunken und an dem Wasser genippt hatten, fuhr Griffoni fort: »Ja, die von der Giudecca. Zumindest einer von ihnen: Marcello Vio. Der andere, Filiberto Duso, wohnt in Dorsoduro.«

Griffoni nahm noch einen Schluck Wasser. Alaimo fragte: »Was möchten Sie über die beiden wissen, Dottoressa?«

Griffoni stellte ihr Glas hin. »Beide haben sich bisher nichts zuschulden kommen lassen«, sagte sie. »Na ja, außer dass Vio ein paarmal als Raser Bußgeld zahlen musste, aber er ist jung und Venezianer, da kann man wohl drüber hinwegsehen.«

Alaimo hob lächelnd die Hände, als wollte er sagen: So sind Jungen nun mal.

»In unseren Akten in der Questura liegt nichts gegen sie vor«, wiederholte Griffoni, und als mache das einen Unterschied, fügte sie hinzu: »Und sie haben die jungen Frauen zum Krankenhaus gebracht.« Dann sagte sie leichthin: »Bevor wir also groß etwas unternehmen, würde ich gern wissen …«, mit warmem Lächeln zu Alaimo, »ob Sie schon mal Schwierigkeiten mit einem der beiden hatten – oder mit dem Onkel.«

Alaimo lehnte sich zurück, faltete die Hände und sagte nach kurzem Schweigen: »Der Name Vio ist mir natürlich bekannt.« Er überlegte kurz. »Aber von dem anderen – Duso – habe ich nie gehört.«

Griffoni nickte lächelnd; Brunetti ebenso.

»Ich kann«, sagte Alaimo entgegenkommend, »mich ja

einmal umhören, ob jemand bei uns mit ihnen zu tun hatte …« Alaimo legte eine Pause ein. »Oder Probleme.«

Er sah von einem zum anderen. »Hat das ein paar Tage Zeit? Das gäbe mir Gelegenheit, mich umzuhören, ob meine Leute etwas wissen, wenn überhaupt. In Ordnung?«

Brunetti nickte; Griffoni lächelte.

Alle drei erhoben sich gleichzeitig. Alaimo begleitete die beiden zur Tür, gab ihnen die Hand – Brunetti förmlich, Griffoni betont freundlich – und wünschte ihnen alles Gute.

»Orsato«, rief der Capitano, und der Mann vor der *Laguna Nord* sprang von seinem Stuhl. »*Sì, Capitano*«, sagte er, jedoch, ohne zu salutieren.

»Bringen Sie die Commissari nach unten?«

»Selbstverständlich, Capitano«, antwortete der Mann mit einer Verbeugung.

Und schon eskortierte der Kadett sie zum Ausgang, wo sie das Panorama der Giudecca empfing.

Brunetti wandte sich nach links zu dem *embarcadero,* wo sie die Nummer zwei nehmen konnten.

Aber nach wenigen Schritten blieb er stehen und fragte Griffoni: »Was sollte das?«

»Er ist ein Lügner, man kann ihm nicht trauen«, stieß sie hervor – wieder ganz die Italienerin, nicht mehr die aus Neapel.

»Wie bitte?«, fragte Brunetti, dem Griffonis Verhalten, um das Mindeste zu sagen, befremdlich vorgekommen war.

»Weil die Äbtissin des Chiostro di San Gregorio Armeno seit zwölf Jahren eine Filipina ist, Suora Crocifissa Ocampo, und daher wohl kaum seine Tante sein dürfte, wie er behauptet.«

Das musste Brunetti erst einmal verdauen. »Und deshalb kann man ihm nicht trauen?«, sagte er. »Vielleicht wollte er nur ein bisschen angeben.«

»Und warum wurde er so locker, als ich ihm das vulgäre Dummchen vorspielte?« Sie ließ Brunetti nicht zu Wort kommen. »Und noch entspannter, als ich durchblicken ließ, dass wir an einer Strafverfolgung nicht ernsthaft interessiert sind?«

Brunetti ging weiter und dachte über das vorhin Gehörte nach. Tatsächlich hatte Alaimo erleichtert gewirkt, als sie die berufliche Zurückhaltung aufgegeben und von ihren Alltagssorgen angefangen hatte. Sie hatte ihm eine Frau vorgespielt, von der niemand annehmen würde, sie sei ernsthaft auf Gerechtigkeit aus – oder könnte gefährlich werden.

Die Floskeln über Neapel, die alten Vulkangeschichten, das Abschweifen ihrer Unterhaltung in Banalitäten: Das alles war dem Capitano offenbar entgegengekommen. Doch wo führte das hin?

13

Auf dem Weg zur Haltestelle Zattere hing Brunetti seinen Gedanken über Capitano Alaimo nach, während Griffoni schwieg. Der Charme dieses Mannes war typisch für die Neapolitaner, die zwei Jahrtausende lang zahllosen Invasionen ausgesetzt gewesen waren und Fremde mit Freundlichkeit zu gewinnen pflegten. Sie hatten die Griechen mit einem Lächeln empfangen, die Römer, ja selbst die Ostgoten, ganz zu schweigen von den Byzantinern und Normannen, den Angevinen und Spaniern bis hin zu den Deutschen und den Alliierten. Erst hatten sie sich gewehrt, dann verhandelt, bestochen, kapituliert und den Siegern schließlich ihre Stadttore geöffnet. Ihre im Lauf von Jahrhunderten entwickelte Überlebensstrategie lautete: Freundlichkeit, Schmeichelei, Verbindlichkeit, Hinterlist. Wo aber sind die Griechen geblieben, die Ostgoten, die gewaltigen Mauern von Byzanz? Hingegen die Neapolitaner: Sind sie nicht, charmant wie eh und je, immer noch am alten Ort?

Brunetti riss sich von diesen Überlegungen los. Es war zu einfach, aus der Geschichte längst untergegangener Völker und Kulturen das herauszulesen, was man darin sehen wollte.

»Entschuldige?«, sagte er, als Griffoni stehen blieb und ihm eine Hand auf den Arm legte.

»Ich weiß nicht, wo du mit deinen Gedanken bist, Guido, aber bestimmt nicht hier.«

»Nein«, gab er zu. »Ich habe an Neapel gedacht.«

»An was genau?«, fragte sie überrascht.

»Wie ihr Invasionen, Besatzung, Krieg, Zerstörung überlebt habt«, antwortete er leichthin.

»Eins hast du vergessen«, sagte sie grinsend. »Dass wir seit Ewigkeiten in unmittelbarer Nachbarschaft eines aktiven Vulkans leben, der jederzeit ausbrechen kann. Und dass im Fall des Falles über drei Millionen Menschen auf der Flucht sind.«

»Deine Familie auch?«

Sie zuckte die Achseln. »Die wohnen zehn Minuten zu Fuß von der Bucht entfernt, könnten also versuchen zu schwimmen.«

»Das scheint dich nicht zu beunruhigen«, sagte Brunetti.

»Entweder macht man sich Sorgen oder nicht«, erwiderte sie resigniert. »Früher habe ich das getan, aber jetzt nicht mehr.«

»Einfach so?«, fragte Brunetti. »Du kannst das einfach abschalten?«

Sie wandte sich ab, ging zu der Abschrankung und strich mit ihrer Fahrkarte über den Sensor. Die Sperre schwang auf und ließ sie durch. Gerade als sie sich wieder schloss, schlüpfte ein gutgekleideter Mann dicht hinter ihr mit hinein, natürlich ohne Fahrkarte.

›Geht mich nichts an‹, dachte Brunetti, folgte Griffoni mit seiner Fahrkarte und stellte sich neben sie. »Erklär mir genauer, warum du meinst, er lügt, und vor allem, warum er wegen einer Äbtissin lügen sollte.«

»Er wollte mir weismachen, dass er aus guten Verhältnissen kommt, einer so angesehenen Familie, dass eine der Ihren Äbtissin geworden ist.«

»Äbtissinnen sind so angesehen?«, fragte Brunetti verwundert.

»Religion ist wichtig für uns.«

»Soll das heißen, du ...«, begann er und fand gerade noch die richtige Fortsetzung, »... bist gläubig?«

Sie lachte auf. »Natürlich nicht. Aber es ist wichtig, nach außen hin so zu tun und Respekt zu zeigen.«

Da Brunetti nichts dazu sagte, fuhr sie fort: »Das gehört zu unserem Verhaltenskodex. Höflich zu Frauen sein, Religion mit Ehrfurcht begegnen.« Sie ließ ihn nicht zu Wort kommen. »Wenn du mir nicht glaubst, komm mal im Dom vorbei, wenn der Bischof das Blutwunder von San Gennaro zelebriert«, schlug sie vor. »Also die Verflüssigung des Bluts.«

»Und Alaimo glaubt an so etwas?«

»Das spielt keine Rolle«, antwortete sie, ohne zu zögern. »Aber er nimmt an, dass jemand meiner Herkunft es glaubt und von ihm beeindruckt ist, wenn er eine Äbtissin zur Tante hat.« Sie fuchtelte mit den Fingern in der Luft herum. »Völlig unerklärlich, was die Leute so alles glauben.«

Brunetti wollte etwas sagen, doch sie stoppte ihn mit einer Handbewegung. »Vertrau mir, Guido.« Und als wäre das eine Erklärung, fügte sie hinzu: »Bluffen ist uns in die Wiege gelegt.«

Das Vaporetto kam. Als sie an Bord waren, bemerkte sie leise zu Brunetti: »Es ist ganz einfach. Er will uns nicht sagen, was er weiß.«

Brunetti dachte darüber nach, während das Boot an Palanca anlegte, Passagiere aus- und einsteigen ließ und dann seinen tristen Weg zur Station Redentore fortsetzte. »Aber warum?«, fragte er; sein Tonfall machte klar, dies war keine Frage, nur eine Aufforderung zum Spekulieren.

Griffoni sagte nichts, vielleicht, weil sie es gewohnt war, dass Brunetti auf verwirrende Informationen so reagierte: die Schublade aufziehen und sich alles darin genau ansehen.

In ihr Schweigen hinein meinte er: »Egal, was den Capitano veranlasst, uns von einem Verdächtigen wegzulocken, wir sollten dem nachgehen.«

»Es ist nicht unser Job, auf Gewässern zu patrouillieren, Guido. Du bist nicht Andrea Doria.«

Brunetti ließ sich nicht abbringen. »Wenn er uns über Vio etwas verheimlicht, muss es einen Grund dafür geben.« Da Griffoni nicht antwortete, fragte er: »Richtig?«

»Vielleicht weiß Alaimo, dass sie etwas im Schilde führen, und will ihn selbst verhaften«, meinte Griffoni.

»Er ist kein Polizist, Claudia. Das sind wir. Wir führen Verhaftungen durch. Alaimo kann sie draußen auf dem Wasser aufgreifen, aber wir sind es, die sie festnehmen.«

Brunetti schob die Hände in die Taschen und begann, auf den Füßen zu schaukeln. Das Boot knallte in den *embarcadero* San Zaccaria, doch er schaukelte unverdrossen weiter. Erst das Quietschen, mit dem das Geländer aufgezogen wurde, riss ihn aus seinen Gedanken, er näherte sich dem Ausgang und ließ Griffoni den Vortritt.

Sie machten sich auf den Weg zur Questura. Gerade als er zu sprechen anhob, merkte er, dass Griffoni etwas sagen wollte. Sie setzte kurz an, verstummte wieder, und dabei blieb es, während sie weitergingen.

»Nur raus damit, Claudia«, bat Brunetti.

Griffoni ging weiter, als habe sie ihn nicht gehört. Am

Ponte della Pietà blieb sie stehen und sah zu San Giorgio hinüber. »Darf ich etwas über euer Veneziano sagen?«, fragte sie zu seiner Überraschung, wobei sie weiterhin nach der Kirche sah.

»Wenn dir danach ist, gern«, sagte er.

»Ich habe mich daran gewöhnt. Wenn du und Vianello und die anderen es sprechen, höre ich zu und verstehe schon einiges. Nicht alles, aber das meiste.«

»Freut mich zu hören«, sagte Brunetti. Warum sie jetzt von diesem Thema anfing, war ihm ein Rätsel.

»Ich …«, begann sie und drehte sich zu ihm um. »Es ist nicht so, dass ich es höre und sofort denke, ihr seid Hafenarbeiter oder Kahnführer, die kaum lesen und schreiben können und sich nichts aus Bildung machen.«

»Auch das freut mich zu hören«, sagte Brunetti zunehmend verwirrt, beschloss aber abzuwarten, worauf sie hinauswollte.

»Aber«, fuhr Griffoni entschlossen fort, »kaum fange ich an, mit ein bisschen neapolitanischem Akzent zu sprechen – und ich habe mit Alaimo nicht Napolitano gesprochen, denn sonst …«, sie holte tief Luft, »wärst du in Ohnmacht gefallen.« In Brunettis Gewissen explodierte eine Unterwasserbombe, und er wurde über und über rot.

»Beim ersten bisschen Akzent hast du alles, was ich in den letzten Jahren getan habe, in Frage gestellt und für möglich gehalten, dass ich tatsächlich die unbedarfte *terrona* bin, die manche Kollegen in mir sehen.«

Brunetti zwang sich, ihrem Blick standzuhalten, sie sollte wissen, dass er vor Scham rot anlief. Einen entsetzlichen Augenblick lang fürchtete er, in Tränen auszubrechen.

Er wollte etwas sagen, fand aber nicht die richtigen Worte. Sie arbeiteten eng zusammen, er wusste mehr über sie als alle anderen, und trotzdem schätzte sie ihn so ein. Und das Beschämendste daran war, dass sie recht hatte. War es das, womit Schwarze und Juden und Schwule zu leben hatten? Die Möglichkeit, dass der Spalt im Eis unter ihren Füßen sich jederzeit öffnen kann und alle Hoffnung auf Freundschaft, alle Hoffnung auf Liebe, alle Hoffnung auf menschliches Miteinander in den Abgrund reißt?

Er rieb sich die Augen, bis er Griffoni wieder ansehen konnte.

»Ich bitte um Entschuldigung, Claudia«, sagte er mit belegter, bebender Stimme. »Aus tiefstem Herzen. Bitte verzeih mir.«

»Wir sind Freunde, Guido. Und du hast mehr als genug Gutes in dir, um das wettzumachen.« Sie strich ihm über die Wange. »Es ist gut, Guido. Gut.« Sie wandte sich ab und ging weiter. Als er sie eingeholt hatte, sagte sie: »Wir sind uns also einig, dass wir Alaimo genauer unter die Lupe nehmen sollten?«

Am liebsten hätte er geantwortet, sie als Neapel-Expertin könne das besser beurteilen, doch war es wohl klüger, erst einmal Abstand von dieser Stadt zu halten, bis die Gefahr eines Vulkanausbruchs vorüber war, ein Gedanke, der sogleich wieder Schuldgefühle in ihm weckte. Er fragte sich, ob sie jemals wieder normal miteinander reden könnten. Vielleicht würde es helfen, wenn sie in einen Schusswechsel gerieten und einander durch tapferes Einschreiten gegenseitig das Leben retten würden? Wie schade, dachte er, dass er Scherze wie diesen nicht mehr mit ihr teilen konnte. Sie hatte gesagt, es sei gut, doch er fürchtete, bis dahin dürfte es noch eine ganze Weile dauern.

»Ja«, antwortete er schließlich. Er sah auf die Uhr: kurz vor halb eins. Er brauchte noch etwas Zeit, Griffonis allzu berechtigte Bemerkungen zu verdauen und sich seine eigene Feigheit einzugestehen. »Nach dem Essen sehen wir uns das genauer an.«

Sie nickte lächelnd, überlegte lange und sagte dann: »Gute Idee. Dann also bis nachher.«

Da auch die Kinder zum Mittagessen nach Hause gekommen waren, erwähnte Brunetti nichts von der Szene – oder wie sollte er es nennen? Meinungsverschiedenheit? Konfrontation? Unterhaltung? – mit Griffoni. Paola hatte Risotto mit Blumenkohl und kurz angebratenen Kalbsmedaillons zubereitet, eins seiner Lieblingsessen, aber er bekam kaum seinen Risotto hinunter und wollte dann auch kein zweites Stück Fleisch. Auch auf das gewohnte Glas Wein zum Essen verzichtete er.

Und so schwärmten die Kinder bei Tisch ungestört von den Fernsehserien, die sie auf ihren Computern verfolgten. Brunetti fürchtete, sie hatten die Sender gehackt, war sich aber nicht sicher, ob Raffi das überhaupt konnte. Er fragte aber lieber nicht nach, weil er nicht wusste, wie er reagieren sollte, wenn sein Sohn sich zu einer Straftat bekannte. Oder seine Tochter.

Diebstahl traute er den beiden jedenfalls nicht zu: Chiara hatte einmal auf dem Vaporetto ein Portemonnaie gefunden und – da sie befürchtete, dass die Mannschaft es für sich behalten könnte – nach Hause mitgenommen und ihrem

Vater ausgehändigt, der es dann geöffnet, den Namen des Besitzers gefunden und ihn angerufen hatte, damit er es abholen konnte.

Streaming-Dienste aber waren für die beiden offenbar so etwas wie Freiwild. Als er sie vor einiger Zeit darauf angesprochen und etwas von Copyright gesagt hatte, behaupteten sie, da die Programme und Filme keinem Einzelnen gehörten, käme auch niemand zu Schaden, wenn man nicht dafür bezahlte. Es sahne dafür nur ein riesiger multinationaler Konzern ab, der außerdem noch riesige Palmölplantagen in Indonesien betreibe und daher, so ließen sie durchblicken, jegliches moralische Recht auf Profit verwirkt habe. Selbst was nicht das Leiseste miteinander zu tun hatte, ließ sich verknüpfen, um alles Mögliche daraus zu folgern. Seit wann galten eigentlich Fehlschlüsse dieser Art als zulässig?

»Was ist mit dir?«, fragte Paola, nachdem die Kinder gegangen waren. Brunetti gab ihr einen Kuss auf die Wange und sagte, er werde es ihr später erzählen. Dann machte er sich immer noch mit einem schlechten Gewissen wieder auf den Weg zur Questura.

14

Von seinem Büro aus rief Brunetti als Erstes Griffoni an und bat sie, zu ihm zu kommen, er wolle in ihrem beengten Verschlag nicht noch einmal den Erstickungstod riskieren. Ihr Lachen war hoffentlich ein gutes Vorzeichen, dass sie bald wieder unbeschwert zusammenarbeiten konnten.

Wenige Minuten später kam sie, ohne anzuklopfen, herein und setzte sich auf ihren gewohnten Platz. Sie hatte einen Umschlag dabei, dem sie ein einzelnes Blatt und einige zusammengeheftete Papiere entnahm. Beides tat sie auf den Schreibtisch, legte die Hand auf das einzelne Blatt und sagte: »Von Elettra. Über Vio und Duso.« Endlich, dachte Brunetti, duzen die beiden sich.

»Und?«, fragte er.

»Die Jugendakte von Marcello Vio. Über Duso gibt es keine.«

»Aber sie ist doch in Rom?«, fragte Brunetti.

»Aber ihr Geist ist hier bei uns«, sagte Griffoni augenzwinkernd. »Sie traut uns nicht zu, unbemerkt in gewisse Rechner einzudringen, also hat sie Vios Akte selbst besorgt und mir geschickt. Du weißt ja, Elettra verschweigt mir, wie man an heikle Informationen kommt«, erinnerte Griffoni ihn an Elettras Sperrgebiete, zu denen nur sie selbst Zutritt hatte: »Militär, Vatikan und alles, was mit Verbrechen gegen Kinder zu tun hat.«

Es war nicht der Moment, Signorina Elettras Hoheitsgebiete in Frage zu stellen, also wies er auf das Blatt Papier und fragte: »Was steht da drin?« Sie zuckte die Schultern. »Nichts Unerwartetes. Vio und Boote, Vio und Boote, Vio und Boote. Ohne erforderliche Zulassung große Boote steuern. Raserei. Nachts ohne Licht unterwegs. Er kann von Glück reden, dass er seine Zulassung noch hat.«

»Glück?«, fragte Brunetti.

»Ich nehme an, die ihn angehalten haben, kannten ihn oder seinen Onkel und haben ihm diese Kavaliersdelikte durchgehen lassen. Bootsleute, die halten doch zusammen. Und außer Verstößen gegen seerechtliche Regeln liegt nichts gegen ihn vor.«

»Seerechtliche *Gesetze*«, korrigierte Brunetti.

»Na gut, Gesetze«, wiederholte sie.

Sie nahm das Papier vom Tisch und wedelte damit herum. »Sein Problem – wie ich es sehe – ist Testosteron.«

»Und was haben wir da?«, fragte Brunetti mit Blick auf die anderen Papiere.

»Familiengeschichte über Pietro Borgato, Vios Onkel«, sagte sie triumphierend.

Brunetti konnte seine Überraschung nicht verbergen. »Hast du das auch von ihr?«

»Nein. Dafür blieb ihr keine Zeit. Also habe ich mich selbst mal umgesehen. Statt zu Mittag zu essen.«

Sie schob ihm die Papiere mit einem Finger herüber. »Am besten erzähle ich dir einfach, was mir aufgefallen ist, ja?«

Brunetti nickte, und sie fuhr fort: »Wasser liegt der Familie im Blut. Borgatos Vater ging mit Anfang zwanzig zur ACTV. Mit dreißig war er Vaporetto-Führer. Sein Sohn Pietro wurde als einfacher Matrose genommen. Offenbar ist es von Vorteil, wenn jemand aus deiner Familie ein gutes Wort für dich einlegt; noch besser, wenn bereits jemand auf den Booten arbeitet.«

»Genau wie überall«, bemerkte Brunetti.

Sie nickte. »Allerdings war Pietro aus anderem Holz. Seine Personalakte ist schlecht: Ständig hat er sich beklagt, mit Passagieren gestritten, sich ihre Tickets zeigen lassen – was nicht zu seinen Aufgaben zählte –, dann wurde er wegen einer Schlägerei mit einem Kollegen abgemahnt und schließlich gefeuert, nachdem er einem Passagier gegenüber handgreiflich geworden war.« Sie kam Brunettis Frage zuvor: »Zu der Auseinandersetzung findet sich in den Unterlagen der ACTV nichts Näheres, nur, dass er einen Passagier geschlagen hat und ihm deswegen gekündigt wurde.«

Sie klopfte auf die Papiere, wie um ihnen etwas zu entlocken. »Der Passagier war eine Frau«, sagte sie. Brunetti blickte überrascht auf. »Wie es scheint«, fügte Griffoni hinzu, »wurde die ganze Sache vertuscht, nachdem man ihn rausgeschmissen hatte.«

»Keine Anklage gegen ihn?«

»Nein, ich vermute, die ACTV hat sich das Schweigen der Frau mit Geld erkauft, damit sie nicht vor Gericht zieht.«

»Klingt vernünftig«, sagte Brunetti überzeugt. »Bloß keinen Ärger mit Touristen.«

»Sie war Venezianerin.« Angesichts seiner skeptischen Miene langte Griffoni nach den Papieren, blätterte darin herum und las vor: »Anna Bruzin, 35, Hausfrau, Cannaregio 4565.«

»Was noch?«, fragte Brunetti.

»Das Übliche«, antwortete Griffoni und blätterte um.

»Ein paar Raufereien in Bars, zu denen wir gerufen wurden. Nur eine einzige Anzeige, nachdem er einen Mann ins Wasser gestoßen hatte. Aber zwei Tage später kam der Mann zu uns und meinte, er sei betrunken gewesen, er sei von allein ins Wasser gefallen, während Borgato vielmehr versucht habe, ihn von der Kante wegzuziehen. Das Verfahren wurde eingestellt.«

Brunetti stöhnte unwillkürlich auf, aber sie blieb ganz auf die Akte konzentriert. »Hast du jemals …?«, begann Brunetti, brach ab und vergewisserte sich: »Das war auf der Giudecca?«

Griffoni sah kurz nach und nickte bestätigend.

»Ein Giudecchino, der ins Wasser fällt? Das gibt es nicht, betrunken oder nüchtern«, meinte er kopfschüttelnd.

Griffoni setzte ihren Bericht fort. »Nach seinem Rauswurf verschwand Borgato von der Bildfläche. Doch vor ungefähr zehn Jahren kam er nach Venedig zurück, kaufte das Lagerhaus, das er heute noch besitzt, und zwei Boote, stellte zwei Männer ein und ging ins Transportgeschäft. Seitdem hat er zwei weitere große Boote und ein kleineres gekauft und gilt als erfolgreicher Geschäftsmann.«

»Und das Testosteron?«, fragte Brunetti.

Griffoni schüttelte den Kopf. »Entweder ist es mit den Jahren weniger geworden, oder er hat gelernt, sich zu beherrschen. Keine Gewalttätigkeiten mehr.« Sie blätterte ans Ende der Akte. »Mit der Polizei – der Wasserpolizei – hatte er nur noch zu tun, wenn seine Boote im Halteverbot angelegt hatten.« Als Brunetti nichts sagte, fügte sie hinzu: »Das habe ich in den Akten der städtischen Polizei gefunden – weiter gab es nichts.«

Schweigen senkte sich über den Raum und lastete darauf, bis Brunetti fragte: »Hast du eine Ahnung, wo er hingegangen ist, als er die Stadt verlassen hat?«

»Nein«, antwortete Griffoni. »Aber das lässt sich nachprüfen. Wenn er umgezogen ist und irgendwo eine Wohnung gemietet hat, müsste er sich angemeldet haben.«

»Wenn er gearbeitet hat, muss es Unterlagen dazu geben«, überlegte Brunetti. »Beim Finanzamt.« Und bevor sie protestieren konnte, schränkte er sofort selbst ein: »Falls er nicht schwarzgearbeitet hat.«

Griffoni meinte: »Wenn er irgendwo gearbeitet hat, dann wahrscheinlich auf einem Boot: Fischfang, Transport.«

»Also Triest«, begann Brunetti, im Geiste die italienische Küste abgehend, »oder Ancona, Bari, Brindisi, die sizilianischen Häfen, Neapel, Civitavecchia und Genua.«

»Ich kümmere mich erst einmal um den Wohnsitz«, meinte Griffoni. »Das ist einfacher, als herauszufinden, wo er gearbeitet haben könnte.« Zögernd fügte sie hinzu: »Guido, ich weiß eigentlich gar nicht, warum wir so einen Aufwand um ihn betreiben.«

»Borgato?«

»Ja.«

»Das weiß ich auch nicht so genau«, räumte Brunetti ein. »Aber diese ganze Angelegenheit ist mir irgendwie nicht geheuer, und deswegen möchte ich dem nachgehen.«

Wieder zögerte sie, bevor sie sagte: »Du hörst dich an wie jemand, der von Krimis im Fernsehen die Nase voll hat und nun Breitleinwand will.«

»Um Gottes willen, hoffentlich bleibt uns das erspart«, sagte Brunetti lachend. Sie blickte auf und sah ihm in die

Augen – abenteuerlustig, lächelnd –, wieder ganz die vertraute Claudia. »Als Borgato nach Venedig zurückkam«, fuhr Brunetti nachdenklich fort, »hatte er genug Geld, sich ein Lagerhaus und zwei Boote zu kaufen, und das muss er in den Jahren seiner Abwesenheit verdient haben. Also gilt es, seine Finanzen zu überprüfen: Bankunterlagen, Kredite, alles.«

Griffoni zog den Umschlag zu sich heran, nahm einen Stift von Brunettis Schreibtisch und notierte ein paar Punkte, überlegte kurz und schrieb noch etwas dazu. Dann stand sie plötzlich auf, ließ die Papiere liegen und winkte mit dem Umschlag. »Mal sehen, was ich tun kann«, meinte sie und ging.

Paola war zum Abendessen mit Kollegen verabredet, da mussten ihre Lieben zusehen, wie sie allein zurechtkamen, und sich als Jäger und Sammler betätigen. Die Kinder hatten eine Einladung von ihren Großeltern eingeheimst, und Brunetti ergab sich in sein Schicksal: Er würde Pasta mit der Sauce machen, die Paola ihm in den Kühlschrank gestellt hatte. Aber den Parmigiano dazu würde er eigenhändig reiben.

In der leeren Wohnung angekommen, ging er schnurstracks in Paolas Arbeitszimmer, das sich mit der Zeit zu seinem Lesezimmer entwickelt hatte. Paola hatte ihm am Nachmittag eine Nachricht geschickt, die neue Tacitus-Übersetzung sei eingetroffen und liege auf ihrem Schreibtisch. Und so war es. Er nahm das Buch, überflog die Lobeshymnen auf der Rückseite, kickte seine Schuhe weg, legte sich aufs Sofa und begann zu lesen.

Brunetti las schon immer gern im Liegen. Eine Ange-wohnheit, die wahrscheinlich auf die Armut seiner Familie zurückging: Ein kleiner Bücherwurm, der in einem schlecht oder gar nicht beheizten Haus aufwuchs, musste sich zwangsläufig angewöhnen, im Bett zu lesen. Noch heute – in einem viel größeren – und viel wärmeren – Haus konnte er sich besser auf ein Buch konzentrieren, wenn er es auf seine Brust stützte.

Er verzichtete auf die Einführung und die Anmerkungen des Übersetzers und schlug das Buch einfach irgendwo auf, um einen Vorgeschmack von dem zu bekommen, was ihn erwartete. Und so geriet er an Seianus, den Chef der Präto-rianergarde, den Kaiser Tiberius als »getreuen Mitstreiter« bezeichnet hatte, ohne zu ahnen, dass dieser Mitstreiter – wie von zahlreichen späteren Historikern dargelegt – es selbst auf den Thron der Cäsaren abgesehen hatte, indem er zunächst Tiberius' einzigen Sohn ermordete und dann auch dessen zwei Enkel im Auge behielt.

Eine Stelle fiel Brunetti besonders auf, und er las sie noch einmal und dann noch einmal. »Ich selbst habe das Gerede nur deshalb mitgeteilt und widerlegt, um anhand eines kla-ren Beispiels falsche Gerüchte abzuweisen und um alle, in deren Hände mein Werk kommen wird, zu bitten, dass sie nicht weitverbreitete Ungeheuerlichkeiten, die so begierig aufgenommen werden, der schlichten und unentstellten Wahrheit vorziehen.«

Brunetti ließ das offene Buch auf seinen Bauch sinken und schaute aus dem Fenster nach den Dächern und Fens-terscheiben, in denen sich die untergehende Sonne spie-gelte. Vor zweitausend Jahren verbreiteten sich Nachrichten unter der weitgehend analphabetischen Bevölkerung ausschließlich von Mund zu Mund, und Tacitus ermahnte seine Leser, alles Gehörte mit Vorsicht aufzunehmen und allein der unentstellten Wahrheit zu trauen. »Was auch immer das sein mag«, flüsterte eine innere Stimme ihm ins Ohr, und er fragte sich: War Tacitus nicht nur Historiker, sondern auch Prophet, dass er die Folgen von Fernsehen und Social Media so präzise vorausahnen konnte?

Brunetti kehrte in die Welt von vor zweitausend Jahren zurück und las weiter. Leider übersprang Tacitus die folgenden Jahre, in denen Seianus seine Ränke geschmiedet und Tiberius geschmeichelt hatte. Jetzt war Seianus bereits gefallen, und sein Andenken und seine Familie wurden systematisch zerstört.

Aber warum, fragte sich Brunetti, sollte ich Tacitus diese Geschichte abnehmen? Hatten seine Quellen ihm die Wahrheit erzählt? Hatten sie die Wahrheit überhaupt gekannt? Fast ein Jahrhundert lag zwischen diesen Ereignissen und der Zeit, als Tacitus davon berichtete. Da konnte manches aus dem kollektiven Gedächtnis verschwunden sein, oder es war verzerrt oder absichtlich unter den Teppich gekehrt worden.

Brunetti dachte an die Zeitungen, die er las, und die vielen anderen, die an den Kiosken auslagen. Tag für Tag wählten sie wichtige Neuigkeiten aus Politik, Wirtschaft, Medizin und Gesellschaft aus. Doch wie verschieden waren die Kommentare, wie widersprüchlich die Interpretationen. Verlass war nur auf die Sportseiten: Die Spielergebnisse ließen sich nachprüfen und bestätigen, ebenso die Tabellen der diversen Ligen. Aber Moment mal. Die Sportberichte nannten zwar die Summe im Vertrag eines Spielers, erläuterten aber nicht, wie viel der Mann tatsächlich einsackte. Zusatzvereinbarungen, Interviews, Marketing, selbst seine Anwesenheit bei gesellschaftlichen Anlässen, die Autos, die ihm geschenkt wurden, die Schuhe, die Kleidung: Wie sollte man die Einnahmen aus alldem berechnen? Wo war die »unentstellte Wahrheit«?

Das Geräusch eines Schlüssels an der Wohnungstür riss ihn aus diesen Grübeleien. Erst dachte er, es sei Paola, da nur sie den Schlüssel jedes Mal ohne Umstände ins Schloss bekam. Aber er wartete noch ab, wie die Tür zugemacht wurde. Zu laut für Paola. Und dann der erste schwere Schritt.

»*Ciao*, Raffi«, rief er.

Sein Sohn erschien in der Tür, fast so groß wie Brunetti, das dichte dunkle Haar so lang – keine Zeit für den Friseur –, dass es am Rucksack anstieß. Was für ein gutaussehender junger Mann sein Sohn doch war! Kaum aber hatte Brunetti das gedacht, versuchte er, es abzuschwächen, etwa nach dem Motto, schlecht sehe er jedenfalls nicht aus, irgendeine Formulierung, damit nur ja keine Eifersucht aufkam.

Raffi setzte sich zu ihm aufs Sofa und erklärte, er habe auf das Abendessen bei den Großeltern verzichtet, weil ihm seine Seminararbeit in Geschichte keine Ruhe lasse. Er erzählte von seinem Geschichtsprofessor, einem entschiedenen Anhänger der Lega, die bis vor kurzem für »Padania«, ein unabhängiges Norditalien, gekämpft hatte, mittlerweile aber andere Ziele in den Vordergrund stellte.

Der Lehrer und Raffi waren in vielen Punkten verschiedener Meinung, zum Beispiel, was die italienische Präsenz in Abessinien vor dem Zweiten Weltkrieg anbelangte, die der Lehrer als Goldenes Zeitalter dieses Landes darstellte. Als Raffi darauf hinwies, dass die Italiener im Verlauf der »Invasion«, wie er es nannte, von Flugzeugen aus Giftgas zum Einsatz gebracht hätten, stritt der Lehrer das rundweg ab. »Die Leute haben unseren Soldaten Blumen vor die Füße gestreut«, behauptete er.

»Warum streitet er alles ab, was ich sage? Sogar dann, wenn ich ihm angebe, woher ich es habe?«

Am liebsten wäre Brunetti seinem Sohn beschwichtigend durchs Haar gefahren. Stattdessen streckte er die Beine aus, legte die Füße auf den Tisch und erklärte mit ruhiger Stimme: »Leute wie ihn kann man nicht überzeugen. Er hat für sich entschieden, was wahr ist und was nicht, und alles, was du gegen seine Meinung vorbringst, provoziert ihn nur.«

»Aber er ist doch Lehrer, *papà*. Er soll uns von der Vergangenheit erzählen und wo wir uns darüber informieren können.«

Stimmt, dachte Brunetti.

»Dein Großvater war dabei«, sagte er plötzlich.

Raffi sah seinen Vater mit offenem Mund an. »Was?«

»Mein Vater. Dein Großvater. Er war in der Besatzungszeit dort. In Abessinien.«

»Das habe ich nicht gewusst«, sagte Raffi.

»Aber so war es.«

»Und woher weißt du das?«, fragte Raffi.

»Meine Mutter hatte noch seinen Wehrpass«, erklärte Brunetti. »Den hat sie gebraucht, als sie ihre Witwenpension beantragte.«

»Aber hat er denn keine Pension bekommen?«, fragte Raffi verwirrt. »Von der Armee?«

»Ihm wurde eine zugesprochen«, sagte Brunetti, »aber der Familienlegende nach hat er sie nicht angenommen.«

»Aber deine Familie war doch arm, oder?«, fragte Raffi, als habe er das Wort schon mal gehört und glaubte zu wissen, was es bedeutete.

»Er hat sie ausgeschlagen«, sagte Brunetti.

»Das ist doch verrückt«, entfuhr es Raffi, doch als sein Vater ihn scharf ansah, fügte er hastig hinzu: »Wenn man bedenkt, dass sie arm waren, meine ich.«

Wie so oft, wenn er von der Familie seines Vaters sprach, zuckte Brunetti lächelnd die Schultern. »Er fand es nicht richtig, Geld zu nehmen für das, was er da getan hat.«

»Er bekam also keine Pension?«

»Nein, nicht für seinen Einsatz in Abessinien, aber für seine Verletzung und seine Kriegsgefangenschaft hat er eine akzeptiert. Dass der Staat ihn dafür entschädigte, fand er richtig.«

Raffi strich sich die Haare aus dem Gesicht. »Das verstehe ich nicht. Soldat war er doch in beiden Fällen?«

»Ja, das schon«, antwortete Brunetti, dem es unangenehm war, dass sein Sohn den Unterschied nicht selbst erkannte.

»Also, warum wollte er die eine Pension nicht?«, bohrte Raffi weiter.

»Hast du mal gelesen, was unsere Soldaten in Addis Abeba getan haben? Nach dem Anschlag auf Graziani?«

»Das war unser General, oder?«

»Ja.« Brunetti beließ es bei dieser knappen Antwort, weil

er keine Lust hatte, über den General und sein Verhalten zu debattieren.

»Was ist passiert?«, fragte Raffi.

»Auf Graziani wurde ein Sprengstoffanschlag verübt. Bei einer Versammlung. Darauf befahl er seinen Soldaten, die Bewohner der Stadt … zu bestrafen.«

»Wie?«

Brunetti überlegte sich die Antwort genau. »Nach ihrem Gutdünken.«

Raffi sah ihn verständnislos an und schien zu erbleichen; Brunetti bemerkte auf einmal die Stoppeln des Barts, den sein Sohn einmal haben mochte.

Raffi lehnte sich zurück und verschränkte die Arme. »Darunter kann ich mir nichts vorstellen«, sagte er nach langem Schweigen.

Was für eine merkwürdige Situation, dachte Brunetti: Normalerweise waren es die Söhne und Töchter, die ihren Eltern mit der Erkenntnis kamen, dass die Geschichte ihrer Nation nicht von Engeln und Heiligen gemacht worden war, dass auch ihre Vorfahren die schmutzige Arbeit getan hatten, die nun einmal zur Geschichte jedes Landes gehört, und dann waren es die Eltern, die ihnen zu erklären versuchten, dass damals andere Zeiten waren, die Menschen anders gedacht, an anderes geglaubt hatten.

Die Empörung der Jugend, wenn sie die Giftschlange entdeckt, die hinter der Flagge lauert oder sich gar in sie gehüllt hat. Brunetti erinnerte sich, wie schockiert, ja beschämt er selbst in diesem Alter gewesen war, und an den falschen Trost, dass so ziemlich jede Nation dasselbe getan hatte und wahrscheinlich auch wieder tun würde.

Sein Sohn saß neben ihm mit entsetzter Miene, und Brunetti wusste nicht, was er sagen sollte.

Beide schwiegen lange, bis Raffi sich vorbeugte und die Ellbogen auf die Knie stützte. Dann drehte er sich zu seinem Vater um. »Wo hast du das alles her, *papà*? Über Geschichte und Menschen und wie sie sind.«

Darüber hatte Brunetti nie nachgedacht, er konnte die Frage nicht beantworten. »Ich weiß es nicht, Raffi. Vielleicht, weil ich zuhöre, was die Leute sagen, und versuche, mir erst ein Urteil zu bilden, wenn ich alles gehört habe.« Er wusste selbst, wie lahm das klang. »Und ich lese viel.«

»Sonst nichts?«, fragte Raffi, als argwöhnte er, sein Vater weiche ihm aus.

Brunetti stützte die Hände auf die Knie und stemmte sich hoch. »Außerdem bin ich gut drei Jahrzehnte älter als du und habe entsprechend mehr Erfahrung.«

Raffi nickte. »Das hilft.«

Brunetti strich seinem Sohn lächelnd durchs Haar. »Wenn doch deine Mutter auch so denken würde.«

15

Am nächsten Morgen schaute Brunetti in Signorina Elettras Büro vorbei, ob sie wieder zurück war. Und tatsächlich sah er sie in einem dunkelblauen Samtanzug mit roten Paspeln an den Aufschlägen und an den Nähten der Hosenbeine am Kopierer stehen. Der Samt leuchtete satt im Morgenlicht und verlieh ihr das Aussehen eines äußerst dezenten Oberbefehlshabers gewaltiger Armeen, mit einem Nebenjob als Portier eines exklusiven Londoner Clubs.

»Der Anzug gefällt mir«, begrüßte er sie.

»Oh, sehr freundlich, Commissario«, antwortete sie strahlend. »Ich sollte das vielleicht nicht sagen, aber es ist schön, wieder hier zu sein.«

»Viel los in Rom?«

»Zu überlaufen«, sagte sie und schüttelte sich, als lebe sie für gewöhnlich in einem Moor in Yorkshire, wo sie nur alle paar Wochen einen anderen Menschen sah.

Perplex fragte Brunetti: »Verglichen mit was?«

»Oh, entschuldigen Sie, Commissario. Ich meinte nicht die Stadt selbst, sondern die Questura dort. Da laufen Hunderte von Beamten herum.«

»Weil es in Rom mehr Verbrechen gibt?«

»Nun«, sagte sie gedehnt, »immerhin sind dort die Regierung und der Vatikan.«

Brunetti überlegte sich seine Antwort genau. »Ich meinte eher die größere Zahl der Einwohner.«

»Natürlich, natürlich. Das kommt sicher auch noch dazu«, pflichtete sie ihm bei und wechselte das Thema. »Die haben in Rom so wunderbare Geheimakten. Egal, wo man hinfasst …«, begann sie und verbesserte sich sofort: »Ich meine, rein bildlich gesprochen …«

»Selbstverständlich«, erwiderte Brunetti schnell und fragte, um nur ja nicht seiner Neugier auf die Geheimakten nachzugeben, ob es Neues zu Marcello Vios Zustand gebe. Sie schüttelte den Kopf.

»Und die zwei Amerikanerinnen?«

»Die mit dem gebrochenen Arm wurde gestern entlassen und ist jetzt in einem Hotel. Der Vater der anderen ist gestern Nachmittag aus den Vereinigten Staaten eingetroffen.« Da Brunetti sie fragend ansah, erklärte sie: »Er war dort auf einer Konferenz in Washington und ist gleich hierher zurückgeflogen. Er ist in einem Hotel in Mestre.«

»Und seine Tochter?«

»Das Krankenhaus verweigert jede Auskunft.«

»Haben Sie gesagt, dass es sich um eine Polizeiangelegenheit handelt?«

»Ja, hat auch nichts geholfen.«

Brunetti dankte ihr und ging; eigentlich wollte er nach oben in sein Büro, schlug dann aber den Weg zum Ospedale ein. Im Krankenbett sind Menschen nicht unbedingt williger, oft aber alleine gelassen und daher eher bereit für ein Gespräch.

Brunetti wählte absichtlich die längere Strecke durch die Barbaria delle Tolle, um sich das Schaufenster eines Ladens anzusehen, in dem seit Jahren japanische Möbel und Drucke ausgestellt waren. Vor langer Zeit hatte er dort eine Meiping-Vase erworben, die jetzt als Behältnis für Holzlöffel in der Küche stand. In der Eile musste er an dem Geschäft vorbeigegangen sein, dachte er und kehrte um, denn die Stücke im Schaufenster erfreuten ihn jedes Mal, besonders eine Kalligraphie, auf die er schon lange ein Auge geworfen hatte, auch wenn er nicht wusste, wo er sie aufhängen könnte. Immer wieder genoss er die Versuchung, sie zu besitzen.

Sie war weg. Das heißt, das Schaufenster war von innen mit Papier zugeklebt, dazu ein Schild: »*Cessata attività.*« Ein überflüssiger Hinweis, denn man sah auch so deutlich genug, dass der Laden aufgegeben hatte. Ohne weitere Erklärung. Er betrat das Caffè nebenan und ging zu dem weißhaarigen Mann hinter der Theke.

»Was ist mit dem japanischen Laden passiert?«, fragte Brunetti und wies mit dem Daumen hinüber.

Der Mann antwortete schulterzuckend: »Das Übliche. Der Hausbesitzer ist gestorben, und als der Vertrag auslief, wollte der Sohn die doppelte Miete.« Er griff nach einem Glas und begann, es mit einem nicht sonderlich sauberen Handtuch abzutrocknen.

»Wo sind sie hin?«, fragte Brunetti.

»Ich glaube, sie verkaufen jetzt alles online, aber genau weiß ich das nicht.«

»Wissen Sie, was stattdessen jetzt reinkommt?«, fragte Brunetti. Da sie sich auf Veneziano unterhielten, glaubte er, die Frage stellen zu dürfen.

»Muranoglas«, antwortete der Mann, die ersten Silben betonend.

»China-Murano?«, fragte Brunetti.

Der Mann griff schnaubend nach dem nächsten Glas.

Brunetti verabschiedete sich und setzte seinen Weg zum Krankenhaus fort.

Dort angekommen, verwies man ihn an die HNO-Abteilung. Vertraut mit den seltsamen Stellen, an denen Patienten in diesem immer überfüllten Krankenhaus landen konnten, stellte er keine weiteren Fragen.

Er folgte den Wegweisern, durchquerte den Kreuzgang und musste dann doch mehrmals nach dem Weg fragen, bis er die Abteilung gefunden hatte. Am Empfang sah er eine Schwester, die ihn kannte, und sagte, er wolle zu Marcello Vio. Dritte Tür rechts, ein Zweierzimmer. Vio hatte das Bett am Fenster, trug Ohrstöpsel und war mit seinem Handy beschäftigt. Er saß aufrecht, von mehreren Kissen gestützt. Der andere Patient, ein alter Mann mit Dreitagebart und bandagiertem Auge, schlief.

Brunetti blieb an der Tür stehen und beobachtete Vio. Er sah abgemagert aus, abgemagert und blass, jetzt ordentlich rasiert, die Wangen hohl vor Stress oder Müdigkeit. Plötzlich – wohl wegen etwas auf dem Display – änderte sich sein Ausdruck. Vor Nervosität, vor lauter Furcht oder weil er so gefesselt war, drückte er einen der Stöpsel tiefer ins Ohr; bald darauf wirkte er ruhiger. Er blickte auf, sah zum Fenster und dann zur Tür. Beim Anblick Brunettis wurde sein Gesicht leer, bis ihm Unerfreuliches dämmerte, er den Blick senkte und das Handy auf die Bettdecke gleiten ließ.

Er nahm die Ohrstöpsel heraus, sagte aber nichts.

Brunetti näherte sich dem Bett und reichte Vio die Hand; der andere schüttelte sie kurz und legte die Rechte alsgleich schützend über sein Telefon.

»Guten Morgen, Signor Vio. Ich wollte mich nach Ihrem Befinden erkundigen. Ich hätte gedacht, man würde Sie früher entlassen.«

Vio schüttelte den Kopf. »Nein, war ihnen zu riskant, sie behalten mich vorläufig hier.«

»Riskant?«, hakte Brunetti freundlich nach.

»Ich habe eine Rippe gebrochen und zwei angeknackst, die gebrochene könnte meine Lunge verletzen«, erklärte er und legte schützend die Hand auf die bedrohte Stelle.

Brunetti nickte besorgt.

Vio sah auf seine Hände.

Brunetti ging unaufgefordert um das Bett herum, nahm sich den Besucherstuhl und ließ sich keine Armeslänge von Vio entfernt darauf nieder. Vio wich unwillkürlich vor ihm zurück und stöhnte auf, weil er sich zu hastig bewegt hatte.

»Als wir unterbrochen wurden, Signor Vio, erzählten Sie mir gerade, dass Sie mit einem Boot Ihres Onkels zum Campo Santa Margherita gefahren sind.« Die Behauptung ging Brunetti glatt von den Lippen. Er wartete, bis Vio genickt hatte. Dann setzte er wahrheitswidrig hinzu: »Ich wohne nicht weit von dem Campo. Daher weiß ich, wie es spätabends dort zugeht, dass sich dort immer viele Studenten und andere junge Leute auf einen Drink treffen.« Und mit einem kleinen Lachen und einer weiteren Lüge: »Mein Sohn geht dort auch oft mit Freunden hin.«

Vio blieb stumm.

»Natürlich, um sich mit Mädchen zu treffen«, fuhr Brunetti mit noch einem kleinen Lachen fort. »Waren Sie in jener Nacht auch deswegen dort, Signor Vio?« Mahnend fügte Brunetti hinzu: »Ich möchte, dass Sie sehr genau nachdenken, bevor Sie auf diese Frage antworten, Signor Vio.«

Vios Augen weiteten sich. Der Commissario saß so nah neben ihm, dass er den Schweiß an Vios Schläfen sehen konnte. »Warum sagen Sie das, Signore?«, fragte der andere leise. Er stieß den Atem aus, holte tief Luft und stieß sie wieder aus. Dann schob er sich, beide Hände auf die Matratze gestützt, vorsichtig wie ein alter Mann ein wenig am Kopfkissen hoch. »Ist das jetzt wie in der Questura?«, fragte er und klang plötzlich sehr jung. Er zeigte auf Brunetti und dann auf sich selbst. »Ich meine, Sie und ich?«

»In gewisser Weise, ja«, antwortete Brunetti. »Nur dass es nicht aufgezeichnet wird.« Um von seiner Aufrichtigkeit zu überzeugen, nahm er sein Handy, stellte es aus und zeigte Vio das schwarze Display.

»Also eher ein normales Gespräch?«, fragte Vio.

»Etwas in der Art«, bestätigte Brunetti. »Keine Aufnahme, keine Zeugen, nichts kann als Beweis verwendet werden.«

»Für was?«, fragte Vio.

»Für das, was voriges Wochenende geschehen ist, draußen auf der *laguna*.«

»Mit den Mädchen?«, fragte Vio.

»Ja.«

»Das war ein Unfall«, sagte Vio mit aller Kraft, die ihm blieb.

»Was genau ist passiert?«

Vio biss sich auf die Unterlippe und schloss die Augen. Als er sie wieder aufschlug, sagte er: »Ich habe eine *briccola* gerammt. Ich war in der richtigen Fahrrinne: Ich kenne die *laguna* wie …«, begann er, schien aber keinen passenden Vergleich zu finden. Schließlich meinte er: »Ich kenne sie sehr gut.«

»Aber trotzdem haben Sie die *briccola* gerammt«, sagte Brunetti und wies auf Vios Brust. »Und zwar kräftig.«

Vio reagierte nicht.

»Sie sind auf etwas gestürzt«, fuhr Brunetti fort, »und haben sich eine Rippe gebrochen. Eins der Mädchen hat einen doppelten Armbruch davongetragen, die andere liegt auf der Intensivstation.« Er wartete drei Takte, dann fügte er hinzu: »Sie ist sehr schwer verletzt.«

Vio murmelte etwas Unverständliches, mit gesenktem Kopf, als spräche er mit seinen Händen.

»Verzeihung?«, sagte Brunetti.

»Das habe ich nicht gewollt.«

»Niemand will so etwas, Marcello. Deshalb spricht man von Unfällen. Es war dunkel, Sie fuhren zu schnell und sind mit etwas zusammengestoßen, von dem Sie eigentlich wissen mussten, dass es im Weg sein könnte.« Kühl und leidenschaftslos fuhr Brunetti fort: »Als Bootsführer waren Sie für die Sicherheit aller an Bord verantwortlich.«

Vio schüttelte stumm den Kopf, als könne er damit Brunettis Bemerkungen entkräften und den Aufprall auf den im Wasser treibenden massiven Holzpfahl ungeschehen machen.

»Ich habe sie zum Krankenhaus gebracht«, beharrte Vio.

Plötzlich hatte Brunetti Vios Rechtfertigungen satt. »Die eine hatte sich das Gesicht blutig geschlagen, die andere den Arm verletzt, aber Sie haben sich alle Zeit der Welt gelassen, sie zum Pronto Soccorso zu bringen.«

»Ich … ich … wollte … nicht …«, stammelte Vio.

»Sie wollten nicht von der Polizei angehalten werden. Sie wollten nicht ins Röhrchen blasen, Marcello. Seien wir doch mal ehrlich, ja? Deshalb sind Sie so langsam gefahren, obwohl das Mädchen das ganze Boot vollgeblutet hat«, fügte Brunetti absichtlich übertreibend hinzu, um Druck auszuüben.

Vio sah ihn wütend an. »Hat Berto das erzählt?«

»Es spielt keine Rolle, wer es mir erzählt hat, Marcello. Nur, dass es so war.«

Brunetti hielt inne. Er zitterte vor Erregung. Er konnte sich selbst nicht erklären, was ihn so aufwühlte: eine Mischung aus Zorn und Mitleid und tiefer Trauer darüber, wie gedankenlos, verletzlich und zerbrechlich junge Menschen waren. Er wartete, dass das Zittern aufhörte, sah zu Boden, dann zur Wand – alles, nur nicht das Gesicht des Jungen im Bett sehen müssen.

Als der andere eine Bewegung machte, blickte Brunetti auf und sah, dass Vio sich mit dem Ärmel seines Pyjamas übers Gesicht fuhr. Brunetti zwang sich, die Bauchmuskeln und seinen Kiefer locker zu entspannen.

Er war jetzt nicht Vater, nur Polizist, sah Vio fest an und sagte: »Sie haben gegen mehrere Gesetze verstoßen, Signor Vio. Der schwerste Verstoß ist der, dass Sie einer verletzten Person keine Hilfe geleistet haben.« Da Vio dazu schwieg, erklärte Brunetti ruhiger: »Sie sind Bootsführer. Sie wissen, dass das Ihre Pflicht ist.«

Vio antwortete sehr leise: »Aber das haben wir doch. Berto hat auf den Alarmknopf gedrückt. Sogar mehrmals.« Er sah Brunetti flehend an. Da Brunetti nicht reagierte, wiederholte er: »Berto hat auf den Knopf gedrückt. Ich hab's selbst gesehen. Er kann das bestätigen.« Er wurde immer lauter. »Dann sind wir ins Boot zurück. Weil wir nicht überrascht werden wollten, wenn jemand kam und sie reinholte.« Er streckte die Hand nach Brunetti aus, zuckte vor Schmerz zusammen und zog sie zurück.

»Verstehe«, sagte Brunetti. Er bezweifelte nicht, dass Vio glaubte, Duso habe Alarm geschlagen und Hilfe sei unterwegs. Doch die kam nicht, die kam erst, als ein Zufall oder die Parzen jemanden einer Zigarette halber in die Nacht entsandten.

16

Beide schwiegen. Vio hielt den Kopf gesenkt und schob sein Handy auf der Bettdecke hin und her. Brunetti versuchte, das Durcheinander seiner Gedanken und Gefühle zu ordnen. Wie würden die Richter entscheiden – sollte es jemals zu einem Prozess kommen? Wie ergründete oder bewies man die Absichten eines Menschen? Nur Taten zählten, und immerhin hatten die beiden die Amerikanerinnen ja wohl zum Krankenhaus gebracht, um ihnen ärztliche Hilfe zu verschaffen.

»Hatten Sie getrunken?«, fragte Brunetti.

Vio klang geradezu entrüstet. »Nein, Signore. Ich trinke nicht, wenn ich mit dem Boot unterwegs bin.«

»Im Gegensatz zu den meisten Ihrer Kollegen«, bemerkte Brunetti trocken.

Vio lächelte verständnisinnig.

»Drogen?«, fragte Brunetti in ebenso sachlichem Ton.

»Mag ich nicht.«

Vertraulich hakte Brunetti nach: »Haben Sie mal welche ausprobiert?«

»Einmal. Da war ich vierzehn. Was das war, weiß ich nicht, aber mir ist schlecht geworden, sehr schlecht. Danach nie wieder.«

»Waren Sie am Steuer, als es zu dem Unfall kam?«

»Selbstverständlich«, antwortete Vio, überrascht von der Frage. Brunettis Miene veranlasste ihn zu der Erklärung: »Abgesehen von zwei anderen Männern, die für meinen

Onkel arbeiten, bin ich der Einzige, der das Boot steuern darf.«

Das klang wie der Lehrsatz des Pythagoras, dachte Brunetti, auch wenn er bezweifelte, dass Vio den kannte. »Verstehe«, sagte er. Und dann, neugierig: »Kann denn Duso kein Boot steuern?«

»Doch, Signore. Ich habe es ihm beigebracht. Er kann es gut.«

»Aber nicht gut genug für das Boot Ihres Onkels?«

Vio ließ sich mit der Antwort Zeit. »Es ist gegen die Vorschriften. Er hat keine Zulassung, Boote mit mehr als 40 PS darf er nicht fahren.« Und dann: »Außerdem käme er mit diesem Boot nie zurecht.«

Brunetti dachte, wenn ich Vianello oder sonst irgendwem, der sich mit Booten auskennt, mit der Behauptung käme, dass man nur die in seiner Zulassung angegebenen Boote steuern darf, würden die sich schieflachen. Eine Zulassung war bloß ein Anhaltspunkt, keine Grenze, eine Art nichtbindende Formalität. Manch einer fuhr jedes beliebige Boot, ohne Rücksicht auf die Pferdestärken. Nicht die wirklich großen Transportboote, gestand Brunetti sich ein, aber die kleineren ganz bestimmt.

»In der Questura«, begann Brunetti, »haben Sie erklärt, Ihre Zulassung sei für alle Boote Ihres Onkels gültig.«

Sichtlich stolz auf seine Fähigkeiten, bestätigte Vio: »Ja. Mein Onkel hat mir den großen Führerschein bezahlt. Er will keinen Ärger mit der Wasserpolizei.« Unsicher, ob er den Gedanken aussprechen solle, fügte er schließlich hinzu: »Ich habe alle Prüfungen problemlos bestanden. Auf Anhieb.« Sein stolzes Lächeln machte ihn um Jahre jünger.

»Schön für Sie«, gratulierte Brunetti. »Wie lange arbeiten Sie schon für Ihren Onkel?«

»Seit meiner Kindheit. Boote be- und entladen.«

»Wie alt waren Sie da?«, fragte Brunetti.

»Fünfzehn. Vorher hat er mich nicht gelassen.«

»Weil Sie zur Schule gingen?«

Vio lachte, stöhnte aber gleich vor Schmerzen auf. »O nein. Man darf erst mit fünfzehn als Lehrling anfangen. Die Schule war ihm egal.« Er sah Brunetti mit offenem Mund an. »So etwas sollte ich Ihnen nicht erzählen, oder?«

Jetzt war Brunetti mit Lachen an der Reihe. »Ich war auch fünfzehn, als ich meinem Vater beim Entladen von Booten geholfen habe. Also vergessen Sie's.«

»Er hat mich bezahlt«, sagte Vio mit einem Ernst, als sei der private Anstand ein Ausgleich dafür, dass der Neffe die Schule hatte abbrechen müssen.

Brunetti lachte aus voller Kehle. »Das wäre dem Boss meines Vaters niemals eingefallen.«

»Wo haben Sie denn gearbeitet?«, fragte Vio neugierig.

»Überall und nirgends. Mein Vater war Tagelöhner, mal hier, mal da. Meistens in Marghera, manchmal am Rialto. Ich bin mitgegangen, um ihm unter die Arme zu greifen.«

»Das verstehe ich nicht«, sagte Vio.

»Mein Vater war lungenkrank, die Arbeit war eigentlich zu schwer für ihn, aber er hatte einen guten Ruf: Jeder wusste, dass er niemals etwas stehlen würde. Deswegen holten ihn die Bootsbesitzer, und er nahm mich mit, damit sein Tagewerk auch wirklich getan war.« Vio schien beeindruckt, ja überrascht, als hinter dem Polizisten ein Mensch aus Fleisch und Blut zum Vorschein kam.

»Irgendwie sind sie sich ähnlich, mein Vater und Ihr Onkel«, sagte Brunetti lächelnd.

Vio wirkte verwirrt. Erst nach einer Weile sagte er mit Bedauern in der Stimme: »O nein, keineswegs.« Er nahm erschrocken die Hand vor den Mund, als sei ihm das herausgerutscht.

Brunetti wollte gerade nachhaken, als es kurz anklopfte und eine Schwester ins Zimmer kam. Eine kräftig gebaute Frau mit rundem Gesicht, alt genug, um Vios Mutter zu sein. Sie nickte Brunetti wortlos zu und wandte sich an Vio.

»Ich habe eine mitgebracht, Marcello. Ich musste erst die richtige Größe finden.« Lächelnd hielt sie ihm etwas entgegen, das wie eine Art kugelsichere Weste aussah, dunkelbraun und aus einem steifen Material. »Wenn du das tagsüber trägst, garantiere ich dir, dass du wieder arbeiten kannst«, erklärte sie, stolz auf ihren Fund. Sie klappte die Weste auf, näherte sich dem reglos Liegenden und sagte: »Bitte sehr. Willst du sie nicht gleich mal anprobieren und sehen, ob es hilft?« Sie drehte sich zu Brunetti um. »Die ist stabil, Signore, und hält ihn aufrecht, so dass die Rippen nicht an seine Lunge kommen.« Sie schwenkte die Weste vor Vio hin und her, als wolle sie eine Überraschung herausschütteln.

Vio rührte sich nicht und schenkte der Weste kaum einen Blick.

»Na komm schon, Marcello, probier sie mal an. Ich bin mir sicher, die passt perfekt. Ich habe mir in der Reha alles Mögliche zeigen lassen und hatte fast schon aufgegeben, als diese auftauchte.« Wieder hielt sie ihm die Weste aufmunternd hin.

Der junge Mann richtete sich auf und rutschte mit den Beinen an die Bettkante. Vorsichtig stellte er einen Fuß auf den Boden, dann den anderen, stützte sich mit den Händen am Bett ab und erhob sich.

»Dreh dich um, und streck den rechten Arm aus.« Vio gehorchte, und die Schwester schob die Weste darüber. Einmal dabei, angezogen zu werden, schlüpfte er mit dem anderen Arm hinein und drehte sich, um ihr das Ergebnis zu zeigen. Brunetti dachte an die Szene in der Ilias, wo Achilles einen »Harnisch, den strahlenden, heller denn Feuer« angelegt bekommt.

Die Schwester ging um Vio herum und prüfte den Sitz von allen Seiten. »Wie gesagt: perfekt.« Sie half ihm mit dem Klettverschluss, bis sie mit dem Ergebnis zufrieden war.

Plötzlich hatte sie ein Taschentuch in der Hand und wedelte damit vor ihm herum.

»Versuch, mir das wegzunehmen«, sagte sie.

Brunetti erschauderte, als er sah, wie tief sie es plötzlich hielt und was sie von Vio verlangte, aber der junge Mann bückte sich gehorsam, und als er zugreifen wollte, bückte sie sich mit ihm und hielt das Taschentuch noch tiefer. Vio folgte der Bewegung und nahm es ihr lachend aus der Hand. Dann schwenkte er es über seinem Kopf, gab es ihr zurück und sagte: »Ein Wunder. Mit dem Ding tut mir nichts mehr weh.«

Die Schwester sah zu Brunetti, der ihr an Alter und Erfahrung näher war. »Die Jungen wollen nie hören.«

Brunetti erwiderte lächelnd: »*Brava, Signora.*«

Ans Bett gelehnt, fragte Vio: »Darf ich sie anbehalten?«

»Ja. Lass sie über Nacht an und morgen früh zum Röntgen. Und nach der Entlassung solltest du sie auch noch ein paar Tage tragen.«

»Heißt das, ich kann früher nach Hause?«, fragte Vio.

»Natürlich, du kommst bald hier raus«, sagte sie lächelnd.

»Gut«, sagte Vio. »Ich muss wieder an die Arbeit.«

Die Schwester legte ihm eine Hand auf den Arm. »Aber nichts überstürzen, Marcello.« Sie wartete, bis er wieder unter der Decke lag, verabschiedete sich von beiden und verließ den Raum.

»Tut es wirklich nicht mehr weh?«, fragte Brunetti.

Vio hielt den Kopf schief und nickte kaum merklich. Er war ein richtiger Mann, und richtige Männer kennen keinen Schmerz. »Ist schon okay, und ich werde versuchen, vorsichtig zu sein«, sagte er, sah Brunettis besorgte Miene und fügte hinzu: »So schlimm ist das gar nicht. Ich hab mir mal den Fuß gebrochen: Das war schlimm.«

»Ja, Füße sind grauenhaft«, bestätigte Brunetti, um ein wenig Mitgefühl zu bekunden. Selbst wenn es einer früheren Verletzung galt, könnte das helfen. Oder etwas, wo es ihnen ähnlich ergangen war? »Es muss schön für Sie sein«, sagte er, »eine feste Arbeitsstelle zu haben.«

Vio sah ihn entgeistert an. »Warum?«, fragte er. »Was reden Sie da?«

»Meine Freunde erzählen mir ständig, ihre Kinder fänden keine Arbeit, sosehr sie sich auch bemühen.«

Vio schien schockiert. »Das habe ich nicht gewusst«, sagte er schließlich.

»Manche sind schon seit Jahren mit der Schule fertig und hatten noch kein einziges Vorstellungsgespräch.«

»Das ist schlimm«, sagte Vio voller Mitgefühl. »Ein Mann muss doch Arbeit haben.«

»Das finde ich auch«, sagte Brunetti, froh, dass er dabei keine Hintergedanken hatte. Den Hinweis, dass auch Frauen Arbeit brauchen, sparte er sich. »Ihre Freunde haben es besser?«, fragte er.

»Es gibt immer Arbeit, man muss nur wollen«, sagte Vio. »Boote müssen repariert werden, man braucht Leute, die sie beladen, und überall in der Stadt sieht man Männer, die Bestellungen ausliefern, die Kisten von den Booten holen und vor den Supermärkten aufstapeln. Bei Sanierungsarbeiten werden auch immer Leute gebraucht, aber da wird die schwere Arbeit schon von den Bosniern und Albanern gemacht. Wenn man einen kennt, der eine Firma hat – oder vielleicht kennt in der Familie jemand so einen –, kann man auch auf dem Bau noch einen Job bekommen, und sei es, dass man Schutt auf die Boote lädt oder Zement zu den Baustellen bringt.« Vio ließ den Kopf ins Kissen sinken und schloss die Augen. »Geschäfte wie Ratti oder Caputo, die suchen immer Leute, die die Herde und Waschmaschinen ausliefern und anschließen.« Er richtete sich bequem ein. Schon wollte er noch mehr Jobs aufzählen, von denen junge Männer in den Ketten ihrer Universitätsabschlüsse nicht einmal wussten. Doch da fielen ihm auch schon die Augen zu, und sein gleichmäßig gehender rauer Atem verriet, dass er eingeschlafen war.

Von Schmerzen befreit und mit seinen im Schlaf entspannten Zügen sah er aus wie ein großer kleiner Junge. Brunetti erschauderte bei dem Gedanken, dass er ohne die Witwenpension, die seine Mutter erhielt, als er noch ein

Teenager war, selbst froh gewesen wäre um solch einen Job oder wenn ein alter Freund seines Vaters ihn irgendwo empfohlen hätte. Erst letzte Woche hatte er gelesen, dass sich auf ein Stellenangebot von Veritas für drei Müllmänner fast zweitausend Bewerber gemeldet hatten, die meisten davon mit Universitätsabschluss.

Die Heimat von Dante, Michelangelo, Leonardo, Galileo und Columbus – und zweitausend junge Männer konkurrierten um ein paar Jobs als Müllmänner. »*O tempora, o mores*«, flüsterte er und verließ leise das Zimmer.

Vor dem Krankenhaus rief er Vianello an und erkundigte sich, was dessen Freunde auf der Giudecca über Pietro Borgato gesagt hatten. Nicht viel, wie sich herausstellte. Nach dem, was Vianello so unauffällig wie möglich herausgebracht hatte, galt Borgato zwar als Rauhbein, aber als geschäftstüchtig. Seine Exfrau, die aus einer Kleinstadt in Kampanien stammte, war mit einer ihrer beiden Töchter wieder dort hingezogen. Die andere lebte mit ihrem Mann in Venedig. Sein Neffe arbeitete für ihn, doch war man sich einig, dass Marcello das Geschäft niemals übernehmen werde – und sei es nur, weil sein Onkel ihn nicht für geeignet hielt. Niemand, mit dem Vianello gesprochen hatte, sah das anders. Allgemein war man der Überzeugung, Marcello sei ein guter Junge, nur leider in einer Welt, wo gute Jungen für ein Geschäft wie das seines Onkels oder dafür, wie sein Onkel das Geschäft betrieb, nicht gemacht waren. Mehr hatte Vianello nicht zu berichten; Brunetti dankte ihm und beendete das Gespräch.

Als Brunetti in die Questura kam, ließ der Wachmann am Empfang die zum Gruß erhobene Hand in der Luft, um ihn zu stoppen. »Da ist jemand, der Sie sprechen möchte, Commissario. Ein Venezianer. Ich habe ihn gebeten, dort drüben zu warten«, sagte er und wies ans andere Ende der großen Eingangshalle.

Filiberto Duso erhob sich von einem der vier Stühle vor dem verblichenen Foto eines früheren Questore, das noch niemand in der Questura sich je genauer betrachtet hatte.

Der junge Mann machte ein paar Schritte in Brunettis Richtung, hielt inne und machte noch ein paar Schritte auf ihn zu.

»Ah, Signor Duso. Womit kann ich Ihnen behilflich sein?«, sagte Brunetti und legte mit ausgestreckter Hand den Rest des Wegs zurück.

Duso lächelte schwach, ließ Brunettis Hand los, räusperte sich ein paarmal und sagte schließlich: »Ich möchte mit Ihnen sprechen, Commissario.« Er sah sich nervös um und fügte hinzu: »Ich muss.«

»Selbstverständlich. Worum geht es?«

»Marcello«, stieß er heiser hervor, fast, als ob der Name ihm Angst machen würde.

Brunetti fragte besorgt: »Stimmt was nicht?«

»Er hat Angst, dass man ihm etwas antun will.«

17

Brunetti legte dem jungen Mann eine Hand auf den Arm und ließ sie dort ruhen. Erstarrt vor Schreck von seinen eigenen Worten, rührte sich Duso nicht vom Fleck.

»Folgen Sie mir«, sagte Brunetti und ging zu dem Wachmann. Auf einen Wink von Brunetti schloss dieser die Tür zu einem kleinen Büro neben dem seinen auf; normalerweise transkribierten hier die Dolmetscher, die die Polizei unterstützt hatten, die Aufzeichnungen der Verhöre von Verdächtigen, die nicht Italienisch sprachen. Wie erhofft war zurzeit niemand da. Ein Tisch, vier Stühle, ein verschlossener Aktenschrank mit Aufzeichnungsgeräten und regalweise Protokolle.

Brunetti zog einen Stuhl heraus, wartete, bis Duso, mit gesenktem Kopf, darauf saß, und nahm dann ihm gegenüber Platz. Der junge Mann war noch unrasiert und hatte ganz offenkundig schlecht geschlafen. Langjährige Erfahrung hatte Brunetti gelehrt, geduldig abzuwarten, bis der andere die Kraft oder den Mut aufbrachte zu sprechen. Brunetti studierte seine gefalteten Hände vor sich auf dem Tisch – nicht, dass er Duso ignorierte, aber allzu viel Aufmerksamkeit schenkte er ihm nicht.

Hinter der Tür hallten Schritte. Das Portal zur *riva* und in die Freiheit öffnete sich mit doppeltem Quietschen und schloss sich mit einem dreifachen. Brunetti, der das nur selten mitbekam, würde es den Verstand rauben, dieses Ge-

räusch den ganzen Tag zu hören. Er betrachtete seinen Ehe-
ring, drehte ihn mit dem Daumen hin und her. Ihn zu
berühren machte ihm immer Freude, als sei der Ring ein
Kultgegenstand mit magischen Kräften, der ihm stets bei-
stand wie ein freundlicher Geist.

»Ich habe ihn gestern besucht«, begann Duso unvermit-
telt.

Brunetti nickte, unterließ aber den Hinweis, dass er
selbst an diesem Morgen ebenfalls im Krankenhaus gewesen war.

»Er sah furchtbar aus und hat sich die ganze Zeit herum-
gewälzt«, sagte Duso. »Immer von einer Seite auf die andere, als ob das gegen die Schmerzen helfen würde.«

Brunetti nickte noch einmal.

»Ich habe ihn gefragt, ob ich eine Schwester holen oder
ihm beim Aufstehen helfen soll. Ich habe sogar gefragt, ob
er auf die Toilette muss«, murmelte Duso verlegen, als ge-
stehe er einen Verstoß gegen die Verhaltensregeln zwischen
männlichen Freunden.

»Er sagte nein, alles in Ordnung, aber dann sagte er, er
habe Angst und wisse nicht, was er tun soll.«

»Hat er erwähnt«, fragte Brunetti nach einer Weile, »wovor er Angst hat?«

»Nein, zuerst nicht. Er hat das Thema gewechselt und
mich gefragt, was ich so mache, aber es war klar, dass ihn
das nicht wirklich interessiert.« Duso hob ratlos die Hände
und ließ sie dann in den Schoß sinken, wo sie sich aneinan-
derklammerten.

»Wir sind beste Freunde, schon seit unserer Kindheit«,
erklärte er, und es klang beschwörend, als müsse Brunetti

doch verstehen, dass Vio verpflichtet sei, sich seinem Freund anzuvertrauen.

»Und wie haben Sie reagiert?«, fragte Brunetti.

»Ich bin aufgestanden und habe gesagt, ich gehe jetzt, wenn er mir nicht verrät, was los ist. Dann solle ich halt gehen, hat er gemeint, aber unter Freunden mache man das nicht.«

Brunetti fiel auf, wie jung Duso sich anhörte, erst aufgebracht bei seiner Bemerkung über beste Freunde, dann gekränkt, dass sein bester Freund sich nicht an die Regeln hielt.

Brunetti wartete. Duso konnte noch so lange auf seine Hände starren, sie sagten nichts, so wenig wie er selbst. Schließlich fragte Brunetti: »Was ist passiert?«

»Ich habe mich wieder hingesetzt und gewartet, dass er endlich den Mund aufmacht.« Er sah zu Brunetti; der ihn aufmunternd ansah.

»Und? Hat er es Ihnen erzählt?«

Duso wollte schon nicken, schüttelte dann aber den Kopf. »Erst dachte ich, ja, aber jetzt weiß ich nicht.«

Brunetti wartete schweigend.

Beide betrachteten ihre Hände, Brunettis Finger verschränkt, Duso die Knöchel der einen Hand mit den Fingern der anderen knetend. Das Portal zur *riva* ging auf und zu, einmal, zweimal.

»Er meinte, er sei in Schwierigkeiten, großen Schwierigkeiten, und wisse nicht mehr weiter.« Duso kam Brunettis Frage zuvor: »Nein, nicht wegen des Unfalls, oder, na ja, irgendwie schon, aber nicht direkt. Zu dem Unfall habe ich Ihnen die Wahrheit erzählt. Marcello auch. Ich habe auf den

Alarmknopf gedrückt – jedenfalls glaubte ich das – und habe gedacht, gleich kommt jemand, also haben wir uns verzogen. Marcello war außer sich vor Angst, die würden die Polizei holen: Wenn die uns anhielt, würden sie schnell merken, wessen Boot das war.«

»Wovor hat er denn Angst, wenn nicht wegen des Unfalls?«, fragte Brunetti.

Duso drückte seine Hände so heftig, dass Brunetti die Gelenke knacken hörte. Der junge Mann sah kurz in Brunettis Richtung, dann wieder weg. »Hab ich doch gesagt. Er hat Angst vor seinem Onkel und davor, wieder arbeiten zu gehen.«

»Weiß sein Onkel, dass sein Boot in den Unfall verwickelt war?«

Duso schüttelte den Kopf. »Ich glaube nicht. Als wir in der Nacht zur Giudecca kamen, hat Marcello es an dem Steg hinterm Büro vertäut. Es ist das älteste Boot seines Onkels – sonst würde er Marcello nicht damit fahren lassen –, ziemlich zerschrammt, aber sehr stabil. Niemand fällt auf, dass die Kerbe am Bug neu ist«, erklärte er, hörbar erleichtert. Er dachte an jene Nacht zurück: »Viel Blut war da gar nicht. Ich habe schnell gearbeitet.«

Nach einer Weile fuhr er fort: »Erst da begann Marcello den Schmerz zu spüren. Ich glaube, wir beide hatten so große Angst, dass wir bis dahin nicht viel mitbekommen haben, das ging erst los, als wir in Sicherheit waren und dachten, die Sache sei vorbei.« Und dann wiederholte Duso immer wieder: »In Sicherheit.«

Nachdem Duso einmal zu reden angefangen hatte, brauchte Brunetti nur dafür zu sorgen, dass er nicht wieder aufhörte. Er setzte eine verwirrte Miene auf und fragte besorgt: »Wovor hat er dann Angst, wenn Sie doch beide in Sicherheit waren?«

Duso hob ratlos die Hände. »Ich weiß es nicht. Marcello liebt seinen Onkel, weil der ihm, als die Familie in Not war, Arbeit gegeben hat. Pietro hat nur die zwei Töchter.« Er schloss die Augen. »Vielleicht ist Marcello so eine Art Ersatzsohn für ihn. Keine Ahnung.«

Trotzdem hat er seinen Neffen nicht zum Nachfolger eingesetzt, dachte Brunetti. Das war natürlich nicht gleichbedeutend damit, dass er Marcello nicht gernhatte, konnte auch nur heißen, dass er ihn gewogen und für zu leicht befunden hatte.

Duso schüttelte heftig den Kopf. »Ich weiß nicht, was ich tun soll. Ich weiß es nicht. Marcello hat nur gesagt, sein Onkel habe Wind bekommen, dass wir in die Questura vorgeladen worden sind.« Er stützte die Ellbogen auf den Tisch, barg sein Gesicht in den Händen und schüttelte den Kopf.

»Hat er seinen Onkel gesprochen?«

»Nein. Seine Kusine, die hier in der Stadt lebt, hat Marcello im Krankenhaus besucht und ihm erzählt, ihr Vater sei wütend, weil Marcello mit der Polizei gesprochen habe, sehr wütend. Ihr Vater mache sich Sorgen, dass ihn das in Schwierigkeiten bringen könne.«

»Wen?«, fragte Brunetti. »Marcello oder seinen Onkel?«

Die Frage brachte Duso aus dem Konzept, er schloss die Augen, als rufe er sich noch einmal genau ins Gedächtnis, was sein Freund ihm erzählt hatte. »Seinen Onkel«, sagte er schließlich und schien selbst überrascht von der Antwort.

Schweigen machte sich breit, bis Brunetti fragte: »Kennen Sie den Onkel?«

Duso war wie verwandelt. Er richtete sich auf und schob seinen Stuhl vom Tisch zurück, als wolle er eine größere Distanz schaffen zwischen sich und Brunetti. Seine Gesichtsmuskeln zuckten, aber er sagte nichts. Offenbar suchte er nach der richtigen Antwort auf diese Frage.

Schließlich meinte er: »Ich habe ihn einmal gesehen.«

»Wann?«, fragte Brunetti.

»Vor zehn Jahren.«

»Und seitdem nicht mehr?«

»Nein.«

»Wenn ich mal als Vater sprechen darf«, sagte Brunetti lächelnd, »klingt mir das sehr merkwürdig.«

Duso fragte mit zitternder Stimme: »Warum?«

»Weil mein Sohn viele Freunde hat. Natürlich kenne ich nicht alle, aber seinen besten Freund kenne ich sehr gut: Er war sogar schon ein paarmal mit uns im Urlaub.«

Duso starrte Brunetti an, als bekomme er gerade ganz neue Einsichten in zwischenmenschliche Beziehungen. »Wie lange sind die beiden schon befreundet?«

»Seit dem ersten Schuljahr. Damals saßen sie in derselben Bank, und jetzt auf der Universität sitzen sie immer noch nebeneinander«, erklärte Brunetti, als sei das die selbstverständlichste Sache der Welt.

Duso sah wieder auf seine Hände, schob den Stuhl noch weiter zurück und betrachtete seine Schuhe. Mit immer noch gesenktem Kopf fragte er sehr leise: »Sind sie nur Freunde?«

Für Brunetti fügten sich Puzzleteile zu einem Ganzen.

»Die beiden sind heterosexuell, falls Sie das meinen«, sagte er. Und nach einer Pause: »Als ob das einen Unterschied machen würde.«

»Für Sie?«, fragte Duso.

»Für mich. Für Raffi. Für Giorgio«, sagte Brunetti zu Dusos kaum verhohlener Verblüffung. »Die beiden mögen sich. Wie es unter Freunden sein sollte, finden Sie nicht?«

Duso öffnete den Mund, doch kein Wort kam heraus. Schließlich gelang es ihm zu fragen: »Und wenn es mehr wäre?« Auch wenn er dieses »mehr« nicht näher erläuterte, war klar, was er damit meinte. »Das würde Ihnen nichts ausmachen?«

Brunetti dachte nach; er hatte nie einen Grund gehabt, an der Neigung seines Sohns zu zweifeln, und versuchte sich jetzt die andere Möglichkeit vorzustellen. »Nein, es würde mir nichts ausmachen. Aber«, setzte er wieder an und sah, wie alarmiert Duso war. »Aber ich würde mir Sorgen machen, dass es ihm das Leben komplizieren oder schwermachen könnte.« Er sann diesem Gedanken nach und meinte schließlich: »Doch immer noch nicht so schwer und unerträglich, wie es wäre, wenn er den Heterosexuellen spielen und damit sein Leben vergeuden würde.« Brunetti ließ das nachwirken und erklärte abschließend: »Das täte mir in der Seele weh.«

»Ich verstehe«, sagte Duso. »Danke.«

»Ist es möglich, dass Marcello deswegen Angst hat?«, fragte Brunetti.

»Möglich wäre es«, antwortete Duso. Er sah zu Brunetti und fügte hinzu: »Alle haben Angst vor Pietro.«

»Sie auch?«

»Was glauben Sie, warum ich ihm zehn Jahre lang aus dem Weg gegangen bin?«, fragte Duso und lächelte plötzlich so befreit wie jemand, der ein Paar Schuhe losgeworden ist, die ihn jahrelang gedrückt haben. »Er glaubt nicht, dass Marcello und ich einfach nur Freunde sind. Wie Brüder.«

Er sah zu Brunetti, der erklärte: »Sie beide können sich glücklich schätzen: So eine Freundschaft ist viel wert.«

»Sie halten das für etwas Gutes?«, fragte Duso, so ruhig er nur konnte.

»Es ist so ziemlich das Beste, was einem passieren kann«, antwortete Brunetti. Dusos Erleichterung entging ihm nicht, und so riskierte er die Frage: »Sein Onkel befürchtet also, Sie ... könnten ihn beeinflussen?«

Duso nickte und meinte dann lächelnd: »Deswegen gehen wir auf den Campo Santa Margherita: Die Leute sollen sehen, wie wir Mädchen ansprechen, und dann sollen sie es seinem Onkel erzählen.«

Brunetti lachte. »Großartige Idee.«

»Es war Marcellos Einfall. Sein Onkel hat ihm nicht geglaubt, dass wir gerne mit Mädchen zusammen sind. Da sind wir eben an den Wochenenden auf den Campo gegangen, wo seine Kusine uns ab und zu mit Mädchen gesehen hat.«

»Und was haben Sie gemacht?«

»Entschuldigung, wie meinen Sie das?«

»Mit den Mädchen?«

»Oh, wir haben was getrunken und uns unterhalten, und manchmal hat Marcello gefragt, ob sie Lust haben, mit uns in die *laguna* zu fahren. Das Boot wartete immer auf der anderen Seite der Brücke. Da sind wir dann mit den Mädchen hingegangen, und das hat sich herumgesprochen, die Leute haben gedacht, wir schleppen sie ab – Sie verstehen schon –, aber in Wirklichkeit sind wir bloß mit ihnen in die *laguna* hinausgefahren. An manchen Abenden sind wir nach Vignole raus und haben in der Trattoria dort Grill-hähnchen gegessen.«

»Und dann?«, fragte Brunetti.

»Dann haben wir die Mädchen zurückgebracht. Marcello hat sie immer an einer *riva* abgesetzt, von wo sie es nicht mehr weit hatten, nach Hause oder zum Hotel.«

»Sonst nichts?«

»Nein, aber am nächsten Tag hat Marcello auf der Arbeit damit angegeben, ohne irgendwelche Einzelheiten, nur ge-prahlt, wie einfach man Mädchen abschleppen kann, wenn man ein Boot besitzt«, erklärte Duso mit einem gewinnen-den Lächeln.

Brunetti wartete: Sie waren an einem Punkt angelangt, wo Duso sich genauer erklären musste, insbesondere dazu, warum Marcello solche Angst hatte.

Beide schwiegen lange. Brunetti hielt sich mit Bedacht zurück und versuchte, sich Vios Zwangslage vorzustellen, zwischen seinem Onkel und seinem Freund.

Duso beugte sich vor. »Sein Onkel ist früher schon ein-mal gewalttätig ihm gegenüber gewesen.«

Brunetti nickte nur.

»Einmal hatte Marcello mit einem der kleinen Boote et-was auszuliefern – für Caputo, glaube ich. Irgendwelche Elektrogeräte: Mikrowellen, Mixer oder so etwas. Während er die erste Ladung in das Geschäft brachte – in der *calle* am Ponte delle Paste –, muss jemand einen Karton mit *telefo-*

180

nini aus dem Boot gestohlen haben, diese kleinen Nokia-Handys, bevor alle ein iPhone hatten. Das ist Jahre her, als man die noch benutzte.«

»Und?«

»Marcello hat seinen Onkel angerufen.«

»Nicht die Polizei?«, fragte Brunetti.

Duso schüttelte den Kopf. »Sein Onkel hatte ihm eingeschärft, niemals – wirklich niemals – die Polizei zu rufen.«

Brunetti ließ das unkommentiert.

»Deshalb hat er seinen Onkel angerufen und ihm erzählt, was passiert war.«

»Und der Onkel?«

»Der hat gesagt, er soll zum Büro zurückkommen.«

»Und?«

»Marcello hat natürlich gehorcht. Hat sich die Lieferung quittieren lassen und ist zur Giudecca zurück, so, wie sein Onkel es befohlen hatte.« Duso suchte nach Worten. »Als er ankam, machte er das Boot an der Anlegestelle fest und schickte sich an, die Leiter hochzuklettern. Sein Onkel erwartete ihn schon.«

Duso rang nach Luft: »Er hat mir erzählt … er hat mir erzählt, sein Onkel habe ihm, sowie er in Reichweite war, auf die Hand getreten und ihn mit einem Tritt gegen die Stirn von der Leiter gestoßen und ins Boot zurückbefördert.« Duso sah zu Brunetti, aber der hüllte sich in Schweigen.

Duso holte mehrmals tief Luft und sprach dann hastig weiter: »Zwei seiner Kollegen haben das beobachtet.«

»Die sind nicht eingeschritten?«

»Er ist ihr Boss«, erklärte Duso verblüfft.

»Verstehe«, sagte Brunetti. »Und weiter?«

»Sobald Pietro gegangen war, ist einer von ihnen ins Boot geklettert und hat Marcello aufgeholfen. Er hatte sich zwei Finger gebrochen, als er den Sturz mit den Händen abfangen wollte. Sie mussten ihn ins Krankenhaus bringen.«

»Und wie hat Marcello reagiert?«, fragte Brunetti.

»Was hätte er tun sollen? Als er aus dem Krankenhaus zurückkam – er wohnt ja bei seinem Onkel –, hat er sich bei ihm entschuldigt, dass er das Boot so lange unbewacht gelassen hatte.«

»Und?«

»Sein Onkel hat gesagt, die *telefonini* würden ihm vom Lohn abgezogen und am nächsten Tag solle er wieder zur Arbeit antreten.«

Brunetti fehlten die Worte. Duso wartete vergeblich auf irgendeinen Kommentar und fügte schließlich hinzu: »Und das war's.«

»Und jetzt?«

»Er hat Angst, zu seinem Onkel zurückzugehen, wenn er aus dem Krankenhaus kommt.«

»Könnte er bei Ihnen wohnen?«, fragte Brunetti.

Duso erstarrte. Er ließ die Hände in den Schoß sinken. Brunetti hatte das Gefühl, Duso wäre am liebsten geflüchtet, aber er wirkte wie gelähmt.

»Er würde mich umbringen«, kam es aus Duso heraus, der erschrocken eine Hand an die Lippen hob, als wolle er die vier Wörter in seinen Mund zurückschieben.

»Oder könnte er bei einem anderen Freund wohnen? Oder die Stadt für eine Weile verlassen?«, fuhr Brunetti fort.

Duso schüttelte den Kopf. »Unmöglich. Wo soll er dann arbeiten? Er kennt sich doch nur mit Booten aus.«

»Wird sein Onkel sich nicht beruhigen, wenn er ihn eine Zeitlang nicht sieht?«, fragte Brunetti.

Duso zuckte die Schultern. »Marcello sagt, sein Onkel ist unberechenbar. Kann sein, dass er ihn für einen Job braucht und sofort wieder arbeiten lässt. Weiß der Himmel.«

Tja, ein typischer Giudecchino, dachte Brunetti, behielt es aber für sich.

Die beiden schwiegen lange. Brunetti fiel nichts mehr ein, was er Duso noch vorschlagen könnte. »Wann wird er definitiv entlassen?«, fragte er schließlich.

»Wozu wollen Sie das wissen?«

»Ich möchte mit seinem Onkel reden, und nach dem, was Sie mir über Borgato erzählt haben, möchte ich Marcello in Sicherheit wissen, während ich das tue.«

18

Nachdem Duso gegangen war, überlegte Brunetti, wie er die Befragung von Vios Onkel am besten bewerkstelligen konnte. Einfach so ins Büro der Transportfirma spazieren und Signor Borgato zu sprechen wünschen? Oder das große Besteck auspacken: unangemeldeter Besuch, Polizeiboot mit bewaffnetem Beamten und Bootsführer in Uniform, nicht Vorschläge machen, sondern Forderungen stellen? Das würde Marcello noch mehr in Schwierigkeiten bringen.

Er konnte Leute nicht ausstehen, die sich rücksichtslos überall durchsetzen: ihre Arroganz, ihre Verachtung für Schwächere, ihre dreiste Zuversicht, ihnen stünde mehr zu als den anderen. Wer sich ihnen entgegenstellt, provoziert sie, und wer sie provoziert, hat schon verloren. Und wenn er Borgato herausforderte, brachte Brunetti womöglich dessen Neffen Marcello in Gefahr.

Er fand die Homepage von Borgato Trasporti und wählte die Nummer. Eine Männerstimme meldete sich neutral mit dem Namen der Firma.

»Guten Tag, Signore. Hier spricht Ingegnere Francesco Pivato von *Mobilità e Trasporti*. Ich würde gern mit Signor Borgato sprechen, wenn es möglich ist.«

Der andere ließ sich Zeit, ehe er sagte: »Am Apparat.«

»Ah, dann guten Tag, Signor Borgato«, schaltete Brunetti freundlich auf Veneziano um. »Es gibt hier ein Problem, das würde ich gern mit Ihnen besprechen.«

Nach kurzer Pause fragte die Stimme: »Was wollen Sie von mir?«

Brunetti lachte nervös. »Das weiß ich selbst nicht so genau, Signor Borgato.«

»Was soll das denn heißen?«, fuhr Borgato ihn an.

»Ich finde ja, eigentlich ist das ein Fall für die Polizia Municipale, nicht für uns«, kehrte Brunetti den pingeligen Beamten heraus. »Es geht um ein Boot, das zwar Ihnen gehört, aber dieselbe Zulassungsnummer hat wie eins, das auf einen Besitzer in Chioggia eingetragen ist.«

Wieder kam Borgatos Antwort erst nach geraumer Zeit. »Unmöglich«, sagte er grob, schien sich dann aber darauf zu besinnen, mit wem er sprach. Er fragte nicht mehr ganz so unfreundlich: »Und was kann man da machen?«

»Das habe ich unseren Direktor auch gefragt, Signor Borgato«, spielte Brunetti den Verzweifelten. »Er sagt, die Sache sei klar. Ist sie aber nicht, deshalb wende ich mich jetzt an Sie.«

»Angst vor Ihrem Boss, was?«, spottete Borgato.

Brunetti fand, jemand wie Ingegnere Pivato müsse sich häufig Provokationen gefallen lassen, und erklärte gleichmütig: »Ich versuche nur, unsere Akten in dieser Angelegenheit zu schließen, Signore. Die Sache zieht sich schon seit Monaten hin.« Brunetti schwenkte auf verärgerte Ungeduld um. »Ich dachte, wir könnten das schneller erledigen, wenn ich direkt mit Ihnen spreche.« Er legte eine Kunstpause ein. »Sonst bleibt uns nichts anderes übrig, als das Ganze an die nächsthöhere Stelle weiterzuleiten.«

Borgato zögerte, kam seinem Gegenüber dann aber mit dem Sarkasmus der Starken. »Und wie soll das gehen?«

»Sie könnten natürlich einfach bei uns vorstellig werden, Signore, und …«

»Ausgeschlossen«, fuhr Borgato erwartungsgemäß dazwischen. »Wenn Sie mich sprechen wollen, kommen Sie her.« Auch damit hatte Brunetti gerechnet. Die Chance, einen so offenkundigen Schwächling ein bisschen herumzuschubsen und diesen Bürokraten zu zeigen, wo der Hammer hängt, so einen Spaß würde Borgato sich nicht entgehen lassen.

Brunetti ließ ein gedämpftes »Ah« vernehmen und raschelte laut mit den Papieren auf seinem Schreibtisch. »Ich könnte nach dem Mittagessen kommen, Signor Borgato. Gegen drei?«, fragte er unterwürfig.

»Ich habe zu tun. Kommen Sie um vier«, sagte Borgato und hängte ein.

Brunetti hatte Paola versprochen, zum Essen nach Hause zu kommen. Auch seine Kinder waren da, was mittlerweile seltener vorkam, da ihre Pflichten und ihre Freunde immer mehr Zeit beanspruchten. Gelegentlich bekam er mit, wie neue Freundschaften entstanden, bei Tisch wurden Namen von Kameraden erwähnt, ihre Eigenschaften beschrieben und gelobt, ihre Meinungen dargelegt, anfangs immer begeistert, dann differenziert, ja bisweilen kritisch erörtert. Er hörte vom Familienleben mancher dieser befreundeten Kinder, denn Kinder waren sie für ihn und Paola immer noch. Die meisten ihrer Familien kamen aus der Mittelschicht: gingen ins Büro, reisten, machten Anschaffungen.

Manchmal fragte Brunetti sich, was seine Kinder den

Freunden wohl von ihm und Paola erzählten. Polizist, egal, welchen Rang man bekleidete oder wie ungewöhnlich das sein mochte, das war schließlich kein Beruf wie Arzt oder Anwalt. Paola hingegen, mit ihrer Professur, fügte sich ohne weiteres in die Reihen der Akzeptablen und Angesehenen. Und die gesellschaftliche Stellung ihrer Eltern stach in der öffentlichen Wertschätzung selbst Universitätsabschlüsse aus.

Aus diesen Gedanken auftauchend, hörte er Chiara sagen: »Vorige Woche, im Bus von Mestre, fingen zwei Jungen plötzlich an, einen alten Mann zu beschimpfen. Ohne jeden Grund. Pöbelten herum, er sei zu nichts nütze und solle ihnen den Gefallen tun und sterben.«

»Wie alt war er?«, fragte Paola entsetzt.

»Weiß ich nicht«, antwortete Chiara. »Schwer zu sagen, wie alt alte Leute sind.« Sie überlegte. »Sechzig, vielleicht.«

Brunetti und Paola tauschten Blicke, sagten aber nichts.

»Und dann?«, fragte Raffi zwischen zwei Happen Pasta.

»Er hat sie nicht beachtet und weiter seine Zeitschrift gelesen.«

»Und?«

»Dann kamen wir auf dem Piazzale Roma an, mussten also alle gleich aussteigen. Das wussten die zwei natürlich auch«, meinte Chiara nachdenklich. »In dem Moment, als der Bus an der Haltestelle hielt und die Türen aufgingen, entriss einer der beiden dem Mann die Zeitschrift und schleuderte sie ihm ins Gesicht. Dann liefen sie beide weg. Lachend.«

»Wie hat der Mann reagiert?«, fragte Brunetti.

»Ich glaube, der war völlig überrumpelt. Er saß einfach

nur da. Aber dann hat ein anderer Junge die Zeitschrift aufgehoben und ihm zurückgegeben.« Chiara sah ihren Vater fragend an: »Kann die Polizei da nichts machen?«

Brunetti legte seine Gabel hin. »Dazu müssten wir dabei gewesen sein. Oder jemand hätte die Szene fotografieren oder filmen müssen, und der, den sie belästigt haben, müsste Anzeige erstatten. Und dann müssten wir den oder die Täter identifizieren.« Er spitzte die Lippen und zog die Augenbrauen hoch. »Kaum eine Chance, die zu schnappen.«

»Dann treiben sie es immer bunter«, mischte Raffi sich ein.

»Stimmt«, sagte Paola.

»Finde ich auch«, sagte Brunetti. »Aber ohne handfeste Beweise oder die Namen der Jungen …«, er sah zu Chiara, die nickte, »werden wir sie kaum aufhalten können.«

»Gott sei Dank sind wir nicht in Amerika«, meinte seine Tochter. »Wo alle mit Waffen rumlaufen. Da würde es hier zugehen wie im Wilden Westen.«

Brunetti, der aus der Kriminalstatistik wusste, wie recht sie hatte, blieb lieber stumm.

Er war um vier mit Borgato verabredet, da lohnte es sich nicht, vorher noch einmal in die Questura zu gehen. Also nahm er seinen Tacitus und legte sich im Wohnzimmer aufs Sofa, um die Passage über den Tod der Agrippina wiederzulesen, die ihm aus Studentenzeiten noch in Erinnerung war.

Das Inhaltsverzeichnis verwies ihn an Kapitel 14, und dort las er, entsetzt wie beim ersten Mal, von Neros groteskem Plan, seine eigene Mutter zu ertränken: Das Schiff kenterte, riss sie aber nicht in die Tiefe. Sie schwamm an Land, und statt ihrer wurde versehentlich die Dienerin getötet, während sie sich über Wasser zu halten versuchte. Der Plan war dermaßen gescheitert, dass dem Kaiser nichts übrigblieb, als drei gedungene Mörder auf die eigene Mutter anzusetzen.

War da nicht auch eine Prophezeiung gewesen? Hatte Agrippina nicht auch die Chaldäer über die Zukunft ihres Sohnes befragt? Er fand die Stelle wenige Absätze später. Auf ihre Frage zu Nero hätten die Chaldäer geantwortet, er werde Kaiser werden und seine Mutter töten. Worauf Agrippina erwiderte: »Mag er mich töten, wenn er nur Kaiser wird.« Brunetti schloss die Augen und sann darüber nach.

Als er aufwachte, sah er auf die Uhr – schon spät – und eilte ins Schlafzimmer, um sich umzuziehen. Er suchte ein völlig verschrammtes Paar hellbrauner Schuhe heraus, die er aus Trägheit noch nicht weggeworfen hatte. Dazu wählte er einen grauen Anzug mit viel zu breiten Aufschlägen, der schon bessere Tage gesehen hatte, er zerknitterte eigenhändig das Hemd, das er trug, und wählte eine besonders hässliche grüne Krawatte. Im hintersten Winkel der Besenkammer neben der Küche fand er einen uralten Trenchcoat aus seiner Studentenzeit, von dem er sich einfach nicht trennen konnte, nicht einmal, seit an der linken Tasche ein hartnäckiger Fleck prangte, der von einer ölverschmierten Türangel stammte. Er fand auch eine alte Aktenmappe aus jener Zeit, das Leder rissig und aufgeplatzt, und klemmte sie sich unter den Arm.

So trat er in Paolas Arbeitszimmer, um sich zu verabschieden. Sie blickte von den Seminararbeiten auf, die sie zu zensieren hatte, nahm die Lesebrille ab und betrachtete ihn von oben bis unten. »*Carnevale* ist erst im Februar, Guido«, sagte sie, und dann freundlicher: »Wie clever von dir, dich als Hercule Poirot zu verkleiden.«

Brunetti strich seinen Trenchcoat glatt und drehte sich einmal im Kreis. »Ich hatte eher an Miss Marple gedacht«, meinte er.

»Erklär mir, dass du unbedingt in dieser Aufmachung aus dem Haus gehen musst«, sagte sie, »oder ich lasse dich nicht fort.«

»Ich muss einen Mann befragen, der mich für einen Schwächling hält. Er soll sich mir rückhaltlos überlegen fühlen.«

Sie setzte die Brille wieder auf. »Dann hast du meinen Segen«, meinte Paola und wandte sich wieder den Arbeiten ihrer Studenten zu.

Um peinliche Zusammentreffen zu vermeiden, hatte er Foa gebeten, ihn am Ende der *calle* neben dem Haus abzuholen. Der Bootsführer wartete schon, und als er Brunetti erblickte, zog er nur ohne ein Wort die Augenbrauen hoch, streckte die Hand aus und half ihm an Bord. Brunetti verzog sich nach unten in die Kabine.

Foa nahm die Abkürzung durch den Rio San Trovaso, überquerte den Giudecca-Kanal und legte an der Haltestelle Palanca an, wo Brunetti auf den *embarcadero* stieg. »Soll ich Sie nachher abholen, Commissario?«, fragte der Bootsführer. Ehe Brunetti nein sagen konnte, erklärte Foa: »Ich habe heute Nachmittag keinen Dienst. Ich kann das Polizeiboot zur Questura zurückbringen und mit meinem eigenen kommen.« Wieder kam er Brunetti zuvor: »Es ist viel kleiner, hat keine Kabine.« Da Brunetti immer noch

zögerte, machte der Bootsführer es kurz: »Ich bin in fünf-
undvierzig Minuten zurück.« Er ließ den Motor aufheulen
und brauste Richtung Questura davon.

Brunetti ging die *riva* entlang und bog in die *calle* zu Borgatos Lagerhaus. In einem kleinen Büro rechts vom Eingang saß eine pausbäckige Frau mittleren Alters. Als er ein-
trat, blickte sie von ihrem Schreibtisch auf. Brunetti fragte
sich, ob das wohl die Frau war, die Marcello Vio auf dem
Campo Santa Margherita getroffen hatte.

»Guten Tag, Signora. Ich habe einen Termin bei Signor
Borgato«, grüßte er sie auf Veneziano. Er schob den abge-
wetzten linken Ärmel seines Mantels hoch und sah auf die
Uhr. »Um vier«, erklärte er und machte Anstalten, ihr die
Uhr unter die Nase zu halten, bückte sich dann aber nur
und stellte die Aktentasche so ungeschickt neben sich auf
den Boden, dass sie umfiel und er sie wieder aufheben
musste. Jetzt baumelte sie an seiner rechten Hand.

»Er ist draußen und hilft beim Entladen. Wenn Sie da
rausgehen«, sagte sie und wies auf eine Tür links hinter sich,
»können Sie vielleicht mit ihm reden.«

Brunetti nickte, bedankte sich artig und gelangte durch
die Tür in einen breiten Gang mit Betonfußboden und
Holztüren links und rechts, die mit Vorhängeschlössern gesichert waren. Der Gang führte zur Rückseite des Gebäudes, vermutlich an einen Kanal.

Brunetti zählte drei Türen auf jeder Seite, Abstand etwa
vier Meter, was auf recht große Lagerräume schließen ließ.

Wie vermutet, führte der Gang auf einen Anleger hinter
dem Gebäude. Daran vertäut lag ein Transportboot, der
Bug von vielen Jahren im Einsatz arg mitgenommen. Der

metallene Schutzstreifen an der oberen Kante der Bootswand war an zahlreichen Stellen verbeult, die Bootswand selbst zerschrammt und voller Farbspuren von anderen Booten.

Gerade hob ein am Anleger verankerter Kran einen großen, mit Gurten gesicherten Kleiderschrank von den Planken des Boots. Langsam schwebte er aufwärts und über den Steg, wo ihn zwei Männer erwarteten, einer in einem Flanellhemd und ein älterer in einem dunkelblauen Pullover. Der im Hemd manövrierte den Schrank gewandt mit den Füßen voraus über die Ladefläche eines Gabelstaplers. Der Mann winkte, und schon thronte der Schrank auf seinen vier Beinen, und die Gurte lösten sich. Derweil saß der im Pullover bereits am Steuer des Gabelstaplers, setzte zurück, wendete und fuhr mit Vollgas auf Brunetti zu.

Brunetti sprang zur Seite und riss furchtsam die Hände hoch. Die Aktentasche baumelte neben seinem Kopf. Der Mann unten im Boot bog sich vor Lachen.

Brunetti ließ die Aktentasche sinken und hastete durch den Gang zurück zu der Sekretärin, die von ihren Papieren aufblickte, als er in das Büro stürzte. »Trägt Signor Borgato einen blauen Pullover?«, fragte er.

»Sì, Signore.«

»Ich würde lieber gerne irgendwo auf ihn warten«, fügte Brunetti nervös hinzu.

»Niemand darf in sein Büro, wenn er nicht da ist«, antwortete die Frau und zeigte auf eine harte Sitzgelegenheit am anderen Ende des Zimmers. »Sie können dort Platz nehmen.«

Brunetti dankte und ging zu dem Stuhl. Er stellte die

Aktentasche daneben, zog den Trenchcoat aus und hängte ihn über die Lehne, setzte sich und hob die Aktentasche wieder auf. Er öffnete sie und entnahm ihr ein paar Papiere.

Es dauerte eine gute Viertelstunde, bis Borgato erschien, tatsächlich der Mann im blauen Pullover, der mit dem Gabelstapler auf Brunetti zugerast war.

»Pivato?«, fragte er, während Brunetti sich erhob. Er stopfte dabei die Papiere in die Aktentasche, mühte sich vergeblich, sie zu schließen, nahm seinen Trenchcoat und ging auf Borgato zu. Als dieser sah, dass Brunetti keine Hand frei hatte, streckte er ihm prompt die Rechte entgegen, und Brunetti musste sich erst einmal aus dem Gewirr von Mantel und Tasche befreien. Borgatos Händedruck brach Brunetti nicht direkt die Knochen, entlockte ihm aber ein vernehmliches Stöhnen.

Borgato wandte sich wortlos zur Tür seines Büros und stieß sie auf. »Keine Anrufe, Gloria«, rief er über die Schulter hinweg.

Nachdem er die Tür hinter Brunetti geschlossen hatte, ging er zu seinem Schreibtisch, lehnte sich dagegen und musterte den Commissario. Borgato hatte die Knollennase eines Trinkers und die vierschrötige Gestalt eines Mannes, der sein Leben lang hart gearbeitet hatte. Seine wasserblauen Augen stachen aus dem sonnengebräunten Gesicht hervor. Brunetti sah sich um, bemerkte einen Stuhl, legte seinen Mantel über die Lehne und stellte die Aktentasche auf den Sitz.

»Was soll das alles?«, fragte Borgato grob. Er ging um den Schreibtisch und setzte sich.

Brunetti öffnete die Aktentasche, kramte darin herum

und zog zwei Papiere heraus. Eins davon streckte er Borgato über den Schreibtisch gebeugt entgegen. »Das ist die Zulassung für Ihr Boot«, sagte er.

Borgato warf einen Blick darauf, las eine Reihe aus Buchstaben und Zahlen vor und meinte schließlich: »Das ist mein *topo*. Es ist unter dieser Nummer für ganze sieben Jahre auf mich eingetragen« – er schlug mit dem Handrücken gegen das Blatt. Dann stieß er das Papier beiseite, und Brunetti reichte ihm das andere Dokument, das Signorina Elettra am Vormittag für ihn gefälscht hatte. Demzufolge gab es ein zweites Boot desselben Typs, mit derselben Zulassungsnummer wie Borgatos Boot. Einziger Unterschied war der Name des Eigentümers.

»Was soll der Scheiß?«, schimpfte Borgato, sprang auf und warf das Papier hin.

»Ich weiß nicht, ob dieser Ausdruck angebracht ist, Signor Borgato«, bemerkte Brunetti pedantisch und griff nach dem Blatt.

»Und ob der angebracht ist, wo ich doch eine Kopie der Zulassung in meinen Akten habe.« Und dann, auf Angriff umschaltend: »Haben Sie mit diesem Chioggiotto gesprochen? Diesem Samuele Tantucci?«, äffte er den Namen höhnisch nach.

»Mit wem?« Brunetti tat verwirrt, um den anderen noch mehr auf die Palme zu bringen.

Borgato riss ihm das zweite Papier aus der Hand und fuchtelte ihm damit vor der Nase herum. »Der hier, Sie Idiot, dieser Chioggiotto, der dieselbe Nummer hat. Haben Sie sich diese Papiere überhaupt mal angesehen? Oder mit dem gesprochen?«

Brunetti nahm Borgato das Papier ab und machte sich umständlich daran, es zu glätten. Als er fertig war, verstaute er beide Bögen sorgfältig in seiner Aktentasche. Dann sah er Borgato an. »Ich bin hierhergekommen, um Ihnen einen Gefallen zu tun, Signore, nicht, um mich von Ihnen beschimpfen zu lassen. Wenn Sie meine Hilfe in dieser Angelegenheit nicht wünschen, können Sie auch warten, bis sich die nächsthöhere Stelle der Sache annimmt, und wenn dann die Guardia Costiera kommt und Ihnen dieselben Fragen stellt, wird es Ihnen vielleicht noch leidtun, dass Sie nicht kooperiert haben, als Sie noch die Chance dazu hatten.« Er nahm seinen Trenchcoat, legte ihn sich penibel gefaltet über den Arm, griff entschlossen nach der Aktentasche und wandte sich zur Tür.

Er kam nicht weit. »Warten Sie«, sagte Borgato.

Brunetti machte noch einen Schritt und streckte die Hand nach der Türklinke aus.

»Bitte, Signore«, sagte Borgato mit völlig veränderter Stimme, alle Wut und Arroganz waren verschwunden.

Brunetti blieb stehen, drehte sich um und fragte: »Wollen Sie Vernunft annehmen?«

»Ja«, meinte Borgato. Er fasste Brunettis Stuhl an der Lehne und rückte ihn an den Schreibtisch ran. Beinahe schon lächelnd, bat er Brunetti, Platz zu nehmen, und zwang sich zu einem freundlichen Tonfall: »Sehen wir uns das noch einmal genauer an.«

Brunetti zwängte sich auf die Stuhlkante, den Mantel überm Arm, die Aktentasche auf dem Schoß. Borgato verschanzte sich hinter seinem Schreibtisch und starrte Brunetti an.

»Was wollen Sie wissen?«, fragte er.

»Kennen Sie diesen Mann in Chioggia – Samuele Tantucci?«

»Nein«, fuhr Borgato auf, bekam sich aber schnell wieder unter Kontrolle. Leiser wiederholte er: »Nein.«

Brunetti stellte die Tasche auf den Boden. »Ich sehe keinen Grund, Ihnen das zu verschweigen. Ein Boot mit dieser Nummer wurde nachts vor der Küste gesichtet und der Guardia Costiera gemeldet.«

»Von wem?«, fauchte Borgato.

»Darüber darf ich keine Auskunft erteilen«, antwortete Brunetti steif. »Uns wurde lediglich gesagt, dass es sich um Ihr Transportboot handelt – dieses hier«, sagte er und klopfte auf die Aktentasche. »Vor zwei Monaten wurde es nachts vor der Küste gesehen, und da es kein Fischerboot ist, wurde es der Guardia Costiera gemeldet.«

»Diese verfluchten Fischer, die sollen sich um ihren eigenen Kram kümmern«, blaffte Borgato.

Brunetti gestattete sich ein Nicken. »Die Guardia scheint das auch so zu sehen und will sich damit nicht weiter aufhalten, also haben sie uns gebeten, die Sache mit der doppelten Zulassungsnummer zu überprüfen und dann Meldung zu erstatten. Auf diese Weise«, fügte Brunetti so inständig hinzu, als bäte er einen Kollegen um Mithilfe bei der Aufklärung einer verwickelten bürokratischen Angelegenheit, »ließe sich das bereinigen und die Akte schließen.« Wie zu sich selbst brummelte er noch: »Als ob wir nicht ohnedies genug zu tun hätten.«

Borgato presste die Hände flach auf den Schreibtisch. Nach einer Weile sah er zu Brunetti und erklärte: »Richten

Sie der Guardia aus, mein Boot war nachts unterwegs, weil der Motor in Caorle überholt wurde, und als wir es am Nachmittag abholen wollten, waren die noch nicht fertig, also haben wir gewartet, bis nach elf, weil die Scheißkerle erst noch abendessen wollten und wir so lange in diesem Kaff hocken mussten, bis sie gegessen hatten und dann endlich die Arbeit fertig machten.«

»Caorle?«, fragte Brunetti. »Kann man das nicht auch hier erledigen lassen?«

»Die Spezialfirma für diese Motoren sitzt in Caorle. Deswegen mussten wir dorthin.«

»Caorle?«, wiederholte Brunetti ungläubig. »Das dauert ja Stunden.«

Als sei ihm das eben erst eingefallen, fragte Borgato: »Wann genau wurde das Boot angeblich gesehen?«

Brunetti griff nach der Aktentasche, ließ die Hand aber langsam wieder sinken. »Diese Unterlagen habe ich nicht dabei. Wissen Sie noch, wann Sie zurückgefahren sind?«

»Nein«, sagte Borgato. »Mitternacht? Allerspätestens.«

Brunetti nahm einen Stift aus seiner Jacke, kramte einen Zettel hervor und fragte: »Wissen Sie noch, welcher Tag das war?«

Borgato schloss die Augen und überlegte. »Ich glaube, es war in der zweiten Augustwoche, vielleicht der zehnte, da hat Lazio gespielt, und wir konnten das Spiel nicht sehen. Muscheln haben wir jedenfalls keine gefischt, das steht mal fest«, versuchte er einen abschließenden Scherz.

Brunetti kicherte, notierte etwas auf der Rückseite des Zettels – Quittung für einen Kaffee, als er die Jacke das letzte Mal getragen hatte – und steckte ihn wieder ein.

»Nur noch eins«, sagte er und erhob sich schon. »Könnten Sie mir das Original der Zulassung zeigen?«

»Selbstverständlich«, antwortete Borgato, plötzlich die Leutseligkeit selbst. Er ging zu einem mit dicken Aktenordnern in verschiedenen Farben vollgestopften Regal, zog einen weißen heraus und legte ihn auf den Tisch.

Bald hatte er gefunden, was er suchte, und drehte den Ordner in Brunettis Richtung um. »Da, bitte.«

Brunetti nahm eins der Papiere aus seiner Aktentasche und verglich es mit dem Blatt im Ordner. »Sehr gut«, sagte er, packte seins wieder ein und fragte: »Darf ich ein Foto machen?«

»Selbstverständlich«, Borgato machte eine theatralische Geste.

Brunetti nahm sein Handy und fummelte, seiner Rolle treu, umständlich daran herum, bis er die Kamera eingeschaltet hatte. Er fotografierte das Blatt, rückte zehn Zentimeter zurück und drückte noch einmal auf den Auslöser.

»Gut«, sagte er. »Ein Kollege von mir ist heute bei Signor Tantucci und macht dort ebenfalls Fotos. Wir schicken die Aufnahmen zur Zulassungsstelle, dann kümmern die sich darum.« Dann, abschließend: »Damit sollte die Sache für Sie erledigt sein, Signor Borgato.«

Zum ersten Mal lächelte der andere, sah aber immer noch bärbeißig aus. Er kam hinter dem Schreibtisch hervor, komplimentierte Brunetti zur Tür, verabschiedete ihn mit einem Händedruck, der ihn nicht mehr so kleinmachen sollte, und schloss die Tür.

Im Vorzimmer meinte Brunetti nur: »Danke für Ihre Hilfe, Signora.«

»Kommen Sie wieder?«

»O nein, bestimmt nicht, Gott bewahre«, sagte Brunetti, ganz der Bürokrat, der sich freut, etwas beigelegt zu haben, das sich zu einem Problem hätte auswachsen können.

Sie lächelte, und Brunetti trat den Rückzug an. Foa erwartete ihn bereits in seinem *sandolo;* er hockte auf der einen Querplanke und las die *Gazzetta dello Sport*. Brunetti kannte das Boot: nicht sehr schnell, aber ausdauernd.

Er stieg an Bord, setzte sich Foa gegenüber und legte sich den Trenchcoat über die Beine. Der Bootsführer trug Jeans, einen dicken Pullover und eine blaue Windjacke. »Wo darf ich Sie hinbringen, Signore?«

»Nach Hause, Foa. In diesem Aufzug möchte ich lieber nicht in die Questura.«

»Das dachte ich mir, Signore«, erwiderte sein Kollege, warf den Motor an und steuerte auf den Giudecca-Kanal hinaus.

In seiner Wohnung wechselte Brunetti zu Jeans und Pullover. Die Schuhe, den Anzug und die Aktentasche stopfte er in eine der Gratistüten, die die Stadt für Altpapier verteilte, und stellte sie neben die Wohnungstür. Am nächsten Morgen konnte er an der Chiesa dei Santi Apostoli vorbeigehen und die Sachen bei der Kleidersammelstelle der Gemeinde abgeben.

Er schlenderte aufs Geratewohl in die Küche. Es war erst kurz nach sechs, bis zum Abendessen musste er noch eine Weile warten. Er nahm den Nussknacker aus der Schublade und eine Handvoll Walnüsse aus einer Schale auf der Anrichte. Nachdem er sie gegessen hatte, brauchte er etwas zu trinken – und was gab es Besseres als den Masetto Nero, den er neulich kalt gestellt hatte? Er zog den Korken und schenkte sich ein Glas ein, ließ die Flasche in der Küche, um nachher beim Essen weiter davon zu trinken, machte es sich in Paolas Arbeitszimmer bequem und dachte über seine Begegnung mit Vios Onkel nach.

Brunetti notierte in der Regel nichts, wenn er Zeugen befragte oder Verdächtige verhörte. Im Anschluss ließ er vielmehr ein wenig Zeit verstreichen und wartete einfach ab, ob sich aus dem Gehörten ein Anhaltspunkt für etwas herausschälte, das den Betreffenden besonders beschäftigte. Über den angeblichen Fehler bei der Zulassung hatte Borgato sich verärgert, aber nicht besorgt gezeigt. Sein Verhalten hatte sich erst geändert, als Brunetti die Möglichkeit eines

Besuchs der Guardia Costiera erwähnte. Da war Borgato plötzlich umgänglich geworden und hatte sogar »bitte« gesagt.

Überstürzt hatte Borgato die wenig glaubhafte Geschichte von den Wartungsarbeiten aufgetischt, die nur in dem Stunden entfernten Caorle durchgeführt werden konnten, weil das in Venedig angeblich nicht möglich war. Brunetti kannte sich mit Booten kaum aus, doch ihm fielen auf Anhieb drei Mechaniker ein, die alles reparierten, was mit Booten zu tun hatte. Vianello konnte wahrscheinlich zehn aufzählen; oder den Motor selbst reparieren. Diese Mär konnte man nur jemand so Naivem wie Pivato auftischen.

Borgato hatte behauptet, die Fahrt nach Caorle habe am oder um den zehnten stattgefunden: Derartige unverlangt gegebene Auskünfte waren erfahrungsgemäß frei erfunden. Da sich aber die meisten Lügner lieber nicht zu weit von der Wahrheit entfernen, kam ein Tag kurz vor oder nach dem zehnten in Betracht. Was hatte Borgato in diesem Zeitraum zwischen Caorle und Venedig zu suchen gehabt?

Brunetti nahm einen Schluck Wein und ließ ihn genüsslich über die Zunge rollen. Normalerweise hätte er sich erneut an Capitano Alaimo gewendet und ihn nach ungewöhnlichen Vorfällen in der Adria vor zwei Monaten gefragt. Doch sein Vertrauen in Griffonis Instinkt verbot ihm, sich mit Alaimo in Verbindung zu setzen: Wenn ihr Radar eine Unstimmigkeit entdeckt hatte, verließ Brunetti sich darauf. Folglich konnte er auf die Guardia Costiera nicht zählen.

Er trank noch einen Schluck Wein, kickte seine Schuhe

weg und legte die Füße auf den niedrigen Tisch vor dem Sofa. Jetzt könnte er einen *Ancient Mariner* brauchen, wie Paola das nannte, einen alten Seemann, der Geschichten zu erzählen hatte. Er stutzte und stellte zu seiner Überraschung fest, dass Paola ausnahmsweise einmal nicht recht hatte. Er brauchte vielmehr jemanden, der sich mit den aktuellen Verhältnissen in der Guardia Costiera auskannte, jemanden, der wusste, wer die Guten und wer die Bösen waren.

Er holte sein *telefonino* hervor und rief Capitano Nieddu an, die sich mit ihrer Cellostimme meldete.

»Ich bin's, Guido Brunetti«, meldete er sich höflich mit vollständigem Namen.

»Ah, gut, dass Sie anrufen, Guido«, sagte Nieddu, und es klang irgendwie erleichtert.

»Wie meinen Sie das?«

»Wir wollten uns doch gegenseitig informieren, was wir herausfinden. Ich habe etwas gehört, das Sie interessieren könnte.« Sie schien zu zögern, als suche sie nach den richtigen Worten.

»Etwas Handschriftliches von einem Ihrer Leute?«, fragte er, um zu zeigen, dass er sich gut an das Gespräch erinnerte.

»Nein, es geht um etwas, das mir jemand erzählt hat, vor zwei Tagen.« Zögernd fügte sie hinzu: »Eine Prostituierte. Aus Nigeria.« Dann, nach einer längeren Pause: »Ich kenne sie.«

Brunetti ließ sich das durch den Kopf gehen und fragte schließlich: »Glauben Sie ihr?«

»Ganz überzeugt bin ich nicht. Manchmal ist sie …

schwer zu verstehen«, druckste sie, was Brunetti davon abhielt, hier nachzuhaken.

»Nur deswegen habe ich mich nicht bei Ihnen gemeldet«, sagte Nieddu, sann dem nach und erklärte: »Es ging ihr nicht gut. Sie hat mir einiges erzählt.«

»Ist sie in Gewahrsam?«

»Nein. Sie wissen, wie das ist. Wir nehmen sie fest und lassen sie wieder laufen.«

Brunetti verkniff sich einen Kommentar und wartete.

»Gestern hätte ich Sie beinahe angerufen«, sagte Nieddu, »aber dann ist etwas dazwischengekommen. Ich bin froh, dass Sie sich gemeldet haben. Wirklich.«

»Können Sie sprechen, oder soll ich zu Ihnen rauskommen?«, fragte Brunetti und merkte zu spät, dass im Hintergrund Verkehrsgeräusche zu hören waren, nicht die Stille eines Büros.

»Ich bin in der Stadt«, begann Nieddu und fügte lachend hinzu: »Da sehen Sie, was aus Leuten wird, die auf der Giudecca wohnen oder arbeiten: Venedig wird zur ›Stadt‹.«

»Wo sind Sie?«

»In dem Bioladen in der Calle della Regina.«

»Können wir reden?«

»Nein, nicht am Telefon, nicht hier. Das ist eine lange Geschichte und ziemlich kompliziert.«

»Kennen Sie das Caffè del Doge?«, fragte Brunetti.

»Das auf dieser Seite der Brücke?«

»Genau«, sagte Brunetti und stand langsam auf. »Ich bin in zehn Minuten da.«

Ihre Antwort ließ lange auf sich warten. »In Ordnung.«

»Gut«, sagte er und legte auf.

Als er das Café betrat, saß sie bereits in der Nische ganz hinten rechts, normalerweise Stammgästen vorbehalten, die dort ihren *Gazzettino* lasen. Obwohl sie mit Blick zum Eingang saß, hätte er sie beinahe nicht erkannt, denn sie war nicht in Uniform und hatte die Haare zurückgebunden, was ihr beides sehr gut stand.

Sie erhob sich halb und winkte ihm eifrig zu, wie um den zwei jungen Frauen hinter der Theke zu beweisen, dass sie wirklich auf jemanden gewartet hatte. Brunetti sah sich um: Die meisten Tische waren besetzt, und mindestens vier Leute standen am Tresen. Er ging rasch zu ihr hin und gab ihr die Hand.

Nieddu kam um den Tisch herum und setzte sich auf den Stuhl mit dem Rücken zum Eingang.

Ein wenig erhitzt, was an dem überfüllten Raum liegen mochte, lächelte sie und bemerkte wie zuvor am Telefon: »Ich bin froh, dass Sie sich gemeldet haben.« Sie rutschte auf dem Polster des Stuhls zurück und wieder nach vorne. »Ich hatte das Bedürfnis, Rücksprache zu halten, aber mir fiel niemand ein.«

»Ihr Chef?«, schlug Brunetti vor.

Sie schüttelte den Kopf. »Ich bin mir immer noch nicht sicher, ob es sich um Tatsachen handelt. Vielleicht muss ich mir selbst zuhören, wie ich es jemand anderem erzähle, um zu sehen, ob es glaubhaft ist.« Ihrer Miene nach zu schließen wusste sie, wie eigenartig das klang.

Die Kellnerin kam, um die Bestellung aufzunehmen. Nieddu entschied sich für einen Aperol Spritz, Brunetti blieb bei Rotwein.

»Sie wurde also aufgegriffen?«, fragte Brunetti, als die

Kellnerin gegangen war. Da Nieddu nur mit den Schultern zuckte, fragte er: »Was ist passiert?«

Wieder rutschte sie auf ihrem Stuhl herum, seufzte, sammelte sich und begann: »Eine dieser Zuständigkeitsgeschichten. Die städtische Polizei weigert sich, im Parco San Giuliano Streife zu laufen, also mussten wir uns der Beschwerde annehmen: Eine Frau, die mit ihren Kindern spazieren ging, hatte die Sache beobachtet und uns gemeldet. Ihr Zuhälter – also der Zuhälter dieser Prostituierten, nicht der Frau mit den Kindern – war auf die Idee gekommen, sie zum Anschaffen in den Park zu schicken – insgesamt vier Frauen. Als sie aufgegriffen wurden, sollte ich sie befragen, weil ich sie schon kannte.«

Brunetti musste das erst einmal sortieren, fand sich aber bald zurecht.

»Woher kennen Sie die Frau?«, fragte er.

Nieddu senkte den Kopf, er sollte ihre Miene nicht sehen. »Wir gehen in dieselbe Kirche.«

»Verzeihung?«

»Seit ungefähr zwei Monaten kommt sie zu uns in die Messe, in Mestre, wo ich wohne. Sie fiel aus der Reihe, und niemand wollte neben ihr sitzen. Da habe ich es getan.« Sie blickte auf und fuhr entrüstet fort: »Um Gottes willen, das ist eine Kirche, wir alle sind Katholiken, die gemeinsam die Messe besuchen, und keiner will neben ihr sitzen. Oder ihr die Hand geben, wenn alle sie einander reichen.« Sarkastisch fügte sie hinzu: »Friede sei mit euch.«

Die Kellnerin brachte die Getränke. Nieddu sah gar nicht hin, sondern fuhr fort: »Jedenfalls kamen wir ins Gespräch, na ja, soweit wir uns gegenseitig verstehen konnten. Nach ein paar Wochen waren wir wie Freundinnen, nur dadurch, dass wir nebeneinandersaßen. Und einander beim Friedensgruß die Hand gaben. Sie heißt Blessing.« Nieddu nahm ihren Spritz und trank einen Schluck, dann noch einen. »Nach etwa einem Monat verriet sie mir, wie sie sich durchs Leben schlägt. Ich nehme an, sie dachte, ich würde schockiert reagieren oder nicht mehr neben ihr sitzen wollen.«

Nieddu sah ihn an und fuhr lächelnd fort: »Da habe ich ihr verraten, wie ich mich durchs Leben schlage, und glauben Sie mir, ich hatte dieselben Befürchtungen.«

»Und?«, fragte Brunetti.

»Sie hat gelacht. Sie hat so sehr gelacht, dass sie einen Hustenanfall bekam und ich ihr auf den Rücken klopfen musste.« Sie nippte an ihrem Glas und senkte den Kopf, um ihr Lächeln zu verbergen. Die Kellnerin brachte eine Schale Kartoffelchips. Nieddu nahm sich einen und knabberte daran wie ein Kaninchen an einer Möhre. »Nachdem wir uns über unsere Jobs ausgetauscht hatten, einigten wir uns stillschweigend, das Thema nicht mehr zu berühren. Sie hat nur den Sonntagmorgen für sich, da kann sie zur Kirche gehen. Und von dort kenne ich sie.«

»Spricht sie jetzt besser Italienisch?«, fragte Brunetti.

Nieddu nickte. »In gewisser Weise schon. In der Zeit, seit wir uns kennen, ist es besser geworden. Sie versteht, was ich sage.« Wie die böse Pointe eines alten Witzes fügte sie hinzu: »So gut, wie sie überhaupt etwas versteht.«

Brunetti horchte auf. »Wie meinen Sie das?«, fragte er.

Nieddu verschanzte sich hinter ihrem Drink. Langsam nahm sie das Glas, trank einen winzigen Schluck und stellte es bedächtig auf den Tisch zurück. Brunetti wartete. Schließlich fragte sie: »Sie kennen doch die Redensart ›um den Verstand gebracht‹?«

»Natürlich.«

»Genau das ist mit ihr geschehen. Glaube ich. Soll heißen, ihr ist zu viel geschehen, und sie … na ja, manche würden sie für verrückt erklären.«

»Sie auch?«, fragte Brunetti.

Nieddu überlegte lange. »Wenn ich sie nicht kennen würde, wahrscheinlich ja. Manchmal spricht sie mit sich selbst oder mit Leuten, die gar nicht da sind. Manchmal redet sie seltsames Zeug.«

»Und wenn sie mit Ihnen redet?«, vergewisserte Brunetti sich.

»Eigentlich nicht. Sie ist nicht verrückt, kein bisschen.« Zögernd fügte Nieddu hinzu: »Verwirrt, mag sein, und manchmal schwer zu verstehen, was aber eher an der Sprache liegt. Sobald ich begreife, was sie mit einem bestimmten Ausdruck sagen will, verstehe ich sie. Verrückt ist nicht das richtige Wort.«

Brunetti spürte, Nieddu wollte zum Sprechen ermuntert werden. »Was hat sie Ihnen erzählt?«

Nieddu seufzte. »Die alte Geschichte: Ihre Mutter war Lehrerin in Benin City. Für fünfzig Dollar im Monat. Sie wurde getötet«, fuhr Nieddu fort, ohne das genauer zu erklären, »und hinterließ vier Kinder und kein Geld. Also sprach Blessings Tante mit einem Schleuser, und Blessing unterschrieb den Vertrag, absolvierte die Juju-Zeremonie und gelobte, die Schulden für ihren Transport nach Europa zu begleichen, wenn sie einmal da wäre.« Sie griff gedankenverloren nach einem weiteren Chip, zog die Hand wieder zurück und erzählte weiter. »Die kennen ihre Familie und wissen, wo sie lebt, und sollte sie jemals zu fliehen versuchen, brennen die ihr Haus nieder und bringen womöglich alle um.«

Nieddu nahm schulterzuckend einen Chip. »Sie sagt, sie ist achtzehn.« Brunetti vernahm den Zweifel in Nieddus Stimme.

»Nachdem sie den Vertrag unterschrieben hatte, sagte man ihr, wie viel sie dem Vermittler zahlen müsste, und erzählte ihr die übliche Geschichte von dem Job als Au-pair-Mädchen, der sie in Mailand erwartete: bei einer Familie wohnen, sich um die zwei Kinder kümmern, ein freier Tag pro Woche.« Mit jedem dieser falschen Versprechen wurde Nieddu zorniger. »Und jetzt, ein Jahr später, ist sie eins der Mädchen, die im Sommer am Strand von Bibione arbeiten.«

»Hm«, brummte Brunetti.

Nieddu schwieg. »Sie haben davon gehört, Guido«, sagte Nieddu schließlich.

»Wir alle haben davon gehört, Laura.«

Nieddu nickte und nahm sich noch einen Kartoffelchip. »Zusammengepfercht mit einem Dutzend anderer Mädchen, hockte sie tagelang in einem Kleintransporter. Sie wussten nicht, wohin die Reise ging, und wurden schlecht behandelt. Nach drei Tagen kannten sie die Wahrheit.« Sie griff nach ihrem Glas, trank aber nicht, rollte es nur zwischen den Handflächen hin und her und stellte es dann, ohne zu trinken, wieder auf den Tisch.

»Sie kamen an einen Strand – wo das war, weiß sie nicht –,

irgendwelche Männer verfrachteten sie auf ein großes Boot. Stießen sie eine Eisentreppe hinunter und sperrten sie ein, zusammen mit zwanzig anderen Mädchen. Da waren große Kisten, sagt sie, also war das vermutlich ein Frachtraum.

Wie lange sie dort ausharren mussten, weiß sie nicht, aber sie konnte die Motoren hören, und das Boot schaukelte, also wusste sie, dass sie irgendwohin unterwegs waren. Die ganze Zeit war Licht an, aber niemand hatte eine Uhr, alle hatten nichts als ihre Kleider am Leib. Einige wurden seekrank; sie auch. Dann hielt das Boot an, und die Männer kamen und stießen sie die Treppe hinauf an Deck und beförderten sie von dort eine Leiter hinunter in ein kleineres Boot.« Nieddu rang nach Luft, als würde auch sie gerade in dieses Boot gedrängt. »Die Mädchen waren paarweise mit Handschellen aneinandergefesselt, sagt sie, als sie in das kleinere Boot stiegen.«

Von so etwas hatte Brunetti noch nie gehört.

Nieddu warf ihm einen Blick zu und kniff nervös die Lippen zusammen. »Sie hat gesagt, es war ein goldenes Boot.«

»Was?«

»Sie sagt, das Boot war aus Gold«, wiederholte Nieddu. Angesichts von Brunettis skeptischer Miene fügte sie hinzu: »Wie gesagt: Manchmal redet sie seltsames Zeug.«

»Haben Sie sich das erklären lassen?«, fragte Brunetti.

»Nein«, antwortete Nieddu. »Sie war davon überzeugt, darum habe ich nicht nachgebohrt. Ich wollte den Rest der Geschichte hören.« Nieddu nahm die Hände auf dem Tisch zusammen und starrte auf sie herab. Erst nach einer Weile wandte sie sich wieder Brunetti zu. »Entschuldigen Sie,

Guido«, sagte Nieddu. »Ich bin ganz außer mir. Irgendwann hat man zu viele von diesen Geschichten gehört.«

Wieder brummte Brunetti nur. Ihm ging es nicht anders.

»Blessing sagt, dieses goldene Boot fuhr eine ganze Zeit, wie lange, weiß sie nicht, aber irgendwann sah sie Lichter, also näherten sie sich wohl der Küste, und dann kam von weiter draußen auf See ein großes Boot heran. Es stoppte und strahlte sie mit einem Suchscheinwerfer an: Die mussten sie entdeckt haben, es war Vollmond in dieser Nacht und wolkenlos. Blessing sagt, die Männer in ihrem Boot – es waren vier, zwei Weiße und zwei Nigerianer, die Edo sprachen – befahlen ihnen, sich flach auf den Boden zu legen. Da war Wasser, stinkendes Wasser. Und die Männer bedeckten sie mit Planen und sagten, sie sollten sich nicht rühren. Sie hörte das andere Boot immer näher kommen.« Nieddu holte sehr tief Luft, ihre Stimme wurde angespannt.

»Sie hörte den Motor des anderen Boots lauter werden, und dann zogen zwei der Männer die Planen weg und begannen, die Frauen über Bord zu werfen.«

Brunetti erstarrte innerlich und musste sich zwingen, weiterzuatmen.

»Blessing kann schwimmen, aber die anderen konnten es nicht. Sie sagt, überall um sie herum im Wasser waren Mädchen und schrien. Dann sprang auch einer der weißen Männer ins Wasser und zerrte an den Mädchen, als ob er sie zu dem Boot zurückholen wollte. Blessing packte ein Seil, das über die Bootswand hing, und schlang es sich um den Arm. An ihr anderes Handgelenk war ein Mädchen gefesselt, aber sie konnte das Seil nicht loslassen, um ihr zu helfen. Dann schrie niemand mehr: Die anderen Mädchenpaare waren verschwunden, und das Mädchen an ihrem Handgelenk war still – Blessing sagt, sie schwebte im Wasser. Sie selbst hielt sich an dem Seil fest. Die Männer im Boot zogen den anderen Mann wieder rein und brüllten ihn an.

Unterdessen fuhr das große Boot an ihnen vorbei, ohne anzuhalten. Warum, weiß sie nicht. Es fuhr einfach weg, und da hörte sie die Nigerianer im Boot lachen und sagen, Meerjungfrauen seien das keine gewesen, die könnten ja nicht mal schwimmen.«

Wieder griff Nieddu nach ihrem Glas, und wieder stellte sie es zurück, ohne etwas zu trinken. Dann schob sie es weit von sich weg.

Brunetti presste seine Serviette zu einem kleinen Klumpen zusammen und warf sie auf den Tisch.

»Nach einer Weile«, fuhr Nieddu fort, »ließen die Männer den Motor wieder an. Da bemerkten sie das tote Mädchen im Wasser. Und dann sahen sie Blessing, die sich an das Seil klammerte. Sie zogen sie ins Boot, machten die Handschellen los und warfen das tote Mädchen ins Wasser zurück. Eine Meerjungfrau sei besser als gar keine, lachten sie. Blessing lag am Boden des Boots, und den Männern war es offenbar gleichgültig, dass sie verstehen konnte, was sie sagten.« Wieder verfiel Nieddu in Schweigen, doch Brunetti, wie betäubt von dem, was er gehört hatte, starrte nur das Fußballtrikot an der Wand an und versuchte, sich vorzustellen, warum es dort hing und was die Nummer 10 zu bedeuten hatte.

»Sie brachten sie an Land. Sie war die Einzige, und sie stießen sie in einen Lieferwagen.«

Bedeutet das, fragte sich Brunetti, dass sie Glück gehabt

hatte? Als Wahnsinnige irgendwo am Strand oder am Straßenrand auf den Strich gehen: Ist das besser als tot sein?

»Was für eine furchtbare Geschichte«, sagte Brunetti.

»Wie furchtbar ist es erst für Blessing?«, fuhr sie ihn an.

»Mein Gott, dafür gibt es keine Worte«, erwiderte er. Beide schwiegen lange.

»Es war schon lange nach Dienstschluss, als sie zu Ende erzählt hatte«, fuhr Nieddu schließlich ausdruckslos fort. »Meine Kollegen hatten die anderen Mädchen nur oberflächlich verhört und wieder laufenlassen. Also musste ich auch Blessing ziehen lassen.« Sie wollte noch etwas sagen, räusperte sich aber nur.

»Was denn?«, fragte Brunetti.

»Ich habe ihr so ein billiges Nokia-Handy mitgegeben, die man überall für zwanzig Euro bekommt. Da ist meine Nummer eingespeichert, damit sie anrufen kann, wenn sie Hilfe benötigt.« Zaghaft lächelnd fügte sie hinzu: »Und eine Zwanzig-Euro-Prepaidkarte.« Sie schüttelte den Kopf, wie über ihre eigene Torheit. »Die Nummer ist auf ein Käsegeschäft in Cremona eingetragen. So kann sie sagen, sie habe es gefunden, wenn man sie danach fragt. Oder es wegwerfen.«

»Raffiniert.«

»Sie hat in ihrem Leben genug durchgemacht«, sagte Nieddu.

»Mehr als ein Mensch ertragen kann«, entfuhr es Brunetti. Er legte Nieddu eine Hand auf den Arm.

Sie nickte. »Sie waren einmal Menschen, jetzt sind sie Handelsware.«

»Und werden auch noch getötet«, sagte Brunetti.

Nieddu sah ihn über den kleinen Tisch hinweg an, offenbar um Worte verlegen. Sie schien etwas sagen zu wollen, überlegte es sich noch einmal und meinte dann: »Bei Dante gibt es viele Höllenkreise, aber es ist immer und überall die Hölle.«

Brunetti schwieg dazu. Er sah auf die Uhr: kurz vor acht. Er nahm ein paar Münzen aus der Tasche und legte sie auf den Tisch.

Brunetti erhob sich. Eines wollte er noch wissen, ohne groß zu überlegen, warum. »Haben Sie zu Hause jemanden, mit dem Sie reden können?«, fragte er.

Überrascht blickte sie auf, und plötzlich erstrahlte ein Lächeln in ihrem Gesicht.

»Ja«, sagte sie und erhob sich ebenfalls. »Wie einfühlsam von Ihnen.«

»Es tut mir so leid …«, begann er, sprach dann aber nicht weiter. Stattdessen wies er auf den Tisch, als stünden die Gläser für die Frauen, über die sie gesprochen hatten. Ein Glas war gefährlich nah an die Tischkante gerutscht, kurz vor dem Absturz.

Er schob es zur Tischmitte, in Sicherheit.

»Wenn es doch nur so einfach wäre«, sagte Nieddu, tätschelte seinen Arm und ging grußlos davon. Erst auf dem Heimweg fiel Brunetti ein, dass er vergessen hatte, sie zu fragen, was sie von Capitano Alaimo hielt.

20

Das Abendessen, das Paola und Chiara gerade servierten, als er nach Hause kam, half Brunetti nicht aus seiner niedergedrückten Stimmung. Es gab Kürbissuppe, die er liebte, und dann gegrillten *branzino,* doch selbst diese traditionell Wunder wirkende Kombination versagte an diesem Abend: Er saß nur da, hörte zu, was gesprochen wurde, wollte sich aber nicht an der Unterhaltung beteiligen.

Chiara beklagte sich über eine neue Vorschrift, die nächste Woche in Kraft trat: Die Schüler sollten ihre *telefonini* vor Unterrichtsbeginn in Schließfächer ablegen – jeder bekam einen eigenen Schlüssel. In der Mittagspause durften sie ihr Handy benutzen, aber nicht im Klassenzimmer und auch nicht in den Nachmittagsstunden.

Chiara fand das skandalös und sprach von ihrem »Recht«, tagsüber mit der Welt in Kontakt zu bleiben, sie sei alt genug, sich ihre Zeit selbständig einzuteilen. »Wir werden behandelt wie Sklaven«, meinte sie mit jenem gerechten Zorn, wie ihn jene an den Tag legen, deren Privilegien in Gefahr sind.

Brunetti bezwang sich und legte seine Gabel geräuschlos auf den Teller. »Entschuldige?«, fragte er.

Chiara sah verwirrt zu ihrem Vater, dessen ruhige Stimme ihren Redefluss gebremst hatte: »Wofür?«

»Du hast gesagt, ihr werdet behandelt wie Sklaven«, erklärte Brunetti.

»Genau«, erwiderte sie. Sein beherrschter Tonfall hätte

sie eigentlich warnen müssen. »Wie Sklaven behandeln die uns.«

»Sklaven?«, wiederholte Brunetti.

»Sklaven«, bestätigte Chiara mit derselben Inbrunst wie Foxe im *Buch der Märtyrer*.

»Inwiefern?«, fragte Brunetti und griff nach seinem Glas.

»Hab ich doch gesagt, *papà*. Die schreiben uns vor, unsere Handys in der Schule nicht mehr zu benutzen.«

Brunetti registrierte den Widerspruch zu dem, was sie vorhin erzählt hatte, unterließ es jedoch, seine Tochter darauf hinzuweisen.

Er trank einen Schluck Wein, stellte das Glas ab und schob es auf dem Tisch hin und her. Paola und Raffi waren verstummt und beobachteten ihn, genau wie Chiara, gespannt. Er wandte sich zu seiner Tochter. »Ich bin mir nicht sicher, ob ich den Vergleich verstehe«, sagte er sanft.

»Aber ich sag's dir doch, *papà*. Die verbieten uns, in der Schule unsere Handys zu benutzen.«

Brunetti lächelte. »Das habe ich gehört, mein Engel. Aber den Vergleich verstehe ich nicht.«

»Was gibt's da zu verstehen?«, fragte sie. »Die nehmen uns unsere Freiheit.«

Er ließ den Wein im Glas kreisen, nahm einen winzigen Schluck und nickte, wobei nicht klar war, ob dieses beifällige Nicken dem Wein oder Chiaras Erklärung galt. Schließlich fragte er: »Und das ist eine Definition von Sklaverei?«

Raffi und Paola saßen stumm wie Eulen. Brunetti sah bewusst nicht zu ihnen hin, aber auch nicht direkt zu Chiara, die nun aber die Gefahr im Verzug witterte, ihre Gabel ablegte und ihm ihre volle Aufmerksamkeit zuwandte.

»*Papà*«, sagte sie lächelnd. »Du willst mir eine deiner Fallen stellen, richtig?« Ihr Kinn in die Hände gestützt, sah sie ihn an. »Als Nächstes verlangst du eine Definition von Sklaverei, und ich kann dir keine geben, die alles abdeckt, und sowie ich es versuche, zeigst du auf die Löcher, die sie hat, groß wie Melonen.«

Sie richtete sich auf, streckte den linken Arm, wie um den Lauf eines unsichtbaren Gewehrs zu stützen, und krümmte den Zeigefinger der rechten Hand um den imaginären Abzug. Sie zielte auf etwas über Brunettis Kopf, drückte ab und rief »Peng!«, bevor der Rückstoß sie nach hinten warf.

Dann drehte sie sich nach rechts, hob das Gewehr und rief: »Da ist noch eine. Eine Schlechte Definition!« Sie visierte am Lauf entlang, und schon ging die zweite Schlechte Definition auf den Tisch nieder. Abermals »Peng!« und wieder ein Opfer, das mit Getöse zu Boden ging, indem sie das Gewehr weglegte und mit der flachen Hand auf den Tisch schlug. Noch eine erledigte Schlechte Definition.

Brunetti sah ihr schweigend zu, schockiert wie alle Eltern, wenn sie berechtigten Protest ihrer Kinder vernehmen. Er senkte den Kopf auf den Tisch, presste die Wange ans Tischtuch und murmelte auf Englisch: »*How sharper than a serpent's tooth ...*« Doch ehe er mehr sagen konnte, brachten Chiara, Paola und Raffi den Satz im Chor für ihn zu Ende: »*... it is to have a thankless child.*«

Die Ankunft des Nachtischs stellte wieder so etwas wie Ordnung her.

Punkt neun Uhr am nächsten Morgen traf Brunetti in der Questura ein. Auch wenn er Patta nichts zu berichten hatte, hielt er es für taktisch klug, sich bei seinem Vorgesetzten blicken zu lassen und ihn zu dem aktuellen Fall zu konsultieren. Man bekam Patta leichter unter Kontrolle, wenn er selbst alles unter Kontrolle zu haben glaubte. Signorina Elettra saß im Vorzimmer und blätterte in *Il Sole 24 Ore*, der einzigen Zeitung, die sie nach eigenem Bekunden für lesenswert hielt. Er hatte keine Ahnung, was sie an dieser Wirtschaftszeitung interessierte: Nie hatte sie davon gesprochen, Reichtum anhäufen zu wollen. Aber dafür kannte sie sich mit den großen nationalen und internationalen Firmen bestens aus und äußerte sich positiv oder negativ, aber stets fundiert, über jene Manager oder Mitarbeiter dieser Firmen, die sich in den Gerichtssälen – seltener in den Gefängnissen – im Nordosten Italiens die Klinke in die Hand gaben.

»Guten Morgen, Signorina«, sagte er. »Ist der Vice-Questore zu sprechen?«

»Ah«, hauchte sie und wurde förmlich, wie immer, wenn sie Pattas Abwesenheit zu vermelden hatte. »Ich fürchte, Dottor Patta kommt erst morgen Nachmittag wieder ins Haus.« Brunetti schickte sich mit einem Lächeln bereitwillig in sein Schicksal.

Sie faltete die Zeitung zusammen und legte sie beiseite. »Kann vielleicht ich Ihnen weiterhelfen?«

Brunetti ließ sich das nicht zweimal sagen. »Vorgestern haben Commissario Griffoni und ich mit einem Capitano Alaimo von der Guardia Costiera gesprochen«, begann er und registrierte befriedigt, dass Signorina Elettra einen Notizblock heranzog. »Den könnten Sie mal unter die Lupe nehmen.«

»Was Bestimmtes?«, fragte sie, schon neugierig geworden.

»Alles, was Sie finden können«, meinte er, »alles, was für uns interessant sein könnte. Bisher weiß ich nur, dass er Neapolitaner ist.«

Signorina Elettra pflegte den kleinsten Happen Information mit demselben Eifer zu betrachten, mit dem ein Hai ein Bein beäugt, das von einem Surfbrett baumelt.

»Dann fange ich mit seiner Leistungsbeurteilung an«, sagte sie. Nicht, dass sie, beide Hände am Boden, in Startposition ging wie eine Sprinterin, aber ihr Atem wurde schneller, und so beeilte sich Brunetti, sie mit ihrem Computer allein zu lassen.

Doch bevor er ging, berichtete sie ihm noch, das Krankenhaus in Mestre habe angerufen und gebeten, der für die Ermittlungen zu den verunglückten Amerikanerinnen zuständige Commissario möge sich bitte bei ihnen melden. Sie habe versichert, dass er baldmöglichst zurückrufen werde. Brunetti nickte.

Im Flur rief er Griffoni an und sagte nur ein einziges Wort: »Kaffee?«

Griffoni kam in die Bar, bestellte am Tresen etwas bei Bamba, dem senegalesischen Einwanderer, der seinem Chef Sergio mittlerweile fast die ganze Arbeit abnahm, dann setzte sie sich zu Brunetti in die Nische.

Bevor er sie auf den neuesten Stand bringen konnte, kam Bamba an den Tisch und servierte Brunetti einen Kaffee und Griffoni eine Kanne heißes Wasser. »Verbena haben wir leider nicht, Dottoressa, aber suchen Sie sich hiervon etwas aus«, sagte er und stellte ihr eine Untertasse mit vier oder fünf verschiedenen Teebeuteln hin. Er deutete eine Verbeugung an und ging wieder hinter die Theke zurück.

»Kein Kaffee?«, fragte Brunetti und riss ein Zuckertütchen auf.

Eine Hand über den Teebeuteln, erwiderte Griffoni: »Noch einen mehr, und ich erhebe mich in die Lüfte und fliege ins Büro zurück.«

»Das Fenster ist zu klein«, sagte Brunetti. »Da passt du nicht durch.«

»Das hatte ich nicht bedacht«, meinte sie und tauchte einen Beutel in das heiße Wasser. »Was hast du gestern erfahren?«

Er berichtete ihr von seinen Gesprächen mit Borgato und dessen Neffen. Seine Schilderung, wie er sich verkleidet und den verschüchterten Beamten gespielt hatte, brachte Griffoni zum Lachen. Dann erzählte er, was er von Duso gehört hatte. Zu seiner Überraschung wollte sie nirgends etwas genauer wissen und schien es kaum erwarten zu können, dass er fertig wurde.

Er sah sie fragend an. »Was möchtest du mir sagen?«

Sie lächelte. »Bin ich so leicht zu durchschauen?«

Brunetti nickte, wie wenn jemand gleichzeitig mit ihm in eine schmale *calle* einbog und er ihm den Vortritt lassen wollte.

»Ich habe mich in Borgatos Vergangenheit umgesehen: Wo er sich in den Jahren aufgehalten hat, nachdem er von hier verschwunden war«, sagte sie, ihren Eifer bezwingend.

»Und?«, spornte Brunetti sie an.

»Er hat seinen Wohnsitz nie geändert, war die ganze Zeit

unter seiner hiesigen Adresse gemeldet. Also habe ich mir überlegt, was für Spuren ich hinterlassen würde, wenn ich anderswo leben würde als dort, wo ich gemeldet bin.«

»Und das Ergebnis?«, fragte Brunetti, gespannt auf ihre Entdeckung.

»Etwas, worauf ein Venezianer niemals kommen würde«, antwortete sie.

»Darf ich dreimal raten?«

»Du kommst nie drauf, Guido, glaub mir.«

»Warum?«

»Weil Venezianer nicht Auto fahren und darum auch selten die Geschwindigkeit überschreiten, weil ihr keine Stoppschilder überfahrt und nicht in Autounfälle verwickelt seid.«

Als ihm endlich ein Licht aufging, musste er lachen.

»Während wir nichtsnutzigen Neapolitaner alle diese Dinge pausenlos tun. Weshalb mir so etwas natürlich einfällt.«

Brunetti fiel ein Stein vom Herzen, dass sie wieder so locker miteinander über Neapel sprechen konnten. »Du hast Borgato aufgespürt? Wunderbar. Wo?«

»Castel Volturno«, antwortete sie und fügte, obwohl sich das eigentlich von selbst verstand, hinzu: »Sitz der nigerianischen Mafia.«

»Erzähl.«

»Vor vierzehn Jahren hat er dort einen Auffahrunfall verursacht – an einer roten Ampel. Vor zwölf Jahren bekam er eine Buße, weil er in Villa Literno, etwa zehn Kilometer von Castel Volturno, bei Rot über eine Kreuzung fuhr. Und vor zehneinhalb Jahren bekam er in Cancello, auch keine zwanzig Kilometer entfernt, ein Bußgeld wegen Raserei. Seitdem nichts mehr, überhaupt kein Ärger mehr mit der Polizei.«

»Das lässt tief blicken«, warf Brunetti ein.

Griffoni nickte. »Denkst du dasselbe wie ich?«, fragte sie.

»Ja, jedenfalls wenn du denkst, er hat mit der nigerianischen Mafia zu tun, weil die Polizei ihn dann nämlich in Ruhe lassen würde.«

»Für wen sonst könnte er dort gearbeitet haben?«, fragte Griffoni. »Die ist der einzige Arbeitgeber dort. Nur mit kriminellen Geschäften kann man dort Geld verdienen.«

Beide verfielen in Schweigen, bis Griffoni die Geduld verlor und fragte: »Was unternehmen wir?«

»Nichts«, antwortete Brunetti prompt. »Wenn wir davon ausgehen, dass er da mitmischt, können wir nur abwarten und die Ohren offen halten.«

Griffoni sah ihn verwundert an. »Das habe ich von dir noch nie gehört: dass wir nichts machen können.«

Auch Brunetti fand es unerträglich, doch davon wurde es nicht weniger wahr. Er hatte – wie jeder Polizist im Land – seit Jahren von der nigerianischen Mafia gelesen und gehört: undurchdringlich, brutal, allgegenwärtig in der Gegend um Castel Volturno. Ein Kollege hatte ein Jahr dort durchgehalten und war dann in den vorzeitigen Ruhestand getreten. Über das, was er dort erlebt hatte, hüllte er sich in Schweigen, zu entlocken war ihm nur, die Stadt liege »in einem anderen Land«.

»Wir können nur weiter nach Informationen suchen. Wir brauchen mehr, als dass er in Castel Volturno gelebt hat:

Das macht ihn nicht zum Verbrecher. Bis wir eine Verbindung finden …«, bekräftigte Brunetti, »können wir nichts tun.«

Griffoni ballte frustriert die Fäuste im Schoß.

»Immerhin war Borgatos Boot in den Unfall mit den Amerikanerinnen verwickelt«, meinte Brunetti.

Beide dachten schweigend nach, bis Brunetti sagte: »Ich habe im Krankenhaus in Mestre angerufen.«

»Und?«, fragte sie überrascht.

»Ich habe mit einem Arzt gesprochen, der nicht genauer Bescheid wusste. Er hat den Hörer an eine Schwester weitergegeben, die sagte, sie glaube, das Mädchen sei wach.«

»Die müssen doch wissen«, sagte Griffoni fassungslos, »wie es um sie steht. Oder ist das eine Verwechslung?«

»Wie meinst du das?«

Sie nahm ihre Teetasse in die Hand, betrachtete sie, als wundere sie sich, wie sie dort hingekommen war, und stellte sie wieder zurück. »Als ich gestern früh dort anrief, hieß es, sie sei immer noch bewusstlos.«

»Dann ist sie mittlerweile vielleicht aufgewacht«, sagte Brunetti, auch wenn er genau wusste, wie wenig man telefonischen Auskünften von Krankenhausmitarbeitern trauen konnte.

»Was hast du vor?«, fragte Griffoni.

»Zum allermindesten will ich mit ihrem Vater sprechen«, sagte Brunetti. »Wann hast du sie zuletzt gesehen?«

»Vor zwei Tagen bin ich auf dem Heimweg vorbei. Sie war nicht bei Bewusstsein. Die Schwester meint, das könnte an den Schmerzmitteln liegen«, sagte Griffoni skeptisch.

»Wie lange warst du da?«, fragte Brunetti.

»Eine Stunde, vielleicht etwas weniger.« Angesichts Brunettis überraschter Miene erklärte sie: »Ihr Vater war da, und ich schlug ihm vor, in der Cafeteria etwas zu essen, ich könnte so lange bei ihr bleiben.«

Sie schenkte sich eine zweite Tasse Tee ein und nahm einen Schluck. Ein paar farblose Tropfen waren auf den Tisch gefallen. Griffoni verband sie mit einem Finger zu Kreisen, wischte die Hand an ihrer Serviette ab und erzählte: »Der Assistent des operierenden Arztes hatte Dienst, aber er konnte mir nicht viel sagen. Man könne nur abwarten. Sie werde schon aufwachen, wenn sie bereit dazu sei.«

»Was soll das denn heißen?«, fragte Brunetti.

»Das soll heißen«, erklärte Griffoni, »dass sie keinen Schimmer haben, was mit ihr los ist.« Sie trank einen Schluck und stellte die Tasse wieder hin.

»Angeblich haben sie für ihre Nase das Menschenmögliche getan«, sagte sie.

»Ja?«

Griffoni strich sich mit dem Zeigefinger über die Augenbraue. »Er sagt, die Platzwunde über dem Auge war kein Problem, die werde in sechs Monaten kaum noch zu sehen sein. Die haben sie mit Tape geschlossen.«

Sie sah aus dem Fenster nach den Leuten auf der *riva*. »Dann hat er erklärt, die Nase hätten sie gerichtet und provisorisch verarztet. Operieren können sie erst, wenn sie wieder bei Bewusstsein ist«, erzählte sie hastig, um das Thema hinter sich zu bringen.

Brunetti starrte immer noch auf Griffonis Augenbraue, während er an das Foto vom Gesicht des Mädchens dachte. Ohne seinen Blick zu bemerken, hob Griffoni eine Hand vor die Augen, als wolle sie sich vor den inneren Bildern schützen. »Mehr können sie nicht tun, zumindest vorläufig«, sagte sie, ließ die Hand sinken und sah ihn mit leerem Blick an. »Später habe ich gedacht, er hat geredet wie ein Archäologe, der einem erklärt, wie man eine antike griechische Vase rekonstruiert.« Und dann: »Gott, wie seltsam Chirurgen doch sind.« Sie senkte den Blick auf den Tisch und schüttelte ungläubig den Kopf.

Ihr Blick saugte sich an Brunettis Augen fest. »Er konnte gar nicht mehr zu reden aufhören. Wir waren im Schwesternzimmer – ihr Vater war mittlerweile wieder bei ihr –, und der Arzt wollte mir am liebsten alles aufzeichnen, was sie getan hatten.«

»Hat er eine Vorstellung, wie sie aussehen wird?«

»Das habe ich ihn auch gefragt«, antwortete Griffoni. »Er sagt, die Braue könnte möglicherweise in der Mitte nicht mehr genau dieselbe Höhe haben wie vorher, aber die Behandlung sei Routine, erfahrungsgemäß würde das später kaum auffallen. Er sagt, die Nase sei ein komplizierterer Fall, die werde womöglich nicht mehr so sein wie früher. Dann aber hat er lächelnd hinzugefügt, die könne sie sich in einem Jahr chirurgisch richten lassen und dann sähe sie wieder aus wie vor dem Unfall.«

Sie wollte sich Tee nachschenken, aber die Kanne war leer. »Gehen wir«, sagte sie, erhob sich aus der Nische, ging zur Theke und wechselte beim Bezahlen ein paar Worte mit Bamba. Im Gegensatz zu Sergio, seinem Arbeitgeber, tippte der senegalesische Barmann den korrekten Betrag in die Kasse und gab Griffoni die Quittung: Sergio hingegen nahm meistens nur das Geld, bedankte sich und gab keine

Quittung; er ging davon aus, die Guardia di Finanza würde niemals einen Polizeibeamten anhalten und sich von ihm den Beweis dafür zeigen lassen, dass er die Rechnung und damit auch die Steuer bezahlt hatte.

Brunetti erkundigte sich bei Bamba nach Frau und Tochter und erfuhr, Pauline sei Klassenbeste in Mathematik und Erdkunde und seine Frau gehe dreimal die Woche vormittags bei zwei alten Leuten im selben Haus putzen.

»Gut, dass alle zu tun haben«, meinte Brunetti.

Griffoni fügte hinzu: »Und gut, dass alle hier sind.«

Bamba lächelte und schien sie am Arm berühren zu wollen, ließ die Hand dann aber auf den Tresen sinken. »Das ist Ihnen zu verdanken, Dottoressa«, sagte Bamba und bedachte Griffoni mit einem so innigen Blick, wie Brunetti ihn noch nie an ihm gesehen hatte.

Er hatte keine Ahnung, was für Strippen Griffoni bei ihren Freunden in Rom gezogen hatte, aber das Wunder war geschehen: Nachdem Bambas Antrag auf Familiennachzug jahrelang unbearbeitet liegengeblieben war, hatte die Einwanderungsbehörde binnen zwei Monaten nach Bambas tränenreichem Gespräch mit Griffoni den Antrag plötzlich bewilligt.

Als Brunetti sie einmal gefragt hatte, mit welchem Trick ihr dies gelungen sei, hatte sie kategorisch abgestritten, sich in »das systematische Zermalmen der Hoffnung« eingemischt zu haben – ein Ausdruck, mit dem sie das Vorgehen der Bürokraten im Innenministerium bei der Bearbeitung von Einwanderungsangelegenheiten zu bezeichnen pflegte. Schweigend gingen sie zur Questura zurück.

21

Das Ospedale dell'Angelo in Mestre erinnerte Brunetti von weitem an ein Kreuzfahrtschiff, gestrandet auf einem Fußballplatz. In der Ferne tauchte vor ihm eine gläserne Wand auf, sechs, sieben Stockwerke hoch, die auf ihn zuzukippen schien. Kiel und Bug erinnerten beunruhigend an die gigantischen Schiffe, die sich einst im Kanal vor San Marco drängten, an die *riva* krachten oder ihr so nahe kamen, dass der *Gazzettino* tagelang auf Seite eins darüber berichtete.

Brunetti näherte sich dem Ungetüm mit einer gewissen Scheu, als könnte es sich, sobald er an Bord ginge, losreißen und, von wildem Freiheitsdrang erfasst, in die *laguna* entweichen, um wie der Frosch im Märchen vom Kuss des Wassers in seine ursprüngliche Prinzengestalt zurückverwandelt zu werden.

Er schüttelte diese Hirngespinste ab und ging zum Informationsschalter, wo ein junger Mann am Computer rasch Signorina Watsons Namen fand, ihm Etage und Zimmernummer nannte und den Weg zu den Aufzügen wies.

Letzteres wäre nicht nötig gewesen, denn die Schilder und Pfeile zu den diversen Stationen waren nicht zu übersehen. Verlaufen kann man sich hier wohl kaum, dachte Brunetti; kein Vergleich mit dem alten, behaglichen, unübersichtlichen Ospedale Civile in der Stadt mit seinen einzelnen scheinbar wahllos verstreuten Gebäuden und oft widersprüchlichen Hinweisschildern. Im Gegensatz zu dessen ehemaligem Kreuzgang mit den vielen Säulen und den dösenden Katzen wartete das Ospedale dell'Angelo mit sauber bezeichneten Pfaden auf, Breschen durch einen Regenwald, und war von einer geradezu handgreiflichen Sauberkeit, wohin das Auge auch blickte.

Problemlos im dritten Stock angekommen, zeigte Brunetti der Schwester am Empfang seinen Dienstausweis und fragte, wo er Mr. Watson und dessen Tochter finden könne. Er folgte ihrer Beschreibung. Die Tür stand offen, und er blieb erst einmal stehen und spähte hinein. Zwei Betten, das vordere leer; hinter dem anderen Bett saß ein Mann etwa in Brunettis Alter, den die Jahre aber mehr Haare gekostet hatten. Auch hatte er mehr Gewicht angesetzt – ja man mochte befürchten, der Stuhl könne jeden Moment zusammenbrechen. Er war ganz auf sein Handy konzentriert, in das er eine Nachricht tippte. Oder einen Hilferuf: »Retten Sie meine Tochter«?

Brunettis Blick wanderte zu der schmalen Gestalt unter der Decke. Ein weißes Plastikdreieck verbarg die Nase, ein Pflaster die linke Braue, darüber eine Plastikhaube, die mit zwei senkrechten Streifen gesichert war, unten und oben auf der Stirn. Die Augen waren geschlossen, die Lippen leicht geöffnet. Um das linke Auge ein fast schwarzer Augenring, an den Außenrändern gelb, und das Ganze immer noch verschwollen.

Von einem Gestell hing ein durchsichtiger Plastikbeutel, aus dem eine helle Flüssigkeit zu einer im Arm steckenden Nadel rann. Unter dem Beutel hing ein zweiter, dessen Schlauch unter der Bettdecke verschwand.

Als Brunetti näher kam, schreckte Mr. Watson auf, als

hätte jemand seine Schulter berührt, er blinzelte, ließ das Handy sinken, stemmte sich mühsam hoch und streckte die Hände vor sich aus, wie um jedwede Gefahr abzuwehren.

»*Scusi, Signore. Sono qua per …* «, versuchte Brunetti beschwichtigend zu erklären, warum er gekommen war.

Der Mann kam zwei schleppende Schritte auf ihn zu. Dann blieb er stehen. »Wer sind Sie? Ein Arzt?«, fragte er auf Englisch.

»Nein, ich bin kein Arzt, Mr. Watson«, antwortete Brunetti in derselben Sprache und hielt es für das Beste, ihm gleich zu sagen, wer er war. »Ich bin Commissario Guido Brunetti von der Polizei. Ich möchte Ihre Tochter besuchen.«

Die Unruhe des Amerikaners schien sich noch zu steigern.

»Warum sind Sie hier?«, fragte er und rückte weiter auf. »Was wollen Sie?«

Das hätte aggressiv klingen können, aber seine Nervosität sprach dagegen.

»Ich möchte wissen, ob ihr Zustand sich gebessert hat, Sir.«

Watson sah zu seiner Tochter, als hoffte er, sie bekäme etwas von dem Gespräch mit, doch dem war nicht so. Sich zur Ruhe zwingend, antwortete er: »Sie sehen es ja. Unverändert.« Ihm versagte die Stimme.

»Das tut mir leid«, sagte Brunetti, auch wenn er wusste, wie ohnmächtig das klang.

Bevor er noch mehr sagen konnte, ging der andere zu seinem Stuhl zurück, nahm sein Handy und steckte es ein. Dann kam er um das Bett herum auf Brunetti zu. »Alex

Watson«, sagte er und drückte Brunetti, nach Art vieler Amerikaner, fest, aber nur kurz die Hand: um freundliches Einvernehmen bemüht, aber nicht um dauerhafte Freundschaft. Sein rotblondes Haar war stellenweise ergraut, seine wässrig blauen Augen erinnerten Brunetti an einen Border Collie, auch wenn der Mann ansonsten wenig von der wendigen Wachheit dieser Hunderasse an sich hatte.

Brunetti wiederholte seinen Namen, ließ aber diesmal die Rangbezeichnung weg.

Watson betrachtete seine Tochter, schloss lange die Augen und wandte sich schließlich zu Brunetti: »Vielleicht sollten wir draußen miteinander reden. Ich möchte sie nicht stören.«

Mit einem knappen Nicken ging Brunetti ihm voraus in den Flur. Ein paar Türen weiter standen zwei Frauen in weißen Kitteln und besprachen sich leise.

»Haben die Ärzte Ihnen erklärt, was genau mit ihr los ist?«, fragte Brunetti.

»Jetzt sagen sie, sie liegt im Koma. Als sie mich am Telefon von dem Unfall unterrichteten, hieß es nur, sie sei nicht bei Bewusstsein.« Nach langem Schweigen wiederholte er: »Jetzt liegt sie im Koma.«

Brunetti nickte und machte ein kleines Geräusch, das Watson als Aufforderung auffasste weiterzuerzählen. »Die Ärzte sagen, das passiere bisweilen bei Kopfverletzungen. Hirnverletzungen.« Er suchte ganz offensichtlich nach Worten, um wiederzugeben, was genau die Ärzte gesagt hatten.

Watson sah auf den Parkplatz hinaus. Auf das Fensterbrett gestützt, stand er mit gesenktem Kopf da, bis er sich plötzlich aufrichtete. »Ich habe mit einem der Ärzte gesprochen. Mit Hilfe eines Dolmetschers.«

»Was hat der Arzt gesagt?«

»Etwas von einem Stück Knochen – oder ein Knochensplitter. Er hat nicht erklärt, wie groß der ist, oder ich habe es nicht verstanden.« Bevor Brunetti fragen konnte, ob er sich an die italienische Bezeichnung erinnere, fuhr Watson fort: »Dem Dolmetscher kann ich nichts vorwerfen. Ich habe im Moment Schwierigkeiten, das zu behalten, was die Leute mir sagen, um es meiner Frau am Telefon wiederzugeben. Sie spricht Italienisch, aber sie kann nicht hier sein.«

Brunetti sah ihn fragend an, und Watson erläuterte: »Sie ist mitten in einer Chemotherapie, in Washington, und darf in kein Krankenhaus, in überhaupt keins, weil ihr Immunsystem … ziemlich geschwächt ist.«

Brunetti nickte und ließ einige Zeit verstreichen, bevor er nachhakte. »Ist das alles, was man Ihnen gesagt hat, Mr. Watson?«

»Die meinen, sie können nichts anderes tun als abwarten und sehen, was geschieht«, endete Watson, immer wieder die Fäuste ballend.

»Wie ich höre, sind Ihre Tochter und Ms. Peterson Freundinnen und studieren zusammen«, sagte Brunetti, um das Gespräch in andere Bahnen zu lenken.

Watson sah ihn verblüfft an. »Ja. Sie wohnen im selben Wohnheim.«

»Sie kennen das Mädchen also nicht näher?«

»Nein«, antwortete Watson und schüttelte gedankenverloren ein ums andere Mal den Kopf. »Voriges Jahr hat sie ein paar Tage bei uns in Rom übernachtet.« Seine Miene wurde weich. »Sie ist viel vernünftiger als einige andere, mit denen Lucy auf der Highschool zusammen war.« Er glaubte, das erklären zu müssen: »Sie hat meiner Frau beim Kochen geholfen. Und sie hat Lucy dazu gebracht, das Zimmer in Ordnung zu halten, während sie bei uns waren.« Es klang fast wie eine Liebeserklärung, als er mit bebender Stimme hinzufügte: »Lucy war nie ein besonders ordentliches Mädchen.«

Brunetti beeilte sich, etwas beizusteuern, bevor Watson womöglich ganz die Fassung verlor. »Meine Tochter auch nicht«, sagte er lächelnd.

Da standen sie nun, zwei Väter, im Schweigen vereint.

Entschlossen, das Thema zu wechseln, fragte Brunetti: »Hat JoJo Ihnen erzählt, was in jener Nacht passiert ist?«

Watson drehte sich um und lehnte sich gegen das Fensterbrett, als brauche er eine Stütze. Nach einer Weile nickte er und begann: »Sie waren auf einer Piazza, zusammen mit vielen anderen Jugendlichen, zwei Italiener haben sie angesprochen und auf einen Drink eingeladen. Sie gingen in eine Bar. JoJo wollte einen Gingerino, Lucy eine Cola. Für sich selbst bestellten die jungen Männer Apfelsaft, und da mussten sie alle lachen.« Auf Watsons Gesicht erschien ein Lächeln, das ihn zehn Jahre jünger machte. Dann sah er nach der Tür, hinter der seine Tochter lag, und das Lächeln verschwand.

Brunetti ließ ihm Zeit. »Hat sie Ihnen von dem Unfall erzählt?«, fragte er schließlich.

Watson nickte. »Sie sagt, sie hat eine Zeit gebraucht, bis ihr allmählich alles wieder eingefallen ist. Sie fanden es beruhigend, dass die beiden keinen Alkohol tranken, also nahmen sie die Einladung für einen Bootsausflug an. Alles war gut, bis sie auf offenem Wasser waren: Da gab der am Steuer plötzlich Gas und fuhr immer schneller. JoJo bat ihn, langsamer zu werden. Aber das verstand er nicht, obwohl ich nicht begreife, was es da zu verstehen gibt, wenn ein Mädchen einen anfleht, während man mit Bleifuß durch die Lagune rast.« Watson konnte seinen Zorn kaum noch zügeln. Brunetti hörte schweigend zu.

»Dann hat sie den anderen gebeten, ihm zu sagen, er soll langsamer fahren, aber der hat bloß mit den Schultern gezuckt.«

»Was hat sie sonst noch erzählt?«

»Dass sie ihn am Arm gepackt und vom Steuer wegzuziehen versucht hat, und als das nichts half, ist sie zu Lucy zurückgegangen, und genau da kam der Zusammenstoß, und sie ist gestürzt. Als sie sich wieder aufsetzte – wie viel Zeit vergangen war, weiß sie nicht –, lag Lucy auf dem Bauch, und der andere – nicht der Fahrer – kniete neben ihr und sprach auf sie ein.«

Watson nickte nachdrücklich, als helfe ihm das, sich an das Gehörte zu erinnern. »JoJo sagt, jetzt begann sie, Schmerzen im Arm zu spüren, starke Schmerzen. Niemand sprach, außer dem Jungen, der mit Lucy zu reden versuchte.«

Watson biss sich in die Lippe, als müsse er sich dafür bestrafen, dass er ihren Namen ausgesprochen hatte. »Der andere ließ den Motor an und fuhr los, ganz langsam, sagt JoJo, aber ihr war kalt, und sie hatte solche Schmerzen, dass es ihr vielleicht nur so vorkam. Sie sagt, bei dem Aufprall sei viel Wasser ins Boot gespritzt.«

»Erinnert sie sich daran, wie man sie zum Krankenhaus gebracht hat?«

»Nein. Sie sagt, wahrscheinlich ist sie von dem Schmerz ohnmächtig geworden, das Boot krachte gegen Wellen, und sie und Lucy wurden die ganze Zeit am Boden des Boots hin und her geworfen.« Er dachte kurz nach. »Sie meint, ab und zu ist sie halb aufgewacht, hat was mitbekommen, und dann war alles wieder weg. Einmal glaubt sie, gehört zu haben, wie einer der beiden gesagt hat: ›Er bringt mich um. Er bringt mich um.‹ Aber sicher ist sie nicht, bei der Angst und den Schmerzen, die sie hatte.« Watson schwieg.

»Sonst nichts?«, fragte Brunetti leise.

»Sie ist im Krankenhaus aufgewacht, aber Lucy war nicht da. Nach einer Weile kam die Polizistin, und allmählich begann sie zu verstehen.«

Als hätten seine Gedanken sich sortiert, fragte Watson plötzlich: »Wer hat sie dort hingebracht?«

»Die Männer mit dem Boot«, verriet Brunetti, da sich das ohnehin bald herumsprechen würde.

»Wer sind die?«

Brunetti überlegte sich die Antwort genau. »Das, was es schien, Sir. Zwei junge Männer, beide aus Venedig, die …«

»Das weiß ich«, unterbrach ihn Watson. »JoJo hat es mir erzählt. Aber kennen Sie sie?«

»Ja«, antwortete Brunetti. »Ich habe mit beiden gesprochen.«

»Und das sagen Sie mir erst jetzt?«, schimpfte Watson. Jede Spur von Freundlichkeit war aus seiner Stimme verschwunden. »Was haben die Ihnen erzählt?« Watson richtete sich zu seiner ganzen Größe auf.

»Das darf ich Ihnen leider nicht sagen, Sir, solange die Ermittlungen laufen«, erklärte Brunetti betont höflich.

»Die haben sie also zum Krankenhaus gebracht. Und dann?«

Brunetti hielt es für sinnlos, den Mann zu belügen. »Dann sind sie weggefahren, Sir. Einer der beiden war selbst schwer verletzt.«

»Mir doch egal«, fauchte Watson. Zornbebend wiederholte er Brunettis Worte: »›Dann sind sie weggefahren.‹ Haben sie einfach dort abgeladen und das Weite gesucht …« Seine Wut steigerte sich. »Haben sie dort liegen lassen wie …« Er sah sich wütend um, als hätte das richtige Wort sich irgendwo im Flur versteckt. Dann aber fand er es, und es brach aus ihm heraus: »… wie Abfall.« Er hob die geballten Fäuste, dann ließ er sie machtlos wieder sinken.

»Haben Sie die nach Drogen gefragt? Alkohol?«, fragte er.

Brunetti schüttelte den Kopf.

»Sie haben nicht danach gefragt?«, rief Watson entsetzt.

»Entschuldigen Sie, Sir. Wir haben sie befragt, aber ich darf darüber mit niemandem reden, der nicht an den Ermittlungen beteiligt ist.«

Der Mann nickte stumm, nur seine Kiefermuskeln zuckten heftig. Brunetti fragte sich, wie gut er selbst sich unter Kontrolle haben würde, wäre Chiara auf diesem Boot gewesen, würde Chiara in jenem Bett liegen, und plötzlich empfand er für Watsons Selbstbeherrschung nur noch Bewunderung.

Watson sah zu Brunetti und dann zur Tür des Krankenzimmers. Er nickte noch ein paarmal, dann sagte er ent-

schlossen: »Ich denke, ich sollte wieder zu ihr reingehen.«
Er wandte sich ab, ging in das Zimmer und schloss leise die
Tür hinter sich.

22

Da es schon kurz vor fünf war, als Brunetti das Krankenhaus verließ, beschloss er, nicht mehr in die Questura zurückzukehren. Für den Heimweg wollte er die Straßenbahn benutzen, was er noch nie getan hatte. Im *Gazzettino* las er seit Jahren von den Pannen, Entgleisungen, Zusammenstößen und unerklärlichen Betriebsstörungen, die der Bahn ständig zu schaffen machten. Aber gefahren war er noch nie damit, und jetzt wollte er es einfach einmal selbst ausprobieren, also studierte er den Fahrplan der Busse zum Zentrum von Mestre, wo er in die Bahn umsteigen würde, nahm den 32H zum Piazzale Cialdini, wo die Nummer 1 auf dem Weg zwischen den Städten bestimmt einen Halt einlegte.

»Fährt hier die Bahn zum Piazzale Roma ab?«, fragte er eine ältere Dame, die mit einer COIN-Einkaufstüte an der Haltestelle stand. Ah, wie gern seine Mutter bei COIN eingekauft hätte, aber zu mehr als einem Schaufensterbummel hatte es nie gereicht. Das Gesicht der Frau warf noch mehr Fältchen, als sie ihn anstrahlte. »Dem sollte so sein«, antwortete sie.

Auch diese Redewendung erinnerte ihn an seine Mutter: Der Vater um acht zu Hause? Dem sollte so sein. Der Klempner heute Nachmittag? Dem sollte so sein. Reichte das Geld für seine Schulbücher? Dem sollte so sein. »*Dovrebbe*«, wiederholte er. Die Frau zuckte lächelnd die Schultern. »Ich habe gerade eine verpasst, also wissen wir wenigstens, dass sie fahren«, teilte sie großzügig diese Gewissheit mit ihm.

Kaum hatte sie das gesagt, hielt eine Nummer 1 an der Haltestelle gegenüber. Leute stiegen aus und ein. Brunetti dachte an die Geschichte von der einzigen Reise, die seine Mutter nach »Italien« gemacht hatte, worunter sie alles außerhalb von Mestre verstand, und selbst dort war sie nur zweimal gewesen. Damals, vor über fünfzig Jahren, war sie das einzige Mal in ihrem Leben mit dem Zug und dann mit einer Straßenbahn gefahren, um an einer Hochzeitsfeier der »*Torinesi*« teilzunehmen, Verwandten von ihr, die bei Fiat in Turin Arbeit gefunden hatten und im Lauf der Jahre – wie seine Mutter es sah – zu solchem Reichtum gelangten, dass sie den Namen »*Torinesi*« verdienten – ein Wort, das für sie gleichbedeutend mit »die Reichen« war. Und dann habe ich selbst eine geheiratet, dachte Brunetti, und zwei Kinder bekommen, die seine Mutter als »*Torinesi*« bezeichnet hätte.

Er spürte eine Hand auf seinem Arm und fuhr herum. Die alte Frau trat einen halben Schritt zurück und sagte: »Sie ist da, Signore.«

Die Hand der Frau hatte ihn auf den Piazzale Cialdini zurückgeholt: Die Straßenbahn stand mit geöffneten Türen vor ihnen. Er dankte lächelnd und half ihr beim Einsteigen. Sie setzte sich auf den nächsten freien Gangplatz, Brunetti dankte noch einmal und ging nach vorn, um den entgegenkommenden Verkehr zu beobachten. Vor ihm erstreckte sich die einzelne Schiene, auf der die Bahn fuhr: Was war das nur für ein Wunderwerk.

Sie glitten dahin, mit fließenden Übergängen zwischen Beschleunigen und Bremsen, vorbei an stehenden Autokolonnen auf den Ponte della Libertà hinaus. Zur Rechten der Horror von Marghera mit seinen unzähligen Fabrikschloten; dann die Werft und der halbfertige Riesenrumpf eines weiteren Kreuzfahrtschiffs: Wie pervers, dass die ausgerechnet hier gebaut wurden – ja überhaupt noch irgendwo gebaut wurden –, so nahe der Stadt, die sie mit jeder Ein- und Ausfahrt so beutelten.

Sie glitten zum Piazzale Roma und kamen sanft zum Halt. Brunetti ging nach hinten, half der Frau beim Aussteigen und wünschte ihr einen schönen Abend. Sie tätschelte wortlos seinen Arm.

Ganz Gallien war in drei Teile geteilt, deren einen jene bewohnten, die zur Arbeit aufs Festland fuhren; den anderen jene, die in entgegengesetzter Richtung pendelten; und den dritten Leute wie Brunetti, die in der Stadt wohnten und arbeiteten und ohne Straßenbahn auskamen. Auf dem Weg zur Brücke nach Santa Croce fühlte er sich für einmal wie ein Venezianer, der auf dem Festland arbeitete und soeben wieder heimatlichen Boden betreten hatte.

Am Canale del Gaffaro fiel ihm auf, wie wenig Leute unterwegs waren. Dann erinnerte er sich an das *acqua alta* vor zwei Tagen. Kein Vollmond, und es hatte weder im Norden geregnet, noch war die Flut von starken Winden begleitet gewesen, und dennoch war das Wasser auf der Piazza San Marco kniehoch angestiegen. Binnen Minuten hatten Fotos davon sich um den ganzen Planeten verbreitet, und noch ein paar Minuten später war eine Flut von Stornierungen von Hotel- und B&B-Buchungen auf die schon gebeugten Häupter der Betreiber niedergegangen.

Brunetti sah das zwiespältig. Er empfand durchaus ein

wenig Mitleid mit denen, die auf sicher geglaubte Einnahmen verzichten mussten, aber die meisten von ihnen erzielten diese Einnahmen auf seine Kosten und auf Kosten aller anderen Bewohner der Stadt: Mieten, die für normale Menschen unbezahlbar waren; Fastfood, Masken und all der andere Schund in Geschäften, wo normale Menschen früher ihre Lebensmittel gekauft hatten. An Debatten über dieses Thema, Touristen und Kreuzfahrtschiffe, beteiligte Brunetti sich längst nicht mehr; es gab einfach nichts mehr hinzuzufügen, nichts mehr zu hoffen. Wie *acqua alta* brach der Tourismus über die Bewohner herein, war durch nichts aufzuhalten und würde die Stadt allmählich zerstören.

Er nahm sein Handy, suchte aus den unter Vios Namen gespeicherten Nummern die von Filiberto Duso heraus und wählte.

Duso meldete sich nach dem zweiten Klingeln. »*Sì?*«

»Signor Duso«, sagte Brunetti freundlich. »Hier ist Commissario Brunetti.«

»Guten Abend, Commissario«, antwortete der junge Mann.

Brunetti wartete – eine bewährte Taktik Leuten gegenüber, die im Umgang mit der Polizei nicht viel Erfahrung hatten.

Es dauerte eine Weile, bis Duso fragte: »Was gibt es denn, Commissario?«

»Ich komme gerade in die Stadt zurück und wüsste gern, ob Sie Zeit haben, noch einmal mit mir zu reden«, erklärte er, um Lockerheit bemüht.

»Wo sind Sie jetzt?«

Brunetti lachte. »Da ich es bin, der um einen Gefallen

bittet, Signor Duso, überlasse ich es selbstverständlich Ihnen, wo wir uns treffen können.«

»Ich bin zu Hause«, sagte Duso.

»Ah, in der Nähe von Nico«, rief Brunetti erfreut. »Vielleicht könnten wir uns dort auf einen Kaffee treffen. Es wird nicht lange dauern.«

»Geht das nicht auch am Telefon?«, fragte Duso.

»Wenn möglich möchte ich von Angesicht zu Angesicht mit Ihnen sprechen«, antwortete Brunetti.

Duso schien nach einem Ausweg zu suchen, fand aber keinen und gab schließlich zögernd nach: »Also schön. Wann können Sie dort sein?«

»In zehn Minuten«, sagte Brunetti und beschleunigte seine Schritte.

Duso wartete bereits, er stand vor der Auslage der Gelateria Nico, als inspiziere er die verschiedenen Eissorten. Langsam über die Brücke kommend, beobachtete Brunetti den jungen Mann. Das Eis interessierte ihn ganz offensichtlich nicht. Im Gegenteil: Er trat unruhig von einem Bein aufs andere, als koste es ihn viel Überwindung, nicht einfach wegzulaufen.

Duso wandte sich nach rechts und sah in Richtung der Gesuati-Kirche, eine der zwei Möglichkeiten, von wo Brunetti kommen konnte. Er steckte die Hände in die Taschen, fuhr sich durchs Haar, drehte sich um und spähte in Richtung San Basilio.

Als er den Commissario bemerkte, ging er ihm entgegen. Im letzten Moment fiel ihm noch ein, so gut es ging ein Lächeln aufzusetzen.

Die beiden Männer reichten sich die Hand. Wie nervös Duso war, spürte Brunetti an der Hast, mit der der andere die Hand drückte und sie dann gleich wieder losließ, als habe er sich die Finger verbrannt.

Bevor Brunetti vorschlagen konnte, sich draußen hinzusetzen, wo noch ein wenig die Sonne schien, drehte der Jüngere sich schon um, ging in die Eisdiele hinein und steuerte den Tresen an. Als Brunetti sich zu ihm gesellt hatte, bat Duso den Barmann um einen Kaffee.

Brunetti nickte nur.

Der Kaffee kam im Handumdrehen, beide rührten Zucker hinein. Duso trank einen kleinen Schluck, stellte die Tasse hin und riss ein zweites Zuckertütchen auf. Er schüttete ein wenig nach, rührte um und trank aus.

Duso von der Seite beobachtend, bemerkte Brunetti, wie der junge Mann die linke Braue hochzog, bevor er die Tasse mit dem Zeigefinger zart beiseiteschob, als sei der Kaffee unangenehm stark gewesen. Dann drehte er sich zu Brunetti um und sah ihn fragend an.

Brunetti entschied sich für die Wahrheit. »Wie gesagt, ich war bei Borgato.« Duso nickte. »Nach dem, was ich dort erlebt habe, sollte Marcello sich besser von ihm fernhalten.«

Duso fiel nach längerem Nachdenken nur die Frage ein: »Obwohl er sein Onkel ist?«

Brunetti nippte schweigend an seinem Kaffee.

»Haben Sie mich gehört, Commissario?«, fragte Duso schließlich.

Brunetti drehte sich zu ihm um. »Ja, habe ich. Aber wir wissen beide, dass das nichts zu bedeuten hat.«

»Es bedeutet, dass sie Familie sind«, verteidigte sich Duso, gekränkt klingend.

»Und wir sind hier in Italien, Heimat der Familienbande, wo alle nichts anderes im Sinn haben, als ihren Verwandten nützlich zu sein«, erwiderte Brunetti grob. Um die Spannung abzubauen, bat er den Barmann um zwei Glas Wasser und wartete, bis sie kamen. Er trank seins halb aus und schob das andere zu Duso hin.

Der Jüngere trank so gierig, als sei es mitten im August und er am Verdursten. Brunettis Bemerkung zur Familie in Italien ließ er unkommentiert.

»Ihre Freunde nennen Sie Berto, richtig?«, fragte Brunetti plötzlich und überraschte sie beide damit.

Duso war von der Frage so verblüfft, dass es eine Weile brauchte, ehe er nickte. »Ich konnte meinen Namen – meinen eigenen Namen – erst mit vier Jahren richtig aussprechen, aber da nannten mich alle schon Berto, und da war es zu spät«, sagte er schulterzuckend und verzog die Lippen zu einem schiefem Lächeln.

»Gut«, sagte Brunetti und klopfte ihm auf die Schulter. »Mit einem Berto redet es sich leichter als mit einem Filiberto.«

Dusos Lächeln wurde breiter. »Es ist auch viel leichter, Berto genannt zu werden. Glauben Sie mir.«

»Ja, das glaube ich.« Brunetti streckte die Hand aus und sagte: »Guido.« Duso erwiderte den Händedruck und sagte: »Berto.«

Brunetti war von sich selbst überrascht, als er merkte, dass sein Angebot ein spontaner Ausdruck von Sympathie gewesen war. Er hatte damit nicht den Widerstand des Jüngeren brechen wollen. Duso – nicht viel älter als sein eigener Sohn – hatte Brunetti nicht nur seine Liebe zu Marcello gestanden, sondern ihm auch Einblick in die komplizierte Beziehung zwischen Marcello und dessen Onkel gewährt.

»Möchten Sie mir mehr erzählen?«, fragte Brunetti.

»Ja«, sagte Duso. Er sah sich um. »Aber nicht hier. Gehen wir Richtung San Basilio.« Er stieß sich vom Tresen ab und ging auf die breite *riva* hinaus. Brunetti folgte, nachdem er ein paar Münzen auf dem Tresen liegenlassen hatte.

Es war kühl; in der Nacht hatte es geregnet, die Luft war noch frisch, die Giudecca gegenüber erglänzte in klarem Herbstlicht. In letzter Zeit kamen weniger Kreuzfahrtschiffe, dennoch lagen gerade zwei im Hafen. Am Vormittag hatte jemand in der Questura davon gesprochen: »Ich hatte gehofft, die hätten es nicht überlebt«, dann aber angesichts der schockierten Mienen der Kollegen eilig hinzugefügt: »Ich meine die Schiffe. Ich meine die Schiffe, nicht die armen Teufel, die mitfahren.«

Duso ging los, und Brunetti passte sich seinem langsamen Schritt an. Am Fuß der Brücke angekommen, verlor er die Geduld und wagte einen Vorstoß: »Hat Marcello mal erwähnt, dass er nachts arbeiten muss?«

»Sie meinen, für seinen Onkel?«, fragte Duso.

Brunetti ließ sich auf die Verzögerungstaktik des jungen Mannes nicht ein, antwortete knapp mit »Ja« und wiederholte: »Hat er jemals davon gesprochen?« Duso behielt sein Schleichtempo bei, im Gegensatz zu vielen anderen, die schneller gingen, wenn sie Fragen ausweichen wollten. Und den nötigen Antworten.

Nach ein paar Schritten sagte er: »Ja. Einmal«, fügte aber

sogleich hinzu: »Jedenfalls nehme ich an, dass er davon gesprochen hat.«

»Wann?«, fragte Brunetti.

Duso blieb stehen und sah nach den Häusern auf der anderen Seite des Kanals. Brunetti stellte sich neben ihn und wartete.

»Vor ungefähr zwei Monaten«, sagte Duso schließlich. Offenkundig selbst erstaunt, dass ihm das erst jetzt eingefallen war, fuhr er fort: »Es war die Nacht von Ferragosto, die Stadt war leer. Alle waren im Urlaub. Um vier Uhr morgens rief Marcello mich an, er stehe draußen vor meiner Wohnung, ob er raufkommen könne.« Er kam Brunetti zuvor: »Er wollte nicht, dass die anderen im Haus die Klingel hörten und sich fragten, was los ist.«

Duso stöhnte wie jemand, der plötzlich merkt, welches Gewicht auf seinen Schultern lastet. »Ich bin barfuß nach unten und habe ihm aufgemacht. Er war nass. Nein, mehr als das. Völlig durchnässt.« Duso ging weiter, Brunetti wich ihm nicht von der Seite.

»Er kam rein, triefend. Bei jeder Bewegung quietschten seine Schuhe. Oben in meiner Wohnung zog ich ihm Schuhe und Strümpfe aus. Weil er so zitterte, sagte ich, er solle erst einmal duschen, um sich aufzuwärmen. Aber er setzte sich einfach auf mein Sofa und fragte – als sei dies ein normaler Besuch –, ob er was Warmes zu trinken haben könne. Ich weiß, er mag heiße Schokolade, also bot ich ihm eine an.« Unter der Last der Erinnerung ging Duso immer langsamer.

Er blieb stehen, aber sah weiter geradeaus, Richtung San Basilio und den Hafengebäuden und Kais für die Kreuzfahrtschiffe dahinter. »Ich bin in die Küche und habe sie

zubereitet. Das dauerte ein paar Minuten. Als ich zurückkam, lag er auf dem Sofa und weinte. Schluchzte hem-
mungslos wie ein kleines Kind. Und zitterte.

Ich holte eine Decke. Es war immer noch sehr warm, und
ich habe keine Klimaanlage, aber er zitterte wie im Winter. Ich half ihm beim Ausziehen, wickelte ihn in die Decke
und setzte ihn wieder hin. Als ich fragte, was denn los sei,
versuchte er zu scherzen. Es war furchtbar: Er zeigte mir
seine Uhr. Die hatte ich ihm zum Geburtstag geschenkt,
aber sie war nicht wasserdicht, und er zeigte sie mir und
sagte, er habe die Uhr im Wasser ruiniert, deshalb müsse er
so weinen. Und dann brach er wieder in Tränen aus, und ich
konnte nichts anderes tun, als ihm die heiße Schokolade zu
reichen, aber er trank zu hastig und verbrannte sich die
Zunge, also nahm ich sie ihm ab und blies darüber, bis sie
ein wenig abgekühlt war.« Duso senkte den Blick und bemerkte, dass ihm ein Schuh aufgegangen war. Er ging in die
Hocke und schnürte ihn zu. Brunetti fiel auf, dass er einen
Doppelknoten machte, genau, wie seine Schwiegermutter
es seinen eigenen Kindern beigebracht hatte.

Duso erhob sich, blieb aber stehen. »Ich habe mich neben ihn gesetzt und gefragt, was passiert sei. Er schüttelte
nur den Kopf und trank seine Schokolade. Nahm einen
Schluck, schüttelte den Kopf, nahm noch einen Schluck
und schüttelte wieder den Kopf. Als er ausgetrunken hatte,
starrte er die Tasse an, als wüsste er nicht, was er damit machen soll, also nahm ich sie ihm ab und stellte sie auf den
Boden.«

Er sah nach unten, als wolle er nicht versehentlich die
Tasse umstoßen. »Man hörte immer noch ein leises Schluch-

zen, und Marcello wischte sich Augen und Nase an der Decke ab.

Ich bat ihn noch einmal, mir zu erzählen, was geschehen sei, aber er sagte immer nur: ›Wir haben sie umgebracht. Wir haben sie umgebracht.‹ Und dann brach er wieder in Tränen aus.«

Er ging weiter, Brunetti neben ihm her. Sie kamen an der Pizzeria vorbei, wo er und Paola oft mit den Kindern essen gingen, passierten das Restaurant und die Post und gelangten ans Ende der *riva*. Vor dem unscheinbaren Eingang des Supermarkts blieb Duso stehen.

Brunetti sah den afrikanischen Flüchtling, der immer dort stand, auf sie zukommen und gab ihm ein Zeichen. Der Mann begriff sofort, dass er nicht stören sollte, und ging an seinen Platz neben dem Eingang zurück.

Es dauerte lange, bis Duso endlich fortfuhr: »Das war alles. Marcello schlief im Sitzen ein. Ich bettete ihn auf das Sofa, steckte ihm ein Kissen unter den Kopf und holte noch eine Decke. Dann ging ich in mein Zimmer und konnte nicht einschlafen, weil ich nur an Marcello denken konnte und wie sehr ich ihn liebe.« Ihm entwich ein Stöhnen, und er zuckte die Schultern.

»Dann muss ich doch eingeschlafen sein. Als ich erwachte, war er weg. Die Decken lagen noch auf dem Sofa. Seine Schuhe standen neben der Tür: Er hatte sich welche von mir genommen, die sind eine Nummer größer, also kann er sie tragen. Und einen alten Pullover, den ich schon seit Ewigkeiten habe.«

»Wann haben Sie ihn wiedergesehen?«

»Oh, ungefähr eine Woche später. Wir waren mit Freunden Pizza essen«, sagte er und wies die *riva* hinunter zum OKE. »Da konnten wir abends draußen sitzen.«

»Hat er die Geschichte noch mal erwähnt?«

Duso schüttelte mit Nachdruck den Kopf.

»Nie mehr?«, half Brunetti nach.

Duso antwortete nicht.

»Hat er sich irgendwie verändert?«

»Nicht so, dass irgendwer es merken würde.«

»Sie aber schon?«

Duso nickte.

»Wie?«

»Er hat nicht mehr so viel geredet wie sonst, und wenn wir zusammen waren, schien er nicht mehr so viel Spaß daran zu haben.«

Brunetti fragte sich, was sonst noch in jener Nacht in Dusos Wohnung geschehen sein mochte, aber als er sich darauf besann, wie Duso von der Liebe zu seinem Freund gesprochen hatte, verwarf er den Gedanken und schämte sich seiner Neugier.

Er kam auch nicht mehr dazu, etwas zu sagen, denn plötzlich berührte Duso ihn am Arm und erklärte: »Das ist alles.« Damit wandte er sich ab und verschwand in die Richtung, aus der er gekommen war. Brunetti machte sich in entgegengesetzter Richtung auf den Weg nach Hause.

Er ging langsam und sann dabei über das Gespräch mit Duso nach. Der arme Junge, sich ausgerechnet in seinen besten Freund zu verlieben. Wie hatte man das früher genannt? – »Eine Liebe, die ihren Namen nicht auszusprechen wagt«?

Brunetti fand seit Jahren, manche Arten von Liebe könnten ihren Namen ruhig etwas zurückhaltender aussprechen. Merkten diejenigen denn nicht, wie unangenehm dieses Thema jedem sein musste, der die sexuelle Orientierung seiner Mitmenschen nicht für ein Thema hielt, über das man debattieren oder urteilen sollte?

Brunetti konnte natürlich nicht wissen, was für Vorstellungen von Sexualität Pietro Borgato mit sich herumtrug, aber er ging davon aus, dass Liebe zwischen zwei Männern nicht zu den Dingen zählte, die Borgato akzeptierte, besonders, wenn es um seinen eigenen Neffen ging. Brunetti hatte die Gewalttätigkeit dieses Mannes gespürt, als er ihm den Schwächling vorspielte: Seine Wehrlosigkeit hatte Borgato zu blanker Wut angestachelt, so dass er alle Hemmungen verlor. Allein die Erwähnung der Guardia Costiera hatte seine Wut gedämpft und so etwas wie ein vernunftbegabtes Wesen aus ihm gemacht.

Unversehens auf den Campo San Barnaba gelangt, widerstand Brunetti der Versuchung, bei seinen Schwiegereltern vorbeizuschauen. Noch war er mit seinen Überlegungen nicht fertig. Was, wenn Nieddus Geschichte von den Frauen, die man über Bord geworfen hatte, und Marcello Vios verzweifelter Auftritt in der Wohnung seines Freundes irgendwie miteinander in Zusammenhang standen?

Brunettis Handy klingelte, auf dem Display sah er Griffonis Namen.

»*Sì?*«, meldete er sich.

»Alaimo ist sauber«, sagte sie ohne Einleitung.

»Was?«

»Ich habe mit ein paar Leuten zu Hause telefoniert.«

»In Neapel?«

»Das ist im Zweifelsfall immer noch mein Zuhause«, sagte sie. »Ja, Neapel.« Nur neugierig, nicht gekränkt, fragte sie: »Wozu musst du das wissen?«

»Ich muss das nicht wissen, Claudia. Mich interessiert nur, wie diese Familiengeschichten funktionieren.«

»Wie kommst du darauf, dass es um meine Familie geht?«

»Ich nehme an, denen traust du am meisten, oder jedenfalls wären es die Ersten, die du anrufen würdest.«

Sie lachte. »Ein Cousin von mir ist Carabiniere. Maggiore. Er arbeitet am Hafen, da bekommt er viel mit.«

»Und er kennt Alaimo?«

»Nein, aber den Vater. Der war auch Carabiniere. Er wurde in einer Bar erschossen, vor Jahren – da war Alaimo noch ein Kind. Er trank gerade seinen Kaffee, da kam ein Mann herein, zog eine Pistole und schoss ihm in den Kopf, zweimal, und war schon wieder verschwunden, noch bevor Alaimos Vater auf dem Boden aufgeschlagen war.«

Brunetti wartete schweigend.

»Jahre später verriet ein *pentito* der Polizei den Namen des Mörders, aber den hatten sie mittlerweile auch schon ermordet.« Brunetti war erschüttert, wie beiläufig sie das erzählte, so als seien Mafiakriege etwas ganz Alltägliches. Ihr eigener Vater war vor Jahren selbst Opfer eines Mafiaüberfalls geworden – vielleicht erklärte das ihren nüchternen Tonfall.

Sie erzählte schon weiter. »Der alte Alaimo, also der, der ermordet wurde, hatte drei Söhne: Einer ist Colonello bei den Carabinieri, der zweite ist Richter, und der dritte ist der, mit dem wir gesprochen haben.«

Da sie verstummt war, fragte Brunetti: »Und?«

»Und alle drei sind gewissenhaft in dem, was sie tun.« Bevor er fragen konnte, woher sie das wusste, erklärte Griffoni: »Ich habe mich erkundigt, und andere haben sich für mich umgehört. Glaub mir, er ist sauber.«

»Was seine Gewissenhaftigkeit angeht, bleibt aber immer noch die falsche Tante in San Gregorio Armeno«, gab er zu bedenken. Nicht, dass er an Griffonis Worten zweifelte – er wollte das nur klarstellen.

»Sie ist tatsächlich seine Tante. Na ja, sozusagen. Wieder mal typisch Neapel.«

»Das heißt?«

»Sein Onkel hat eine Frau aus Manila geheiratet, und deren Tante ist die Äbtissin.« Sie legte eine Kunstpause ein, dann erst kam sie mit der Pointe: »Crocifissa.«

»Äbtissin Crocifissa?«, beharrte Brunetti.

»Ja.«

»Verstehe«, sagte Brunetti. »Wir können ihm also trauen?«

»Wenn es stimmt, was ich von meinen Freunden und Verwandten gehört habe, verdient er unser absolutes Vertrauen.«

»Wann verdient er das?«

Sie zögerte mit der Antwort. »Wir haben einen Termin bei ihm, Montag um elf.«

»Gut«, sagte Brunetti. »Wir treffen uns um neun in der Questura. Foa bringt uns dann hin.«

»Aye, aye, Sir«, sagte sie auf Englisch, und damit war das Gespräch beendet.

23

Am Montagmorgen fand Brunetti in seiner Mail eine Nachricht von Signorina Elettra. Sie bestätigte mit konkreten Daten und Fakten, was Griffonis Freunde und Verwandte gesagt hatten: Alaimo war sauber.

Als Griffoni zu ihm ins Büro kam, teilte er ihr das mit und erzählte dann von seinem Gespräch mit Mr. Watson. Als Griffoni fragte, wie es der jungen Frau gehe, hob Brunetti die Hand, ließ sie auf sein Knie zurückfallen und wiederholte, was seine Mutter früher immer in der Not gesagt hatte: »Wir alle sind in Gottes Hand.«

Griffoni schwieg lange. Dann richtete sie sich entschlossen auf, wie um die Wucht von Brunettis Bemerkung abzuschütteln. »Ich habe gebeichtet«, sagte sie.

»Was meinst du damit? Bei wem?«

»Bei Alaimo«, und, Brunettis Blick ausweichend: »Das mit seiner Tante. Und was ich daraus geschlossen hatte.«

»Ah«, entwich es Brunetti. »Wie hat er reagiert?«

»Er hat …«, begann sie. »Er hat es gnädig aufgenommen.«

Brunetti verkniff sich den Hinweis, dass Alaimos Jahre im Norden ihn womöglich gegen Misstrauen abgehärtet hatten, und nickte nur.

Gemeinsam überlegten sie, wie sie ihn in ihre Ermittlungen in Sachen Borgato einbeziehen könnten, und waren sich bald einig: Sie würden Alaimo über ihre bisherigen Erkenntnisse informieren und ihn zur Zusammenarbeit zu bewegen versuchen.

Griffoni stimmte Brunetti zu: Es galt, zwischen dem Mord an den Nigerianerinnen – für den es keinen Beweis gab, kein Datum, keinen Ort, keine Einzelheiten, keine Zeugen außer einer afrikanischen Prostituierten, die möglicherweise nicht ganz richtig im Kopf war – und Vios nächtlichem Hilferuf eine Verbindung herzustellen. Handelte es sich um dieselbe Sache, so hatten sie einen glaubwürdigen Zeugen. Und er lebte noch.

»Alaimo weiß bestimmt, ob Frauen auf diesem Weg eingeschleust werden«, vermutete Griffoni. »Hier oben, meine ich. Im Süden ist das normal.«

Brunetti fehlten die Worte. Sie machten sich auf den Weg nach unten zu Foa und seinem Boot.

Zwanzig Minuten später hielt das Polizeiboot vor der Capitaneria; ein junger Mann in weißer Uniform kam gerade noch rechtzeitig aus dem Gebäude, um das Tau aufzufangen, das Foa ihm zuwarf. Offenbar verständigten die beiden sich mit irgendeiner Seemannsgeste, denn der junge Mann vertäute das Boot nicht, sondern hielt es nur dicht an der *riva*, bis die zwei Passagiere ausgestiegen waren, dann warf er Foa das Tau zu, salutierte vor den zwei Commissari und führte sie in das Gebäude und weiter zu Alaimos Büro.

Alaimo erhob sich hinter seinem Schreibtisch und kam ihnen entgegen. Sein Lächeln war deutlich wärmer als bei ihrem ersten Besuch. Als Erstes nahm er Griffonis Hand: »Ah, Claudia, hätte ich das alles nur gleich gewusst! Wir hätten viel Zeit sparen können.«

»Ach, Ignazio«, erwiderte sie, »man kann nie vorsichtig genug sein.«

»Besonders, wenn man es mit einem Neapolitaner zu tun hat«, sagte er und gab ihre Hand frei.

Sie wandte sich lachend zu Brunetti. »Guido, das ist Ignazio, der, wie sich herausgestellt hat – jedenfalls wenn er in Neapel ist – mit dem Mann meiner Kusine Tennis spielt.«

Brunetti staunte: Das also war die Basis, auf der man in Neapel Freundschaften schloss und einander Vertrauen schenkte? Er gestattete sich ein kleines, neugieriges »Aha?«.

»Und der hierher versetzt wurde, weil …«, wollte sie fortfahren.

Alaimo unterbrach sie mit einer Handbewegung. »Das tut nichts zur Sache, Claudia.«

Sie sah ihn fragend an: »Ich soll das nicht sagen?«

Alaimo antwortete nicht, sondern schüttelte nun auch Brunetti die Hand. Dann verteilten sie sich wie von selbst auf die Sitzgelegenheiten vom letzten Mal.

Als Gastgeber ergriff Alaimo die Initiative: »Ich war neulich genauso … auf der Hut.« Er wandte sich lächelnd zu Brunetti. »Ich kenne Ihren Namen, Guido, und weiß von Ihrem guten Ruf, aber Claudia kannte ich nicht, wir hatten noch nie an einem gemeinsamen Fall gearbeitet, weshalb ich sie nur nach dem beurteilen konnte, was sie an diesem Tag zeigte.« Er holte Luft und fuhr fort: »Nachdem ich meine fromme Tante erwähnt und damit ihren Argwohn geweckt hatte, spielte sie mir sehr überzeugend eine Frau vor, der ich nicht in meinen kühnsten Träumen Vertrauen schenken würde.«

Brunetti, der Griffoni gegenübersaß, sah sie erröten. Was ihn überraschte – und erleichterte: Hatte er sie doch immer für eine wenig zimperliche Frau gehalten, die zu allem fähig war.

Alaimo, dem das anscheinend auch nicht entging, hob beschwichtigend die Hand. »Wenn Sie gedacht haben, ich lüge, um Ihr Vertrauen zu gewinnen, Claudia, war es klug von Ihnen, sich in Acht zu nehmen.«

Er schwieg und fügte schließlich lächelnd hinzu: »Ich habe mich aus demselben Grund ganz genauso verhalten. Als Sie von Vio und Duso anfingen und dann beiläufig Vios Onkel erwähnten, klang das für mich, als wollten Sie mir auf den Zahn fühlen.«

»War ich wirklich so plump?«, fragte Griffoni.

Die Frage schien den Capitano in Verlegenheit zu bringen. »Jedenfalls spürte ich, dass ich Ihr Misstrauen erregt hatte, konnte mir das aber nicht erklären. Je mehr Sie sprachen, desto weniger wollte ich mit Ihnen zu tun haben.« Er schwieg wieder, lächelte. »Und als Sie Vio und seinen Onkel erwähnten, gingen bei mir die Alarmglocken los.«

Alaimo warf beide Hände hoch, sah zu Brunetti, dann zu Griffoni, und kam kurz entschlossen – Schluss mit dem Geplänkel – zur Sache. »Ich beobachte die zwei schon seit langem. Deswegen habe ich Sie, als Claudias Verhalten mir so merkwürdig schien, damit vertröstet, mich umzuhören. Ich wollte nicht, dass die Polizei Nachforschungen anstellt und den Argwohn der beiden weckt.«

Alaimo war noch nicht fertig. In herzlicherem Ton fuhr er fort: »Es war gut, dass ich von Ihnen gehört hatte, Guido, denn nur deshalb habe ich ein paar Freunde in Neapel angerufen und über Sie«, er sah lächelnd zu Griffoni, »Erkundigungen eingezogen.«

»Hoffentlich habe ich den Test bestanden.«

»Enrico hat den Ausschlag gegeben.«

Griffoni hob fragend die Braue, und Alaimo bestätigte lächelnd: »Enrico Luliano.«

Griffoni erstarrte. Sie wollte etwas sagen, brachte aber keinen Ton heraus. Brunetti fragte so beiläufig und uninteressiert wie möglich: »Wer ist das? Der Name kommt mir irgendwie bekannt vor.«

Alaimo löste seinen Blick von Griffoni und sah zu Brunetti. »Ein Richter. Ein sehr guter.«

Griffoni wurde plötzlich unruhig, schlug die Beine andersrum übereinander und sagte mit einer Stimme, die Brunetti ein wenig zu fest vorkam: »Mit zwei Bodyguards und drei Wohnungen, in denen er nach dem Zufallsprinzip die Nächte verbringt.«

»Klingt nicht nach einem besonders erstrebenswerten Leben«, versuchte Brunetti sich vergeblich in Ironie.

»Können wir zum Thema zurückkommen?«, fragte Griffoni schroff.

Alaimo nickte, stand auf, ging zu seinem Schreibtisch und kam mit drei Mappen zurück.

Er setzte sich, gab jedem der beiden eine und schlug seine eigene auf. »Das sind alle dieselben«, erklärte er. »Schauen Sie sich das einmal an. Und dann gebe ich Ihnen ein paar inoffizielle, unbestätigte Informationen dazu.«

Die nächste Viertelstunde verbrachten sie mit Aktenstudium. Immer wieder war Pietro Borgato vor seinem Verschwinden aus Venedig auffällig geworden. Dazu bemerkte Alaimo lediglich, dieses Muster sei vor vierzig Jahren für junge Giudecchini aus der Arbeiterklasse nichts Ungewöhnliches gewesen: Bald hatte er einen Job, bald flog er wieder raus, es gab Schlägereien, bei denen jemand krankenhausreif geschlagen wurde, Diebstahl, Drogen, eine zurückgezogene Anzeige wegen Vergewaltigung.

Dann war er weg, und die fehlenden Jahre lagen im Dunkeln.

Die folgenden zwei Seiten begannen mit seiner Rückkehr nach Venedig und dokumentierten nicht nur die Gründung und Expansion seiner Transportfirma, sondern auch seinen zunehmenden Reichtum. Hierzu erklärte Alaimo: »Wir wissen nicht, woher er das Geld hatte, jedenfalls hat er sich davon eine Wohnung, das Lagerhaus samt Anlegestelle und zwei kleine Boote gekauft. Wie Sie sehen, hat er die Transportfirma unmittelbar nach seiner Rückkehr eröffnet.«

»Und die ist gut gelaufen?«, fragte Brunetti.

Alaimo blickte von der letzten Seite auf, wo Borgatos Vermögenswerte aufgelistet waren. »Richtig aufmerksam sind wir geworden, als er zwei weitere Boote kaufte, sehr große Boote, und zusätzlich drei Immobilien in der Stadt. Woher hatte er all das Geld?«

Ohne auf Brunettis Frage einzugehen, fuhr Alaimo fort: »Vor sechs Monaten rief mich dann ein Freund bei der Guardia di Finanza an. Die Firma expandiere zwar, aber auch Borgatos Aufwendungen nähmen zu, und doch könne er sich immer größere Boote leisten.« Alaimo lächelte. »Mein Freund sagte, das habe ihn und seine Leute neugierig gemacht.«

Alaimo ließ die Papiere sinken und sah zu Brunetti. »Ich habe Tage gebraucht, sie zu überreden, nichts gegen ihn zu unternehmen, sondern ihn uns zu überlassen.«

»Warum?«, fragte Griffoni.

»Weil wir ihm Menschenhandel zur Last legen, nicht bloß Steuerhinterziehung.«

Endlich war es ausgesprochen, dachte Brunetti: Menschenhandel. Seinen Ursprung hatte der Handel – wie seit Jahrhunderten – bei den Ärmsten der Armen in Afrika, Asien, Südamerika. Die Importierten kommen nach wie vor bei den Kolonisatoren an, die sie dann für sich arbeiten lassen und sie mit ihrem Geld zwingen, Feldfrüchte anzubauen und zu ernten, sich um ihre Alten und ihre Kinder zu kümmern, ihre Betten zu wärmen und ihre Bedürfnisse zu befriedigen, inklusive Extras.

Oder aber die Menschen werden, überlegte Brunetti, wie in der Vergangenheit einfach weiterverkauft, so dass ihr Schicksal in den Händen desjenigen liegt, der bereit ist, den Preis zu bezahlen für diesen heißen Stoff. Und werden dann ausgebeutet als Hausdiener, Feldarbeiter, Sexspielzeug, womöglich wird sogar mit ihren Organen gehandelt, und all dies raubt nach und nach nicht nur ihrer Person alles Menschliche, sondern auch den Seelen ihrer Besitzer – falls man bei ihnen davon überhaupt noch sprechen konnte.

Als Brunetti sich wieder Alaimo zuwandte, sagte der gerade: »Erst als ich ihnen zusicherte, sie könnten ihrerseits Anklage erheben, sowie wir ihn verhaftet hätten, kamen wir zu einer Einigung.«

»So lange haben sie stillgehalten?«, fragte Griffoni.

Alaimo ließ den Kopf hängen, als trüge er die Schuld an der Verzögerung. »Wir brauchten ausreichend Beweismaterial für einen Haftbefehl, doch um diesen zu erlangen, mussten wir behutsam zu Werke gehen.«

Und den richtigen Richter finden, dachte Brunetti, fragte aber stattdessen: »Damit er nicht Lunte riecht?«

»Sie als Venezianer kennen das doch: Man berührt das Spinnennetz hier«, sagte Alaimo, zeigte auf eine Stelle vor seiner linken Schulter und dann auf eine ebenso unsichtbare Stelle weit rechts oben, »und es zittert da. Besonders – wenn ich das hinzufügen darf – auf der Giudecca.«

Brunetti nickte. »Was haben Sie herausgefunden?«

Alaimo blieb erst einmal stumm, doch weder Brunetti noch Griffoni brachen das Schweigen: Sie warteten einfach ab, dass Alaimo fortfuhr. Schließlich warf er seine Mappe auf den Tisch, bildete mit den Händen ein Dreieck und tippte mehrmals die Fingerspitzen aneinander: »Sie werden denken, das klingt nach Sciencefiction.«

Die zwei Commissari taten keinen Mucks.

»Einer unserer Männer angelt gern«, begann Alaimo, »und hat Verwandte in Chioggia. Seit Jahren erzählt er uns von einer Stelle, wo zwei Strömungen zusammentreffen und jede Menge Fische zu finden sind. Ob auf offener See oder in der *laguna*, das verrät er uns nicht. Nur ein paar Chioggiotti kennen die Stelle, sagt er. Mit denen hat er sich im Lauf der Zeit angefreundet. Zumindest nutzen sie die Stelle gemeinsam und verraten keinem, wo sie ist.«

Brunetti begann sich zu fragen, wohin diese Geschichte führen sollte: Seemannsgarn folgte verschlungenen Wegen, nicht geraden Linien. Nach Sciencefiction hörte es sich bis jetzt jedenfalls gar nicht an.

»Wie auch immer, einer von denen, die dort zum Angeln rausfahren, ist Bootsbauer«, fuhr Alaimo fort. »Und der erzählte eines Tages von einer Erfindung, die er gemacht hatte: Wie man verhindern kann, dass ein Boot vom Radar erfasst wird. Es ging um Kupferplatten, die über einem Boot aneinandergelegt werden, ähnlich wie ein Zelt, nur weniger steil.« Angesichts ihrer verwirrten Mienen ging er zu dem Regal hinter seinem Schreibtisch und kam mit einem liebevoll handgemachten Modellboot zurück.

Alaimo stellte es auf den Tisch, nahm zwei längliche Briefumschläge und fügte sie zu einem flachen Zelt über dem Boot zusammen.

Er zeigte darauf und fuhr fort: »Radarstrahlen, wenn sie von der Seite kommen, also etwa von einem anderen Schiff, werden von den Kupferplatten abgelenkt.« Er fuhr mit ausgestrecktem Finger auf das Boot zu und ließ diesen, kurz bevor er das Boot berührte, nach oben steigen.

»Sehen Sie?«, sagte er. »Die Radarstrahlen werden nach oben gelenkt und zeigen folglich nichts an. Es ist, als gäbe es das Boot gar nicht. Bei Dunkelheit macht ein Patrouillenboot also gar nicht erst die Suchscheinwerfer an, weil der Radar nichts Verdächtiges anzeigt.«

Er baute den Radarschutzschirm ab und schob das Boot in die Mitte des Tischs.

»Bitte weiter«, sagte Brunetti.

»Wenn das Mutterschiff außerhalb der Zwölfmeilenzone bleibt, also in internationalen Gewässern, können wir nichts unternehmen. Wir vermuten, dass die kleineren Boote – ausgestattet mit diesen Kupferplatten – zu dem Mutterschiff hinausfahren und dort die Frauen abholen.« Nach einer Pause fügte er verbittert hinzu: »Die Fracht. Wahrscheinlich kommen immer gleich mehrere Boote zum Einsatz. Jedes kann in einer Nacht mehrmals hin- und herfahren.«

Nach einer Weile fragte Brunetti: »Wohin werden die Frauen gebracht?«

»Das wissen wir nicht. Wir sind nachts rausgefahren und haben mehrfach die großen Schiffe geortet, aber wir haben einfach nicht genug Leute, sie die ganze Zeit zu beobachten, und rechtlich haben wir sowieso keine Handhabe. Wir dürfen sie nicht entern, können also nicht feststellen, was sie transportieren.«

»Und dann?«

»Fahren wir zurück, gehen nach Hause und legen uns schlafen.«

»Wie ließe sich das ändern?«, fragte Griffoni.

»Ah«, seufzte Alaimo tief. »Wir müssten wissen, wann und wo die Übergabe stattfindet und wo sie an Land gehen wollen.«

»Um ihnen aufzulauern und sie zu schnappen?«, fragte Griffoni.

»*Se Dio vuole*«, meinte Alaimo.

»So Gott will«, stöhnte Griffoni lachend. »Das höre ich andauernd von den Frauen in meiner Familie. Egal, ob es um die Olivenernte geht, ob der Zug pünktlich ist, ob jemand wieder auf die Beine kommt, ob ein Kind gesund geboren wird.« Sie überlegte kurz. »Und jetzt kommen Sie damit an, wenn ich frage, ob wir es schaffen, diese Männer zu fassen.«

»Eben deshalb interessiere ich mich für ihn.«

»Borgato?«, fragte Brunetti.

»Nein. Marcello Vio«, antwortete Alaimo und verzog den Mund zu einem Grinsen, das Brunetti durch Mark und Bein ging. »Er ist die Schwachstelle.«

24

Bevor sie loslegten mit Pläneschmieden, brachte Brunetti erst einmal Alaimo auf den aktuellen Stand. Auch Griffoni hörte aufmerksam zu. Er begann seinen ausführlichen Bericht mit dem, was Duso ihm von dem beunruhigenden nächtlichen Besuch seines besten Freundes erzählt hatte. Um Vios Seelenqualen begreiflich zu machen, gab er auch Nieddus Geschichte von den Afrikanerinnen wieder, die ertränkt worden waren. Seine Vermutung sei, dass Vio an Bord des Bootes gewesen war, mit dem man Blessing an Land gebracht hatte.

Alaimo hörte mit ausdrucksloser Miene zu, wurde jedoch immer bleicher und rutschte auf seinem Stuhl immer weiter nach hinten, als wolle er instinktiv Abstand schaffen zwischen sich und dem, was er da hörte.

Als Letztes erwähnte Brunetti das *telefonino*, das Nieddu der Frau gegeben hatte.

»Wissen Sie, wie viele solcher Handys sie verteilt hat?«

»Nein«, sagte Brunetti, aber dann fiel ihm ein, wie aufgewühlt Nieddu gewesen war, und er fügte hinzu: »Wahrscheinlich eine Menge.«

Alle drei schwiegen. Brunetti dachte: Was für ein seltsames Volk wir sind, oft als oberflächlich verschrien, rührselig und selbstverliebt, nicht sehr vertrauenswürdig, allenfalls höflich. Und doch, jüngst, in jenen schrecklichen, unvergesslichen Zeiten: Wie viele Ärzte und Schwestern waren gestorben? Wie viele waren aus dem Ruhestand zurückgekehrt, hatten in den Krankenhäusern ihr Leben aufs Spiel gesetzt und sich am Ende selbst unter die zahllosen Toten eingereiht? Nieddus Geste entsprang demselben ebenso unerklärlichen wie unwiderstehlichen Drang, anderen Menschen Gutes zu tun. Einem Angehörigen, einem Fremden: Der Drang zu helfen liegt uns im Blut. Brunetti rieb sich mit beiden Händen das Gesicht. Worte über Worte.

»Die Schwachstelle, von der Sie sprachen«, kam Griffoni auf Alaimos Bemerkung zurück. »Wie wollen Sie sich die zunutze machen?«

Der Capitano warf ihr einen dankbaren Blick zu. »Wenn er auf die Giudecca zurückgekehrt ist, wird er wohl wieder bei seinem Onkel arbeiten.«

»Mit einer gebrochenen Rippe?«, wandte Griffoni ein.

»Er ist von der Giudecca«, erwiderte Alaimo.

»Dass ich nicht lache, Ignazio«, platzte sie heraus. »Ich kann es nicht mehr hören, dieses Gerede, die Giudecchini seien noch richtige Männer. Jeder Mann ein Rambo, der über Häuser springen kann! Dabei hocken in Wirklichkeit nur ein paar alte Knacker in den Bars, spielen Scopa und halten Vorträge, wie die Regierung es besser machen könnte und dass wir einen starken Führer brauchen, der den Leuten sagt, wo es langgeht.«

Alaimo nickte. »Nur dass die alten Knacker«, sagte er lächelnd, »nicht in Angst und Schrecken leben – im Gegensatz zu Borgatos Neffen und der ganzen Nachbarschaft von Borgato, wie ich vermute.«

»Was ist Ihnen sonst noch zu Ohren gekommen?«, fragte Brunetti.

Alaimo hatte diese Frage offenbar schon erwartet, denn

er legte sofort los. »Borgatos Boote laufen immer nachts aus – nicht die Transportboote, sondern die Passagierboote, die zwei Mira 37 mit den großen Motoren. Leer geräumt bieten sie sehr viel mehr Platz als die Transportboote und können tonnenweise Schmuggelware befördern.« Ruhiger fügte er hinzu: »Oder was anderes.«

Er wandte sich zu Griffoni. »Auch das mag nach einem Vorurteil klingen, aber auf der Giudecca kennt jeder jeden. Und alle Welt weiß von den nächtlichen Ausfahrten. Aber wenn wir so dumm wären, die Leute danach zu fragen, würden sie sich ahnungslos stellen. Oder bestenfalls sagen, dass Borgato womöglich zum Angeln rausfährt«, schimpfte Alaimo.

»Über die zwei Motoren mit mindestens 250 PS verliert niemand ein Wort: Sie sind um ein Vielfaches stärker als die in jenen Booten, die Supermärkte mit Mineralwasser oder Putzmitteln beliefern. Mit diesen Motoren könnte er«, ereiferte sich Alaimo, »das ganze Gebäude hier wegschaffen, wenn man es auf ein ausreichend großes Floß stellen würde.«

An Brunetti gewandt, fuhr er fort: »Und im Lauf der Jahre hat er es geschafft, alle seine Nachbarn zu überreden, ihm ihre Anlegestellen an der *riva* zu verkaufen, wo er sein Lagerhaus hat.«

»Ausgeschlossen«, rief Brunetti unwillkürlich. »Kein Mensch verkauft seine Anlegestelle. Niemals. Die sind doch seit Generationen in Familienbesitz.«

Alaimo spreizte die Hände, als wolle er zeigen, dass er davon nichts verstehe. »Mag sein. Aber er hat nur drei Jahre gebraucht, sie alle zu überreden.«

»Um wie viele geht es?«, fragte Brunetti.

»Sechs.«

»Ausgeschlossen«, wiederholte Brunetti.

»Genau das«, fuhr Alaimo lächelnd fort, »höre ich von jedem Venezianer, dem ich das erzähle. Ausgeschlossen. Es ist aber so.«

»Hat sich jemand beschwert?«

»Falls ja, dann wohl eher bei Ihnen, nicht bei uns. Wir sind für Probleme auf See zuständig – und Sie für Probleme an Land.«

»Er besitzt also jetzt den ganzen Kanal?«, fragte Brunetti.

»Fast.«

»Wer hat sich quergestellt?«

»Niemand«, sagte Alaimo. »Aber bei einem Grundstück sind die Besitzverhältnisse ungeklärt.«

»Auf der Giudecca?«, fragte Griffoni und hielt sich erschrocken den Mund zu. »Entschuldige, Guido.« Offenbar war sie davon ausgegangen, dass niemand auf der Giudecca ein Grundstück besitzen könne, für das sich ein Rechtsstreit lohnte. Brunetti ließ ihr die Bemerkung durchgehen; so aus der Luft gegriffen war sie ja schließlich gar nicht.

»Also gut«, fuhr Brunetti fort. »Wir sind uns einig, er hat Dreck am Stecken, und«, er überlegte sich die Formulierung genau, »aller Wahrscheinlichkeit nach hat er mit Menschenhandel zu tun.« Die gefalteten Hände zwischen die Knie geklemmt, beugte er sich vor und fuhr fort: »Aber wir haben nichts Greifbares: keine Beweise, keine glaubhaften Zeugen, niemanden, der uns konkret sagen kann, wo er das macht.« Er richtete sich auf und nahm die Hände auseinander.

»Das Geld?«, fragte Griffoni zu beider Überraschung.

»Was?«, fragte Alaimo.

»Er verkauft diese Frauen doch«, entfuhr es ihr. »Diese Mädchen. Wer sind die Käufer, und wie wird Borgato bezahlt? Wenn nicht in bar, müsste man es doch auf seinen Konten sehen?«

»Vielleicht hat er die im Ausland«, meinte Alaimo.

Sie nickte. »Gut möglich. Aber dort nützen ihm die Einkünfte nichts.« Sie dachte kurz nach. »Eigentlich ist es gar nicht so entscheidend, wohin das Geld fließt«, meinte sie schließlich und fuhr, bevor die anderen etwas sagen konnten, fort. »Zur Bank kann er es nicht bringen. Noch mehr Boote und Grundstücke kann er nicht kaufen, denn wenn er weiter mehr ausgibt, als er offiziell einnimmt, wird die Guardia di Finanza früher oder später aufmerksam und ihn genauer unter die Lupe nehmen.«

»Was macht er also damit?«, fragte Alaimo.

Griffoni hob abwehrend die Hände. »Keine Ahnung.« Dann, lächelnd: »Ich stand noch nie vor der Frage, was man mit zu viel Geld anfangen könnte, und habe noch nie darüber nachgedacht.«

»Dann sollten wir das jetzt tun«, sagte Brunetti.

»Was?«, fragte Alaimo.

»Nachdenken«, antwortete Brunetti.

»Für Witwen und Waisen gibt er es bestimmt nicht aus«, sagte Griffoni kühl.

»Er ist geschieden«, meinte Alaimo. »Und er scheint niemand Neuen zu haben.«

»Geschlecht egal?«, fragte Griffoni.

»Seltsame Frage«, meinte Brunetti.

»Sicher«, gab sie zu, »aber er macht ja auch einen recht seltsamen Eindruck.«

»Inwiefern?«, fragte Alaimo.

»Zum Beispiel ist er homophob«, sagte Griffoni, und dann zu Brunetti: »Du hast mir erzählt, was Duso gesagt hat. Dusos Freundschaft mit seinem Neffen passt ihm ganz bestimmt nicht.«

»Vielleicht sind es Drogen«, meinte Alaimo nicht sonderlich überzeugt.

Plötzlich fiel Brunetti etwas ein, das Paola ihm vor Jahrzehnten einmal vorgelesen hatte. An den Anlass erinnerte er sich nicht mehr, vermutlich hielt sie damals ein Seminar über den amerikanischen Roman. Jedenfalls las sie ihm eine Szene vor, in der ein Mann heimlich eine Frau beobachtete, die im Haus gegenüber auf dem Bett lag. Sie besaß einen geheimen Schatz, Goldmünzen, die sie über ihren nackten Leib rieseln ließ. Und er erinnerte sich an die Erregung, die in ihm aufgestiegen war, als Paola – mit ihrem goldenen Haar auf dem Sofa liegend – ihm diese Szene vorlas.

»Oder wie wäre es mit Frauen?«, fragte Alaimo, an Brunetti gewandt, als glaube er, ihre geballte Männlichkeit werde die Sache entscheiden.

»Vielleicht ist es einfach nur Geldgier«, sagte Brunetti.

»Was?«, fragte Alaimo, als widerstrebe es ihm, ein sexuelles Motiv für Borgatos Taten auszuschließen.

»Genau das. Gier. Vielleicht will er einfach nur Geld haben, mehr und immer mehr davon.« Brunetti dachte darüber nach, als habe nicht er, sondern einer der anderen das gesagt. »Manche Leute sind so. Ich selbst kenne ein paar. Es ist die Triebfeder von allem, was sie tun.«

Wie aus weiter Ferne oder über eine schlechte Verbindung fragte Griffoni gedehnt: »Ist das wirklich so wichtig, warum er es tut?« Und als niemand antwortete, setzte sie nach: »Wirklich?« Und als immer noch niemand etwas sagte: »Nein. Es spielt keine Rolle; entscheidend ist nur, dass er es tut. Uns sollte es ausschließlich darum gehen, ihn auf frischer Tat zu ertappen.«

Sie sah zwischen den beiden hin und her, wartete auf irgendeine Reaktion, und als keine kam, sagte sie in das anhaltende Schweigen hinein: »Was uns wieder zu der Schwachstelle führt.«

Irgendwie hatte Griffoni das Kommando übernommen: Die zwei Männer zogen ihre Sessel näher an den Tisch heran, und zu dritt entwickelten sie einen Plan, um Pietro Borgato zur Strecke zu bringen.

25

Ihre Debatte, wie sie Marcello Vio am besten einsetzen könnten, zog sich endlos hin. Mittag kam und ging; irgendwann, als der Hunger sich meldete, schickte Alaimo nach Sandwiches und Getränken. Es kam der Vorschlag, erst einmal in Ruhe zu essen und über etwas anderes zu reden, aber sie fanden kein anderes Thema und waren bald wieder bei der Frage, wie sie Marcello dazu bringen könnten, seinen Onkel zu … hier geriet die Diskussion ins Stocken, weil Griffoni das Wort »verraten« benutzte und die beiden Männer das für übertrieben hielten.

»Wäre euch ›täuschen‹ lieber?«, fragte sie. »Oder ›in die Irre führen‹? Oder«, da sie immer noch schwiegen, »›der Polizei ausliefern‹?«

Statt einer Antwort ging Alaimo erst einmal vor die Tür und bat einen Mitarbeiter, drei Tassen Kaffee zu bringen. Als er sich wieder gesetzt hatte, lenkte er widerstrebend ein: »Also gut. Bleiben wir bei ›Verrat‹.«

Brunetti ließ sich nicht anmerken, dass Griffoni gewonnen hatte, und stellte einzig fest: »Er muss uns sagen, wann und wo.«

»Für welchen Teil der Operation?«, fragte Griffoni. »Wenn die Frauen von dem größeren Schiff auf Borgatos Boote umgeladen werden oder wenn Borgato sie an Land bringt?«

»Da wir nichts unternehmen können, solange sie in internationalen Gewässern sind«, sagte Alaimo, »brauchen wir nur zu wissen, wo die Übergabe stattfinden soll. Dann können wir ihn abfangen, sowie er anlegt und italienisches Territorium betritt.«

Alaimo holte einen Atlas mit Seekarten aus seinem Bücherschrank, blätterte ein wenig, fand, was er suchte, und legte ihn aufgeschlagen auf den Schreibtisch. Die anderen beiden stellten sich links und rechts neben ihn. Alaimo fuhr mit dem Zeigefinger über die Adria, tippte auf einen Punkt und bewegte den Finger an der Küste entlang nach Westen. »Ich schätze, irgendwo hier wird die Sache steigen«, sagte er und fuhr mit dem Finger zu dem ersten Punkt zurück. »Das große Schiff dürfte ungefähr dort sein, zwölf Meilen vor der Küste.«

Er zeigte auf die Namen einiger anderer Küstenorte. »Da kann man mit kleinen Booten schlecht landen, an den meisten Stellen jedenfalls.«

»Warum?«, fragte Griffoni.

»Das Wasser ist zu flach. Boote wie die von Borgato würden schon ein paar hundert Meter vor dem Strand auf Grund laufen. Je nach den Gezeiten natürlich. Da müssten sie die Frauen zwingen, durchs Wasser zu waten, oder sie müssten sie tragen.«

Er beugte sich über die Karte und las die Ortschaften vor. »Ich schätze, sie interessieren sich für Punkte wie diesen«, sagte er und zeigte auf Duna Verde. Er fuhr mit dem Finger weiter nordwärts. »Oder hier: Spiaggia di Levante. Das wäre auch möglich, aber die Sandbänke sind riskant, weil sie nach jedem Sturm anders aussehen als vorher.«

Alaimo studierte die Karte genauer und zeigte schließlich auf Cortellazzo. »Das wäre die beste Stelle«, sagte er,

»aber nicht ungefährlich.« Er lieferte ungefragt die Erklärung: »Hier mündet der Piave in die *laguna*. Der Fluss bildet seit Jahrtausenden ständig neue Fahrrinnen und spült sie wieder zu. Selbst meine besten Leute würden zögern, ihn bei Nacht hochzufahren.«

»Und wenn man sich mit den Gezeiten auskennt?«, warf Brunetti ein. »Immerhin hat Borgato fast sein ganzes Leben auf dem Wasser verbracht.«

Alaimo nickte, nahm den Atlas und ging aus dem Zimmer. Griffoni stand auf, trat ans Fenster und sah zur Giudecca hinüber; Brunetti blieb sitzen und wunderte sich, wie wenig er über die Gewässer um Venedig wusste.

Alaimo war bald zurück. »Einer meiner Männer ist dort aufgewachsen. Möglich wäre es. Wenn man von dort kommt und den Gezeitenkalender im Kopf hat.«

Griffoni setzte sich wieder. Brunetti und sie schwiegen; schließlich fragte sie: »Wie kommen wir dorthin?«

Brunetti gab leise zu bedenken: »Bevor wir uns hierüber Gedanken machen, sollten wir sicher sein, dass Marcello Vio mitspielt.«

»Womit wir wieder am Ausgangspunkt wären«, sagte Alaimo. Er ging zur Tür und rief auf den Gang hinaus, jemand solle kommen und das Geschirr abräumen. Alle schwiegen, während ein Kadett klar Schiff machte, und weder Brunetti noch Griffoni protestierten, als Alaimo ihm auftrug, noch drei Kaffee zu bringen.

»Vio ist unsere einzige Hoffnung«, sagte Alaimo, nachdem sie ihren zweiten Kaffee getrunken hatten. »Denn, wie gesagt«, fasste er die Situation in der Capitaneria zusammen, »ich habe nicht genug Leute, um jede Nacht in dieser

Gegend Streife zu fahren, und außerdem bin ich nicht befugt, fremde Schiffe in internationalen Gewässern zu kontrollieren.«

Brunetti gab sich geschlagen. »Bleibt uns also wirklich nur Marcello.« Die beiden nickten zögernd, und Brunetti fuhr fort: »Wenn er sich wegen dem, was er in jener Nacht gesehen und getan hat, zu Duso geflüchtet hat, stehen die Chancen nicht schlecht, dass er möglicherweise auch mit uns darüber reden wird.«

»Reden reicht nicht«, sagte Griffoni kühl. Dann, als wolle sie ihren Einwand abschwächen: »Wenn er wirklich der ›bravo ragazzo‹ ist, wie alle behaupten …«

Alaimo brachte den Satz für sie zu Ende: »… dann wird er kooperieren.«

»Nein, wird er nicht«, widersprach Brunetti, dem plötzlich der entscheidende Punkt klargeworden war. »Er hat zu viel Angst vor seinem Onkel. Deswegen ist er so langsam zum Krankenhaus gefahren. Zwei verletzte Mädchen im Boot, blutüberströmt, und er hält sich an die Verkehrsregeln.« Er hob die Stimme. »Wehe, die Polizei hätte ihn wegen Geschwindigkeitsübertretung angehalten und die Mädchen entdeckt.« Er ließ die beiden nicht zu Wort kommen. »Aber kaum ist er sie los, fährt er so schnell wie möglich nach Hause, denn jetzt droht ihm im schlimmsten Fall nur noch ein Bußgeld als Raser.«

Griffonis Miene sagte ihm, dass sie ihm recht gab. Alaimo nickte. »Also keine Chance«, meinte er.

Brunetti schüttelte den Kopf. »Bleibt noch Duso.«

»Sein Freund?«, fragte Alaimo.

Brunetti nickte.

»Was hat der damit zu tun?«

»Marcello ist an Ferragosto mitten in der Nacht zu ihm gekommen und hat ihm gestanden, was sie getan hatten. ›Wir haben sie umgebracht. Wir haben sie umgebracht.‹ In dieser Nacht war Vollmond. Sie müssen den nigerianischen Frauen im Wasser zugesehen haben. Beim Ertrinken.«

Die beiden anderen griffen nach ihren Handys. »Ich weiß aus dem Stand, dass in der Nacht von Ferragosto Vollmond war«, erklärte Brunetti. »Wir haben auf der Terrasse zu Abend gegessen, und wir brauchten keine Kerzen.«

Griffoni meldete sich zu Wort. »Hat die Nigerianerin nicht gesagt, sie habe einen Weißen im Wasser gesehen?«

Brunetti nickte.

»Das muss Marcello gewesen sein«, sagte sie.

Die drei dachten nach. Schließlich wandte sich Alaimo an Brunetti. »Was schlagen Sie vor?«

»Ich habe eine Idee, wahrscheinlich aussichtslos«, antwortete er. »Aber was anderes fällt mir nicht ein.«

Die beiden warteten schweigend.

»Ich muss noch einmal mit Duso reden«, begann Brunetti. »Und ihn überreden, Marcello etwas zu geben –« Er sah zu Alaimo: »Sie wissen schon: Etwas, mit dem man …«

In Alaimos Gesicht machte sich ein Lächeln breit, und er beendete den Satz für Brunetti: »… jemand orten kann.«

Schweigend lauschten sie den Booten, die draußen vorbeifuhren. Als Griffonis Blick zum Fenster ging, schlug sie entsetzt die Hand vor den Mund.

Beide Männer folgten ihrem Blick und sahen die gigantische weiße Wand vor dem Fenster entlanggleiten, auf dem Weg zur Anlegestelle hinter San Basilio.

Das Kreuzfahrtschiff war etwa zwanzig Meter von ihnen entfernt, doch durch seine ungeheure Größe wirkte es viel näher. Da saßen sie, Hänsel und Gretel und ihr freundlicher Gastgeber, und sahen die Hexe der Zerstörung stumm vorüberschweben, und als dann endlich das schroffe Heck aus ihrem Blickfeld entschwunden war, kamen die nachwehenden dunklen Rauchschwaden, die erst das nächste Monster oder ein wohltätiger Windstoß verwirbeln würde. Der wahre Preis aber löste sich in Luft auf durch die schwarze Magie jener Mächte, die das Scheusal in Schönheit verwandelten, in eine von allen begehrte Prinzessin.

Alaimo wandte als Erster den Blick ab, vielleicht, weil er das Schauspiel Tag für Tag ertrug und längst abgestumpft war.

Schließlich sagte er: »Unsere Peilsender passen in eine Armbanduhr, so klein sind sie.«

Und als er ihre Aufmerksamkeit hatte: »Einmal haben Hafenarbeiter sie in unserem Auftrag in gestohlenen Autos versteckt, die per Schiff nach Afrika verfrachtet wurden; oder, auf einem anderen Schiff, hinter dem Kühlschrank in der Kombüse; und einmal trug einer der Offiziere so ein Ding am Handgelenk. Solange der Sender funktioniert, kann er von Satelliten auf zehn Meter genau geortet werden.«

»Und wenn er entdeckt wird?«, fragte Griffoni.

Alaimo grinste, als habe er auf die Frage gewartet. »Das Ding sieht ganz unscheinbar aus – wie eine billige Armbanduhr. Sollte jemand sie finden, nimmt er sie höchstens mit nach Hause und schenkt sie seinen Kindern oder lässt sie in einer Schublade verstauben. Oder er trägt sie selbst, und wenn sie stehenbleibt, kann er die Batterie wechseln, und schon zeigt sie wieder die korrekte Zeit an.«

»Und den Peilsender verstecken wir in einem von Borgatos Booten?«, fragte Brunetti.

»Warum geben wir ihn nicht einfach seinem Neffen?«, fragte Griffoni.

Die Männer sahen sie verblüfft an.

»Wohl kaum«, sagte Alaimo.

Brunetti schaute über das Wasser. Duso wohnte gleich hier um die Ecke, nicht weit von Nico.

Angenommen, dachte er, in jener Nacht war tatsächlich Marcello ins Wasser gesprungen. Dann hatte er Duso in Wahrheit womöglich noch mehr von den Ereignissen auf dem Boot anvertraut, von seinem gescheiterten Versuch … eine dieser Frauen zu retten? Oder alle? Oder seine Seele?

Doch Marcellos Sprung ins Wasser hatte weder Blessing noch alle anderen vor dem Verderben bewahrt. Diese Hoffnung war unwiederbringlich dahin. Mit Dusos Hilfe aber könnte Brunetti Marcello vielleicht so etwas wie eine Wiedergutmachung ermöglichen.

Duso erwartete Brunetti auf der Terrasse vor der Gelateria Nico. Die Uhren würden erst in ein paar Tagen umgestellt, es war also noch hell um sechs Uhr abends; das Wetter spielte mit, die Wärme des Tages hielt sich, auch nachdem die Sonne hinter den fernen Euganeischen Hügeln verschwunden war. Einige andere saßen ebenfalls draußen, acht oder neun Leute, alle nur in Pullover oder Jacke, und nutzten die Gunst der Stunde.

Duso bestellte einen Kaffee, Brunetti einen Pinot Grigio.

Während sie auf die Getränke warteten, machten sie Smalltalk: das Kürzerwerden der Tage, das kommende Wochenende, an dem die Uhren eine Stunde zurückgedreht wurden, das unaufhaltsame Nahen des Winters. Dann saßen sie einfach da und schauten in das schwindende Licht im Westen.

»Haben Sie Marcello gesehen?«, fragte Brunetti schließlich.

Duso nickte.

»Wann?«

»Gestern Abend. Er hatte seinen ersten Arbeitstag nach dem Unfall hinter sich, und wir haben uns auf einen Drink getroffen.«

»Welchen Eindruck hat er gemacht?«

Duso musterte Brunetti argwöhnisch und fragte schließlich: »Warum wollen Sie das wissen?«

»Weil ich einen Sohn habe, der nur ein paar Jahre jünger ist als Sie beide«, sagte Brunetti und meinte es ehrlich. In diesem Moment erschien der Kellner mit den Getränken, stellte Schälchen mit Erdnüssen und Chips dazu und eilte zum nächsten Tisch.

»Was wollen Sie damit sagen?« Duso klang eher interessiert als angriffslustig. Er nippte an seinem Kaffee, den er diesmal ohne Zucker trank.

Brunetti kostete seinen Wein. Man kannte ihn hier, also hatte man ihm anständigen serviert. »Dass es meinen Beschützerinstinkt weckt.«

»Für alle, die so ähnlich sind wie Ihr Sohn?«

»Nein. Das wäre gelogen. Aber für einige von ihnen.«

»Zum Beispiel?«

Darüber hatte Brunetti nie nachgedacht. Es war einfach so, dass manche junge Leute, selbst solche, die er verhaften musste, diese spontane Reaktion in ihm auslösten: Er wollte sie beschützen, vielleicht auch, weil sie ihn an sein eigenes jüngeres Ich erinnerten. Er stellte das Glas auf den Tisch, nahm ein paar Erdnüsse und steckte eine nach der anderen in den Mund, während er überlegte, was er sagen sollte.

Erst als er mit einem Schluck Wein nachgespült hatte, erklärte er: »Mir geht es so bei denen, die in Schwierigkeiten stecken und selber gar nicht merken, dass sie von Natur aus gut sind. Im moralischen Sinn.« Er verstummte, als er sich so geschwollen daherreden hörte. Um das ein wenig abzuschwächen, fügte er hinzu: »Während andere sich noch nicht einmal in Schwierigkeiten wähnen.«

»Reden Sie von Leuten, die Sie verhaften?«

»Nein. Das heißt, ja, manche von ihnen.« Er nahm noch ein paar Erdnüsse.

Duso griff in die Schale mit den Kartoffelchips. »Sie halten Marcello also für einen guten Menschen?«, fragte Duso, ohne die Chips aus den Augen zu lassen.

»Er hat doch die Mädchen zum Krankenhaus gebracht?«

Dusos Hand erstarrte auf halbem Weg zu der Schale. »Was hätten wir denn sonst tun sollen?«, rief er und sah Brunetti fassungslos an.

Duso hatte im Brustton der Überzeugung gesprochen. Was er sagte, klang weniger wie eine Frage, eher wie ein schockierter Ausruf. In der Tat: Was sonst?

Um herauszufinden, wie Duso wirklich fühlte, setzte Brunetti noch einen drauf und antwortete kühl: »Sie hätten die Mädchen dorthin zurückbringen können, wo Sie sie aufgelesen hatten. Niemand hätte Sie gesehen, nicht zu dieser späten Stunde. Sie hätten sie einfach auf die *riva* neben der Brücke legen und nach Hause gehen können.«

Chipskrümel rieselten auf die Holzplanken der Terrasse. Sogleich fielen die schon lauernden Spatzen darüber her und hüpften Brunetti in ihrer Gier sogar auf die Füße.

Aber Duso war nicht auf den Kopf gefallen. »Sie wollen mich auf die Probe stellen, ja?«, sagte er. Es sollte verächtlich klingen, aber der Schreck war ihm anzumerken. »›Im moralischen Sinn‹, wie Sie das nennen.« Er wischte sich mit ein paar Servietten Fett und Krümel von der Hand, knüllte sie zusammen und warf sie auf den Tisch. Falls Brunetti befürchtet hatte, er würde aufstehen und gehen, hatte er sich getäuscht.

»Die Sie bestanden haben«, sagte er versöhnlicher.

»Und jetzt?«, fragte Duso herausfordernd.

Brunetti ignorierte den aggressiven Ton und beantwortete die Frage. »Ich denke, Sie können Marcellos …« Er lehnte sich zurück, verschränkte die Arme und sah nach der Redentore-Kirche, gebaut vor über fünfhundert Jahren zum Dank für das Ende der Pest. So etwas tat man heutzutage nicht mehr: ein Mahnmal errichten, einen Neuanfang geloben. Man machte einfach weiter wie vorher.

»Entschuldigen Sie, Commissario«, hörte er Duso sagen. »Geht es Ihnen nicht gut? Möchten Sie vielleicht ein Glas Wasser?«

Er riss die Augen auf. Warum fragen die Leute immer, ob man ein Glas Wasser braucht? Vielleicht, weil das so oft in Filmen vorkommt? »Nein, danke«, sagte er. »Sehr freundlich. Aber ich musste gerade an etwas denken.«

»Was denn?«, fragte Duso neugierig. Von seiner Verärgerung war nichts mehr zu spüren.

»Warum es den Menschen so schwerfällt, sich zu verändern. Selbst wenn sie wissen, dass sie etwas tun oder lassen sollten, entscheiden sie sich immer für das Falsche und machen alles noch schlimmer.«

Der junge Mann sah ihn überrascht an. »Sie haben dabei doch nicht an Marcello gedacht?«

Brunetti lächelte. »Vielleicht schon.«

»Sie finden, er muss sich ändern?«

»Sie nicht?«, fragte Brunetti, fuhr dann aber sogleich fort: »Entschuldigen Sie, das ist keine Antwort auf Ihre Frage. So sollte ich nicht mit Ihnen reden. Sie sind schließlich kein Kind mehr.«

»Und wie lautet Ihre Antwort?«

Brunetti griff nach seinem Glas, aber das war schon leer. »Er sollte sich klarwerden, was er da eigentlich in Wahrheit tut.« Jetzt half nur noch Offenheit weiter: »Was er für seinen Onkel macht.«

»Ich weiß nicht, wovon Sie reden«, sagte Duso zu laut.

»Mag sein, dass Sie die Einzelheiten nicht kennen: Aber Sie wissen, wie es ihm zusetzt, und daher wissen Sie auch, dass er es nicht tun sollte. Und Sie wissen, es ist schlecht, wahrscheinlich sehr schlecht.« Er verkniff sich den Hinweis, dass Vio von »umgebracht« gesprochen hatte.

Duso setzte zu einer Antwort an, doch Brunetti kam ihm zuvor: »Sie waren mit ihm in dem Boot, als er die Mädchen zum Krankenhaus brachte. Im Schleichtempo. Gelähmt von Angst vor seinem Onkel. Sie wussten beide, er hätte so schnell wie möglich fahren müssen, weil die Mädchen verletzt waren, wer weiß, wie schwer verletzt. Was, wenn nächstes Mal ein Unglück passiert und jemand zu Tode kommt oder umgebracht wird?«

»Wie kommen Sie darauf, dass es ein nächstes Mal geben könnte?«, fragte Duso unbehaglich.

»Weil er wieder für seinen Onkel arbeitet, und das kann ihn nur in Schwierigkeiten bringen.«

»Marcello?«

»Ja, Marcello, aber auch andere.«

»Was soll das heißen?« Der forsche Ton, den Duso anzuschlagen versuchte, verriet nur seine Nervosität.

»Berto«, wechselte Brunetti die Tonlage. »Sie haben mir erzählt, was er Ihnen anvertraut hat, als er sich in jener Nacht zu Ihnen flüchtete. ›Wir haben sie umgebracht. Wir haben sie umgebracht.‹ Und Sie haben gesehen, wie aufgelöst er war.«

»Er hat«, rechtfertigte sich Duso hastig, als müsse er das so schnell wie möglich loswerden, »niemals mehr ein Wort davon gesprochen.«

Brunetti beugte sich zu Duso vor, berührte ihn aber nicht am Arm. »Berto«, wiederholte er, »mehr als das braucht er doch wohl nicht zu sagen.«

Duso klemmte seine gefalteten Hände zwischen die Knie und beugte sich darüber. Ohne Brunetti anzusehen, schüttelte er mehrmals den Kopf.

»Diese Leute haben Menschen umgebracht, Berto. Marcello und die anderen, die da mit seinem Onkel unterwegs waren, haben in dieser Nacht Menschen umgebracht. Draußen auf See, auf einem Boot seines Onkels, haben sie Menschen umgebracht.«

»Marcello hat gesagt …«, begann Duso, konnte aber nicht weitersprechen.

Brunetti wartete regungslos.

Duso räusperte sich mehrmals, hielt den Kopf gesenkt und sagte kaum hörbar: »Ja, das hat er gesagt.« Er nickte bekräftigend und nickte weiter wie ein Aufziehspielzeug, und wie bei einem Aufziehspielzeug hörte die Bewegung schließlich auf.

»Hat er Ihnen von den Frauen erzählt?«, fragte Brunetti.

Duso erstarrte, dann schüttelte er den Kopf. Plötzlich bemerkte Brunetti auf dem hellblauen Oxfordshirt des jungen Mannes Flecken, nicht vom Kaffee, denn das Blau war nur ein wenig dunkler.

Brunetti ließ ihm Zeit. Hinter sich hörte er Schritte, vermutlich der Kellner. Ohne sich umzudrehen, hob er den Arm und winkte ihn weg. Die Schritte entfernten sich.

Boote fuhren vorbei. Eine Möwe fing mit einer zweiten Streit an um etwas, das jemand ins Wasser geworfen hatte.

Brunetti ließ den jungen Mann nicht aus den Augen, wandte aber schließlich den Blick ab aus einem archaischen Anstandsgefühl heraus, er betrachtete stattdessen das Hotel, das einst eine Getreidemühle und Pastafabrik gewesen war, bis – Gerüchten zufolge – ein unzufriedener Angestellter den Betreiber erstochen hatte. Das Verbrechen war in den Akten der Polizei nicht verzeichnet, dennoch erzählten die Leute die Geschichte immer wieder.

Nach dem Umbau zum Hotel hatte er es sich einmal von innen angesehen, aber keinen sonderlichen Gefallen daran gefunden, fünf Euro für einen schlechten Kaffee hingelegt und das Weite gesucht.

»Commissario?«, hörte er Duso sagen und drehte sich wieder zu ihm um.

»Sie sind nicht bei der Sache«, sagte Duso. Offenbar war einige Zeit vergangen: Die dunklen Flecken auf Dusos Hemd waren so gut wie verschwunden.

»Sehen Sie«, begann Brunetti, »mich kostet das hier große Überwindung.« Er schenkte Duso einen freundlichen Blick und fuhr fort: »Weil ich das eigentlich nicht will, zögere ich und schweife ab.« Er wies mit ausgestrecktem Arm auf die Gebäudezeile auf der anderen Seite des Kanals, die auch im schwindenden Licht noch prächtig anzusehen war.

Duso folgte Brunettis Handbewegung von den Zitelle bis zu den am rechten Rand liegenden Booten der Guardia di Finanza.

Schließlich griff Brunetti in seine Jackentasche.

»Nein, bitte, Commissario«, sagte Duso und legte ihm eine Hand auf den Arm. »Ich werde dafür bezahlen.«

Daran sollte Brunetti später noch denken.

26

Der Kellner ließ sich nicht mehr blicken. Plötzlich verlor Brunetti alle Geduld mit sich selbst, mit seinem Zaudern. Und Dusos. Die ertrinkenden Frauen, die, seit Nieddu ihm von ihnen erzählt hatte, in Brunettis Phantasie verzweifelt um sich schlugen, drängten sich um den Tisch, während er nun endlich zu sprechen anfing. Duso hörte schweigend zu, fragte nichts, bezweifelte nichts. Sein Blick war unverwandt auf die Giudecca gerichtet. Schließlich fragte Brunetti noch einmal: »Hat Marcello Ihnen von den Frauen erzählt?«

Duso zögerte, fing dann aber an. »Er hat mir nichts Genaues gesagt, nur dass Menschen gestorben sind, dass sie sie umgebracht haben.« Er holte ein paarmal tief Luft. »Seitdem ist er … seltsam.« Brunetti nickte ihm aufmunternd zu.

Duso machte den Mund auf, bekam aber kein Wort heraus. Ein kleines Boot mit zwei jungen Männern darin raste an ihnen vorbei die Zattere entlang, sprang krachend von Welle zu Welle, als sei dies seine Bestimmung.

Als der Lärm verklungen war, riss Brunetti sich zusammen: Er musste Duso dazu bringen, seinen besten und ältesten Freund zu verraten. Den Mann, den er obendrein liebte, der jedoch – sich selbst gegenüber nahm er kein Blatt vor den Mund – aller Wahrscheinlichkeit nach ein Handlanger des Todes gewesen war.

Er fragte: »Würden Sie ihm helfen, wenn Sie könnten?«

Duso starrte ihn an, als habe Brunetti den Verstand verloren.

»Natürlich, ich würde alles für ihn tun.«

»Gut.« Wie sollte er es formulieren? »Marcello muss etwas für uns tun.«

Duso hob die Stimme. »Er wird nichts tun, was seinem Onkel schaden könnte.«

»Dem Onkel, der ihn von der Leiter stößt und in Menschenhandel und Mord hineinzieht?«, zischte Brunetti.

Duso setzte zur Verteidigung seines Freundes an. »Sein Onkel hat Marcello bei sich aufgenommen, als niemand ihm helfen wollte. Er zahlt ihm einen Lohn, von dem er seine Mutter und seine Familie unterstützen kann. Marcello verdankt ihm alles.«

Brunetti hob die Hände. »Einer von Ihnen ist verrückt«, entfuhr es ihm.

Duso begann, sich aus seinem Stuhl hochzustemmen.

Blitzschnell legte Brunetti ihm eine Hand auf die Brust. »Bleiben Sie sitzen«, befahl er. Duso setzte sich wieder, und Brunetti packte seinen Arm.

»Mag sein, dass er ihm alles zu verdanken hat, aber wenn Marcello sich nicht von seinem Onkel befreit, wird der ihn zugrunde richten.« Ehe Duso etwas einwenden konnte, beugte Brunetti sich noch weiter vor und sagte mit mühsam beherrschtem Zorn: »Sein Onkel wird nicht aufhören, ihn nachts mit dem Boot rauszuschicken. Sie werden noch mehr junge Frauen ins Land holen. Oder sie umbringen – das ist Borgato gleichgültig. Und erst wird Marcello keine Tränen mehr deswegen vergießen, dann nicht einmal mehr weinen können.« Brunetti schloss die Augen, während

Duso sich vergeblich bemühte, seinen Arm aus Brunettis Griff zu befreien.

Brunetti ließ los und wartete, dass sein Zorn verrauchte. Das Herz pochte ihm in den Ohren. Er stützte die Ellbogen auf den Tisch und den Kopf in die Hände.

Nach einer Weile hörte er von rechts ein Vaporetto nahen. Er blickte auf und sah nach dem vertrauten weißen Boot und dann nach Dusos wohl leerem Stuhl.

Doch der junge Mann saß immer noch da und starrte ihn an.

Brunetti fragte: »Werden Sie ihm helfen?«

Duso nickte.

Brunetti nahm die Schatulle mit der Armbanduhr aus der Tasche und gab sie Duso. Der würdigte sie kaum eines Blicks und legte sie ungeöffnet auf den Tisch.

In sein Schweigen hinein sagte Brunetti: »Bitte, öffnen Sie die Schachtel, Berto.«

Duso gehorchte und nahm die schmale Uhr mit dem Metallarmband heraus. »Was ist das?«, fragte er.

»Eine Uhr.« Duso sah ihn verständnislos an.

Er nahm sie in die Hand. Ein unscheinbares Ding: Metall, unspektakulär, keine Tiefenmesser oder Ähnliches, zwei Zeiger. Brunetti erklärte: »Darin befindet sich ein Sender. Das Signal kann aus weiter Ferne verfolgt werden.«

»Von wem?«, fragte Duso, während er die Uhr nicht aus den Augen ließ.

»In diesem Fall von der Guardia Costiera. Einige ihrer Boote sind dafür ausgerüstet.«

Die Sonne war endgültig untergegangen, die Abendkühle setzte ein. Duso zitterte, machte aber keine Anstalten zu gehen. »Was soll ich tun?« Die Frage konnte ebenso Neugier wie Zustimmung ausdrücken.

»Geben Sie die Uhr Marcello«, antwortete Brunetti und fügte lächelnd hinzu: »Sagen Sie ihm, die hier ist wasserdicht.«

Duso überlegte lange. »Und dann?«

»Nichts. Wenn er sie trägt, kann das Boot geortet werden.«

Duso rutschte unbehaglich hin und her, als spüre er den Temperatursturz erst jetzt. »Wenn ich sie ihm gebe, wird er sie tragen.« Das war keine Wichtigtuerei, sondern eine schlichte Feststellung.

Er schlang die Arme um die Brust. »Mir wird es zu kalt«, sagte er. »Gehen wir.« Er legte die Uhr in die Schatulle zurück und steckte sie in seine Jackentasche.

Nachdem der Kellner die Rechnung gebracht hatte, schob Duso einen Schein unter seine Tasse, erhob sich und eilte in Richtung der *calle* davon, wo er wohnte.

Brunetti holte ihn ein und hielt neben ihm Schritt. An der Stelle angelangt, wo Duso beim letzten Mal abgebogen war, blieb Brunetti stehen.

Duso drehte sich zu Brunetti um. Seine Miene hatte sich verhärtet, er schien in den wenigen Minuten gealtert zu sein. »Eine Bedingung, bevor ich das mit der Uhr mache«, sagte er.

»Die wäre?«, fragte Brunetti argwöhnisch, und da Duso zögerte, setzte er nach: »Was wollen Sie?«

»Wenn sie ihn stellen, will ich dabei sein.«

»Das kann ich nicht garantieren«, sagte Brunetti wahrheitsgemäß.

Duso griff in die Tasche und zog die Schatulle heraus. »Dann nehmen Sie das wieder zurück«, sagte er.

Brunetti hatte unwillkürlich die Hände hinter dem Rücken verschwinden lassen. »Das kann ich nicht.«

»Dann mache ich nicht mit.«

Brunetti erstarrte innerlich. Er konnte in dieser Sache nichts entscheiden.

»Sagen Sie es denen«, drängte Duso.

Er ließ keinen Zweifel daran, dass es ihm ernst war. Brunetti trat ein Stück beiseite und wählte Alaimos Nummer.

Der Capitano meldete sich beim zweiten Klingeln. »Was gibt es?«

»Er sagt, er macht das nur, wenn er uns bei der Aktion begleiten darf.« Brunetti hatte tatsächlich »uns« gesagt, und erst da ging ihm auf, wie sehr er die Sache zu seiner eigenen gemacht hatte.

»Ist das sein Ernst?«, fragte Alaimo nach langem Schweigen.

»Absolut.«

Wieder brauchte Alaimo eine Weile für seine Antwort. »Dann sagen Sie ja.«

»In Ordnung.«

Brunetti legte auf und steckte das Handy ein.

Er ging die zwei Schritte zu dem zitternden jungen Mann zurück.

»Er ist einverstanden.«

»Gut«, sagte Duso und steckte die Uhr wieder ein. Plötzlich entspannten sich seine Züge, und er sah wieder aus wie vorhin am Tisch. Er reichte Brunetti die Hand. »Ich danke Ihnen, Commissario«, sagte Duso, nun wieder mit vollendeter Höflichkeit. Er wandte sich zum Gehen, stoppte aber, bevor Brunetti ihn rufen konnte, kam zurück und fragte: »Was habe ich zu tun?«

Brunetti wählte seine Worte mit Bedacht. »Bringen Sie Marcello dazu, Ihnen Bescheid zu geben, wenn er das nächste Mal mit seinem Onkel rausfährt.« Duso setzte zu einer Antwort an, aber Brunetti hob die Hand. »Er muss Ihnen mitteilen, wann sie nachts losfahren. Und geben Sie ihm die Uhr. Nur so kann man Borgatos Boot verfolgen, ohne sich ihm zu nähern.«

Duso rieb sich mit beiden Händen das Gesicht, als versuche er, einen bösen Traum zu vertreiben. »Wir chatten ständig, von morgens bis abends«, sagte er. »Er wird mich so oder so benachrichtigen, wann es losgeht.« Er nickte zuversichtlich. »Er wird es mir sagen.«

Ruhig fuhr Brunetti fort: »Haben Sie meine Nummer gespeichert, als ich Sie neulich anrief?«

Duso nickte. Dann fragte er: »Sie versprechen mir, dass ich mitkommen kann?«, und legte Brunetti eine Hand auf den Arm.

»Ja«, sagte Brunetti.

»Schwören Sie?«

»Bei allem, was mir heilig ist«, erklärte Brunetti, und es war sein Ernst.

Brunetti kam vollkommen durchgefroren daheim an, aber auch in der Wohnung war es kalt. Die Hausverwaltung war erst ab nächster Woche verpflichtet, die Heizung anzustellen, und hielt sich daran. Missmutig stand Brunetti unter der Dusche, die er, seit seine Kinder ihn mit ihrem Umweltbewusstsein angesteckt hatten, auch nicht mehr so lange genießen konnte, wie er wollte – höchstens noch, dachte er schlecht gelaunt, »einen Herzschlag lang«, korrigierte das dann aber zu »fünf Minuten«.

In ein Badetuch gewickelt, hinterließ er auf dem Weg ins Schlafzimmer eine feuchte Fußspur. Er zog eine braune Wollhose an und holte das beige Kaschmirhemd hervor, ein Weihnachtsgeschenk von Paola, das ihm immer zu elegant vorgekommen war und daher seit Frühlingsbeginn fast ein Jahr lang ungetragen, allein und verlassen ganz hinten im Schrank gelegen hatte. Noch erhitzt von der Dusche, streifte er ein weißes T-Shirt über, dann das Strickhemd. Der Kaschmir streichelte erst seine Hände, dann seine Arme, als er in die Ärmel fuhr, die Knöpfe schlüpften fast von selbst in die Knopflöcher. Die oberen beiden ließ er offen, schlang sich einen gemusterten Seidenschal um den Hals und steckte die Enden in den Kragen.

Er betrachtete sich im Spiegel und sagte im reinsten Veneziano lächelnd zu sich selbst: »*Son figo, son beo, son fotomodeo.*« Er mochte zu alt sein, um sich mit Recht »*figo*« zu nennen, auch über »*beo*« ließ sich streiten, und natürlich würde er es niemals zum Fotomodell bringen – aber gut sah er aus, und er wusste es.

In der Wohnung war es vollkommen still, was aber nicht unbedingt bedeutete, dass Paola nicht da war, besonders, wenn sie sich in ihre Lektüre vertieft hatte. Brunetti pflegte zu sagen, sie würde beim Lesen nicht einmal mitbekommen, wenn Attila durchs Haus stürmte. Erst kürzlich hatte sie dies mit der Bemerkung gekontert, das käme ganz auf das Buch an.

Ihre Tür stand offen, also ging er hinein. Und fand sie mit Henry James auf dem Sofa. Sie blickte lächelnd auf. »Was für ein schönes Strickhemd«, sagte sie.

»Das hat mir meine Frau geschenkt.«

»Ach ja?«

»In der Tat.«

»Guter Geschmack, würde ich sagen.«

»Besonders, wenn es um Männer geht«, erwiderte er. »Lass mich mir was zu trinken holen. Ich möchte mit dir reden.«

Er war schon auf dem Weg in die Küche, als sie ihm nachrief: »Bring zwei Gläser mit.«

Brunetti brauchte lange, Paola alles zu erzählen – von Marcello Vio, seinem Onkel, den zwei Amerikanerinnen im Boot, lange, zu schildern, wie die Frauen im Meer ertränkt worden waren und wie Duso nur zögernd eingewilligt hatte, der Polizei zu helfen. Dreimal stand er zwischendurch auf. Einmal, um sich einen wärmeren Pullover überzuziehen; zweimal, um mehr Licht im Zimmer anzumachen. Als er ans Ende kam, hatten sie den Wein kaum angerührt, und Paola war sichtlich erschüttert von dem, was sie gehört hatte.

»Wie hältst du das nur aus, Guido?«, fragte sie traurig. »Alle Tage mitzubekommen, was Menschen einander antun?«

»Wie soll ich denn sonst meine Brötchen verdienen?«, fragte er, bevor ihm aufging, auf was für dünnes Eis sie bei diesem Thema geraten könnten. Wäre er arbeitslos, würde seine Frau für die Familie sorgen – oder, unvorstellbar, die Eltern seiner Frau müssten einspringen. Er wusste selbst, das waren kindische Gedanken, aber wie sagte doch gleich ein Freund seines Vaters: Er habe nur einen Kopf, also habe er auch nur eine Sicht der Dinge. »Ich kann ja nichts anderes«, versuchte er, das Gespräch von ökonomischen Realitäten wegzuführen.

»Jura?«, fragte sie, obwohl sie die Antwort mit Sicherheit schon ahnte.

»Ich müsste die Prüfungen noch einmal ablegen, und das wäre ein Alptraum.« Auf einmal nachdenklich geworden, murmelte er: »Ja, was könnte ich anderes tun?«

Sie lächelte. »Konvertieren und anglikanischer Priester werden.« Er quittierte das mit einem Schnauben, worauf sie sagte: »Die Menschen vertrauen dir, Guido. Sie zählen auf dich.«

Er schüttelte den Kopf und wehrte den Gedanken mit den Händen ab.

»Dann was?«, fragte sie.

»Ich würde gern auf dem Land leben und ein Feld bestellen«, war die beste und wahrhaftigste Antwort, die ihm einfiel.

Paola, seit Jahrzehnten mit ihm verheiratet, Paola, die ihn so gut kannte wie sonst niemand, sah ihn völlig perplex an und wusste, wie kaum je in ihrer Ehe, nichts zu erwidern.

27

Die Dinge zogen sich hin. Lucy Watson lag immer noch im Ospedale dell'Angelo, ihr Zustand unverändert. JoJo Peterson hatte, wie der Questura per Mail mitgeteilt wurde, ihren Rückflug vorverlegt und war bereits wieder in den Vereinigten Staaten. Selbstverständlich stehe sie für weitere Auskünfte jederzeit zur Verfügung.

Gegen Marcello Vio wurde Anklage wegen Fahrerflucht erhoben, auch wenn noch längst nicht alle Fragen bezüglich des Unfalls geklärt waren. Sein Anwalt erklärte, es sei Sache der Stadt, die Sicherheit ihrer Wasserstraßen zu garantieren. Sein Klient habe bei dem Unfall einen Schock erlitten. Auch wenn er übereilt gehandelt haben mochte, so sei es sein einziger Gedanke gewesen, die Mädchen und sich selbst an einen sicheren Ort zu bringen. Die Unfallstelle habe er allein aus Sorge um ihr Wohlergehen verlassen. Selbst verletzt, habe er es dennoch auf sich genommen, die Verletzten persönlich zum Krankenhaus zu bringen, ohne lange auf das Eintreffen von Hilfe zu warten. Dass er später zu ebenjener Notaufnahme zurückgekehrt war, zu der er die Mädchen gebracht hatte, wurde als Beweis für seine Fürsorge hingestellt.

Brunetti las die Ausführungen des Anwalts und bewunderte das Geschick, mit dem sowohl die Anwesenheit Filiberto Dusos als auch die Tatsache, dass Marcello Vio die Verletzten im Zustand völliger Hilflosigkeit auf dem Steg ausgesetzt hatte, unter den Teppich gekehrt wurden. Auch unterschlug das Schriftstück, dass Vio nicht aus eigenen Stücken die Notaufnahme aufgesucht hatte, sondern von der Questura dorthin gebracht worden war.

Brunetti faszinierte, wie der Anwalt mit der Wahrheit Katz und Maus spielte – bis er auf der letzten Seite den Namen des wendigsten aller Winkeladvokaten entdeckte. Ihm entwich ein Lachen, wie wenn der ehemalige Exxon-Boss in den Vorstand des WWF berufen worden wäre.

Marcello Vio war weiß Gott in guten Händen, wenn Manlio De Persio ihn vertrat. Der Mann war mit allen Wassern gewaschen, es gab kaum einen Polizisten, dem nicht schon mal ein Fall unter den Fingern zerbröselt war, sowie De Persio den Beschuldigten verteidigt hatte; und wenn sein Mandant dennoch verurteilt wurde, verstand sich im ganzen Veneto kein Anwalt besser darauf, die Sache so lange von einem Berufungsgericht zum nächsten zu schleppen, bis die Verjährungsfristen abgelaufen waren und das Verfahren eingestellt wurde.

Seine Kollegen zollten De Persio widerwillig Respekt – eine Mischung aus Neid und Bewunderung –, aber richtig leiden konnte ihn niemand.

Einen Anwalt wie ihn hätte Marcello Vio sich niemals leisten können. Offenbar war sein Onkel bereit, jeden Preis zu zahlen, damit es nur ja nicht zu einem Gerichtsverfahren im Zusammenhang mit einem seiner Boote und seiner Familie kam. Angesichts seines Geizes würde Borgato nur für einen Dritten zahlen, wenn es seinen eigenen Interessen diente. Das hieß, er bezahlte nur, wenn er damit sich selbst – und seine Boote – aus dem Radar der Behörden fernhielt.

Eine weitere, ebenso interessante Information kam von

Signorina Elettra, die sich mit Pietro Borgatos Finanzen beschäftigt hatte. Der Mann besaß ein Bankschließfach bei einer kleinen Privatbank in Lugano und dort auch ein Sparkonto mit knapp dreihunderttausend Euro, in den letzten fünf Jahren nach und nach in bar eingezahlt. Ein weiteres Sparkonto hatte er in Venedig, bei der San-Salvador-Filiale von UniCredit, hier ruhten rund neuntausend Euro. Zusätzlich gab es ein Geschäftskonto für seine Transportfirma. Dieses Konto wurde offenbar hauptsächlich von seiner Sekretärin bedient, die seit Gründung der Firma für Borgato arbeitete.

Natürlich hatte Signorina Elettra sich auch diese Frau genauer angesehen: Elena Rocca, 53, wohnhaft in Sacca Fisola, verheiratet mit einem Bootsmechaniker, zwei Töchter und vier Enkelinnen. Sie und ihr Mann besaßen ein Postsparbuch, auf dem sich genau zweitausendundzwölf Euro befanden, seit Eröffnung des Kontos vor neun Jahren Monat für Monat angespart. Signorina Elettra schrieb, ihres Wissens sei dies Signora Roccas gesamtes Vermögen, abgesehen von der Wohnung, in der sie und ihr Mann seit sechsundzwanzig Jahren lebten.

Brunetti blickte von den Papieren auf und sah aus dem Fenster. Ein Bankschließfach und dreihunderttausend Euro in der Schweiz gebunkert. Ja, er mochte recht haben mit seiner Vermutung, dass Borgatos Handeln von Raffgier bestimmt war.

Er dachte an eine Geschichte, die er vor Jahren gehört hatte – zweifellos unwahr wie so viele der besten Geschichten: Da ging es um einen sagenhaften amerikanischen Millionär aus einer Epoche, in der eine Million Dollar noch ein gewaltiges Vermögen war. Dieser Mann wurde einmal gefragt, ob er wisse, was »genug« bedeute.

Nach längerem Nachdenken soll er geantwortet haben: »Natürlich weiß ich das. Es bedeutet noch ein wenig mehr.«

Da er nichts mehr zu lesen hatte, studierte Brunetti die Aussicht vor seinem Fenster. Wolken und ein kleiner Streif blauer Himmel.

Die Tage vergingen, und Brunetti machte seine Arbeit, immer gefasst auf einen Anruf von Duso. Einmal rief er Alaimo an und fragte, ob seine Leute die Gegend um Cortellazzo nach einem möglichen Landeplatz ausgekundschaftet hätten. Der Capitano antwortete, seine Leute seien dabei, sich mit dem Gelände zu beiden Seiten des Piave vertraut zu machen, und betonte, dass sie unauffällig vorgingen und keinerlei Spuren hinterließen. Im Übrigen blieb Brunetti viel Zeit, Papierkram zu erledigen.

Er las die Rapporte seiner Untergebenen, bat den einen oder anderen zu sich, ließ sich nähere Auskünfte zu Dingen geben, die sie in ihren offiziellen Berichten vielleicht nicht zu erwähnen gewagt hatten, und teilte ihnen verschiedene Aufgaben zu.

Die einzige größere Neuigkeit kam von Lucy Watsons Arzt, der Brunetti aus dem Ospedale dell'Angelo anrief und mitteilte, die junge Frau habe das Bewusstsein wiedererlangt. Brunetti hörte ihm die Freude an, mit der er erzählte, sie sei am späten Vormittag aufgewacht und habe als Erstes ihren Vater neben sich am Bett erblickt, der gerade mit seinem Handy beschäftigt war. »Was machst du hier, Daddy?«, habe sie gefragt.

Der Arzt erklärte, sie erkenne ihren Vater und könne normal sprechen, aber ihre Erinnerung reiche nur bis zum Beginn der Bootsfahrt mit den Italienern zurück, die sie an jenem Samstagabend kennengelernt hatte. Sie verstehe nicht, warum sie im Krankenhaus liege und was ihre Verletzungen und die Anwesenheit ihres Vaters zu bedeuten hätten.

Auf Brunettis Nachfrage erläuterte der Arzt, es sei möglich, aber nicht sicher, dass Lucys Erinnerung an die Ereignisse zurückkehren würde; seine Kollegen von der Neurologie seien zuversichtlich, dass sie keine dauerhaften Schäden davongetragen habe.

Brunetti fiel ein Stein vom Herzen, Hoffnung bestand also nicht nur für die junge Frau und ihren Vater, sondern auch für Vio, auf dessen Gewissen nun weniger lastete. Erleichtert widmete er sich wieder dem täglichen Einerlei und wartete auf Nachricht von Duso.

Er und Paola waren bei Freunden zum Essen, als sein *telefonino* klingelte. Mit einer Hast, die unhöflich erscheinen mochte, kramte Brunetti das Handy aus der Tasche, erkannte Dusos Namen auf dem Display, bat um Verzeihung und eilte aus dem Wohnzimmer.

»*Sì?*«, fragte er, so ruhig er nur konnte.

»Eben hat mich Marcello angerufen«, begann Duso.

Brunetti sah auf die Uhr. Kurz nach elf.

»Pietro hat angerufen, er habe Arbeit für ihn.«

»Sonst noch etwas?«

»Nein, nur das. Marcello ist schon auf dem Weg zum Bootshaus.«

Brunetti hatte mit Alaimo vorab besprochen, wie sie vorgehen würden, sowie Dusos Anruf käme. »Gehen Sie zur *riva* vor Ihrer *calle*«, sagte er. »In wenigen Minuten wird ein Boot der Capitaneria Sie dort abholen und zum Piazzale Roma bringen.« Duso brummte zustimmend. »Ziehen Sie sich warm an«, sagte Brunetti und legte auf.

Dann rief er Alaimo an. »Duso hat sich gemeldet. Sagen Sie Ihrem Mann, er soll ihn abholen. Er wartet in seiner *calle*. Ich bin nicht zu Hause. Sie treffen mich in zehn Minuten an der Haltestelle Santo Spirito an.« Alles andere hatten sie bereits besprochen.

Als Nächstes kontaktierte er Griffoni. Während er und Alaimo das Boot nahmen, würde sie mit Duso und Nieddu fahren, die an der Aktion beteiligt war, weil es um ein internationales Verbrechen ging. Man würde Griffoni mit einem Boot abholen, das wie ein Taxi aussah, und zum Piazzale Roma bringen: Borgato sollte um diese Stunde nur ja nicht auf ein Polizeiboot aufmerksam werden. Von dort würden sie mit Duso in zwei Zivilautos und einem Lieferwagen nach Cortellazzo fahren.

Er steckte das Handy ein und ging, ein verlegenes Lächeln im Gesicht, zu den anderen zurück. So war das nun mal, die Arbeit ging vor. Reumütig den Kopf schüttelnd, sah er zu seinem Gastgeber. Donato war ein alter Freund, der ihm jedes Wort glaubte. »Tut mir leid, Donato. Die Arbeit. Man braucht mich für ein Verhör in Mestre«, erklärte er mit einer Mischung aus leichter Verärgerung und Schicksalsergebenheit.

Paola, der die Falschheit in seiner Stimme nicht entgangen war, legte ihre Serviette ab und erhob sich. Sie lief um den Tisch herum, verabschiedete sich von den anderen Gästen, küsste Donato und dessen Frau auf beide Wangen, nahm Brunettis Arm und sagte: »Ich begleite dich wenigstens noch zur Vaporetto-Haltestelle.« Ihr Lächeln war so künstlich wie seine Ausrede, tat aber bei den Leuten am Tisch dieselbe Wirkung.

Vor dem Haus zeigte Brunetti zur Anlegestelle. »Dort werde ich abgeholt.«

»Und dann nehmt ihr diese Leute fest?«

»Hoffentlich.«

Sie fröstelte in der Abendluft. »Du hast die falsche Jacke an«, sagte sie. Und mit einem Lachen: »Ich meine, sie ist zu dünn, draußen auf dem Wasser wird es kalt sein.« Sie nahm ihren langen dunkelgrünen Kaschmirschal ab und wickelte ihn ihrem Mann um den Hals.

Brunetti wollte ihn schon abnehmen und ihr zurückgeben, doch als er die Wärme an seiner Haut spürte und den Duft ihres Körpers, zog er den Schal fester und warf sich mit verwegener Geste ein Ende über die Schulter.

»Danke«, sagte er gerührt.

Sie nahm seine Hand. »Ich warte mit dir, bis sie kommen.«

Der Mond hing als sehr schmale Sichel am Himmel, doch während sie Hand in Hand zum *embarcadero* gingen, schauten sie beide zu ihm auf wie frisch Verliebte. Bald näherte sich von rechts Motorengeräusch. Und schon glitt ein Boot dicht an die Anlegestelle heran. Brunetti gab Paola einen Abschiedskuss und ging an Bord. Drei Uniformierte wuselten an Deck umher, ein weiterer stand am Steuer. Das Boot fuhr los, und Brunetti winkte seiner Frau mit dem

Ende des Schals. Sie hob eine Hand, winkte aber nicht. Sie behielten einander im Blick, bis das Boot einen Schwenk machte und Paola außer Sicht geriet.

Brunetti begann gerade zu spüren, wie kalt es geworden war, als Alaimo aus der Kajüte heraufkam und ihm eine Tarnjacke mit Kapuze reichte, die der Commissario dankbar entgegennahm. Den Schal schlang er sich zusätzlich um den Kragen.

Das Dröhnen des Motors machte jedes Gespräch unmöglich. Brunetti war geradezu schockiert von dem Lärm, der sich so gewaltsam an der Nacht vergriff.

Alaimo kam dicht an ihn heran, bildete um Brunettis Ohr mit beiden Händen einen Trichter und schrie: »Wir haben auch Elektro.«

Wie betäubt von dem Krach, hörte Brunetti zwar, was er sagte, war sich aber nicht genau klar, was es bedeutete.

Das Boot fuhr an San Giorgio vorbei, dessen Mauern den Motorenlärm zurückwarfen. Einer der Matrosen verzog sich in die Kabine und ließ die anderen mit dem Krach allein.

Brunetti versuchte, etwas zu sagen, verstand aber sein eigenes Wort nicht. Er sah die anderen im bleichen Licht des Steuerpults, aber die Geräuschkulisse betäubte ihn.

Alaimo legte dem Bootsführer eine Hand auf die Schulter und rief ihm etwas zu. Kaum entfernte er die Hand wieder, wurde das Boot langsamer und mit einem Schlag auch deutlich leiser.

»Danke«, sagte Brunetti und tätschelte erleichtert Alaimos Jackenarm. Tagsüber hatte es geregnet, die Feuchtigkeit hing noch in der Abendluft.

Alaimo nickte. »Auf See ist es immer ein paar Grad kälter, nachher auf offenem Wasser wird es noch schlimmer.« Er sah nach links, wo die Giardini vorüberglitten. »Hatte ich Ihnen nicht gesagt, dass es jederzeit losgehen kann?«

»Doch, aber wir waren bei Freunden eingeladen, und ich hatte keine zweite Jacke dabei.«

Alaimo zuckte die Schultern. »Die Dinge passieren immer im ungünstigsten Moment.«

Brunetti fragte: »Was haben Sie vorhin von Elektro gesagt?«

Alaimo antwortete lächelnd: »Der Antrieb kann auf Elektromotor umgeschaltet werden.«

»So ist es viel angenehmer«, sagte Brunetti. Tatsächlich war jetzt nur noch ein tiefes Brummen zu hören, doch immerhin so kraftvoll, wie Brunetti es noch auf keinem Boot dieser Größe je vernommen hatte.

»Das ist immer noch der normale Motor«, erklärte Alaimo. »Nachher schalten wir auf Batteriebetrieb um.«

»Und dann?«

»Läuft der Motor vollkommen geräuschlos. Man hört nichts mehr. Sie würden das Boot nicht einmal bemerken, wenn es direkt an Ihnen vorbeifährt.«

»Kaum zu glauben«, sagte Brunetti.

»Bei Autos geht es doch auch«, sagte Alaimo und fügte lächelnd hinzu: »Dies ist ein Prototyp: stärker als die üblichen Motoren.«

»Und wie funktioniert das?«, fragte Brunetti.

»Da unten«, sagte Alaimo und zeigte Richtung Kabine, »und vorn im Bug sind Batterien.«

Brunetti spähte an dem Bootsführer vorbei und sah

Teakholztafeln, die sich augenscheinlich öffnen ließen. Was sollte er jetzt fragen? Nach der Anzahl der Batterien, nach ihrer Größe, nach ihrer Leistung? Wie wenig er von alldem wusste! Schließlich meinte er: »Wie schnell kann es fahren?«

Alaimo wandte sich an den Bootsführer. »Was würdest du sagen, Crema?«

Weiter nach vorn blickend, antwortete der junge Mann: »Ich habe schon mal fünfundfünfzig Knoten geschafft, Capitano.«

»Und wenn ich nicht dabei wäre und ein Freund dir diese Frage stellen würde – was würdest du antworten?«

Der junge Matrose senkte grinsend den Kopf, sah wieder nach vorn und sagte: »Nun, Signore, wenn Sie wirklich nicht dabei wären, würde ich sagen: sechzig – aber wirklich nur, wenn ich allein auf dem Boot wäre.«

Jetzt musste auch Alaimo grinsen. »Das ist schneller als Borgatos Boote«, sagte er.

»Kann er auch auf Elektroantrieb umschalten?«

»Aber sicher. Zwei seiner Boote haben das, aber er hat nicht so viele Batterien an Bord.« Bevor Brunetti nachfragen konnte, erklärte Alaimo: »Vergessen Sie nicht, er braucht Platz für seine Ladung.«

»Woher wissen Sie das alles?«, fragte Brunetti.

Alaimo wandte sich ab und schien plötzlich großes Interesse an der Anzeige auf dem Steuerpult zu haben. Ah, dachte Brunetti, typischer Fall von Quellenschutz. Er kam dem entgegen und fragte: »Wie lange noch?«

»Was meinst du, Crema?«, fragte der Capitano.

Der Bootsführer beugte sich über einen Bildschirm mit

einem hellen Kreis, um dessen Mittelpunkt sich ein Lichtbalken drehte. Brunetti fühlte sich an U-Boot-Filme erinnert, auch hier blinkte jedes Mal an derselben Stelle ein Pünktchen auf, wenn der Lichtbalken darüberglitt. »Das ist er«, sagte der Bootsführer und zeigte darauf. »Anderthalb Stunden, Signore. Es sei denn, er gibt richtig Gas: Dann könnte er es in gut einer Stunde schaffen.« Alaimo dankte ihm, zog fröstelnd die Schultern hoch und sagte: »Gehen wir in die Kabine. Wir haben noch Zeit.«

In der Kabine war es deutlich weniger kühl als oben an Deck. Zwei Matrosen hatten sich nach hinten verzogen und waren von der Wärme in ihren Ecken eingeschlafen. Der dritte, der sich schon länger dort aufhielt, trug immer noch seine Ohrstöpsel und nickte nur kurz, als Alaimo und Brunetti eintraten, dann vertiefte er sich sofort wieder in sein iPhone.

Die beiden Männer nahmen einander gegenüber auf den Polsterbänken Platz und besprachen sich, weit vorgebeugt beim Geräusch des Motors, das hier unten etwas lauter war. Alaimo erklärte, von den vielen Schiffen, die in der Adria Richtung Norden fuhren, seien nur zwei am Abend langsamer geworden und lägen jetzt vierzig Kilometer nordöstlich von Venedig vor Anker. Bei rechtzeitiger Abfahrt könnten sie am späten Vormittag Triest erreichen und Ladung löschen und neue aufnehmen. Das eine sei ein Öltanker unter britischer Flagge, das andere ein Frachtschiff unter maltesischer Flagge.

»Wenn Vio seinem Freund erzählt hat, er fährt heute Nacht raus, kann er nur zu einem dieser beiden wollen«, sagte Alaimo.

»Und was machen wir?«, fragte Brunetti.

»Wir haben die Verbindung zu dem Sender an Vios Handgelenk fest auf dem Schirm und können weit im Hintergrund bleiben, bis sie die Fracht von dem großen Schiff geholt haben. Sollten wir von dessen Radar erfasst werden, wird man uns für Fischer halten: Drei Fischerboote sind uns bereits begegnet.«

»Das habe ich gar nicht mitbekommen«, meinte Brunetti verblüfft.

»Weil Ihnen die Erfahrung fehlt«, bemerkte Alaimo trocken. Brunetti nahm das hin und fragte: »Was machen wir, wenn er sich dem Schiff nähert?«

»Wir bleiben, wo wir sind, und verhalten uns wie Fischer: eine Zeitlang an Ort und Stelle bleiben, dann ein Stück weiterfahren.«

Es klopfte an die Kabinentür. Alaimo bedeutete Brunetti zu warten und stieg an Deck. Nach einer Weile wollte Brunetti ihm nach, machte aber kehrt und setzte sich wieder. Als er zum zweiten Mal aufstand, blickte der Matrose von seinem Handy auf, schüttelte den Kopf und winkte ihn auf seinen Platz zurück. Brunetti gehorchte.

Zehn Minuten vergingen, und noch einmal zehn, dann erstarb das Motorengeräusch. In der Stille hörte Brunetti jemanden die Treppe hinunterkommen und stand auf. Alaimo kam herein. »Es ist das Schiff unter maltesischer Flagge«, sagte er. »Borgatos Boot ist dort vor einer Viertelstunde längsseits gegangen, jetzt fährt es nach Westen Richtung Küste.« Er nahm sein Handy und tippte eine ziemlich lange Nachricht ein.

Als er fertig war, erklärte er: »Ich habe das Team nach

Cortellazzo entsandt. Das ist die günstigste Stelle, Fracht abzuladen.« Brunetti entging nicht, dass er es vermied, die Fracht beim Namen zu nennen.

»Sind Sie sicher?«, fragte er.

Alaimo lachte.

»Was ist daran so komisch?«, fragte Brunetti.

»Und ob«, sagte Alaimo grinsend. »Voriges Wochenende habe ich mit einem Kollegen, unseren Söhnen und vier ihrer Freunde, alle in Pfadfinderuniform, einen Ausflug zur Piave-Mündung gemacht. Wir sind ein Stück weit den Fluss hinaufgefahren, haben an verschiedenen Stellen angehalten und den Jungen die Gezeiten und die Unterschiede zwischen Salzwasser- und Süßwasserfischen erklärt.«

Alaimo bemerkte Brunettis skeptischen Blick und erklärte: »Wie sonst hätte ich mir die möglichen Landeplätze ansehen können, ohne Aufmerksamkeit zu erregen?« Er zuckte verlegen lächelnd die Schultern. »Nur für den Fall, dass Borgato dort Freunde hat, die ihm erzählen könnten, jemand habe an diesem Flussabschnitt herumgeschnüffelt.«

»Und wie war's?«

»Kalt. Aber die Kinder fanden es toll und liegen mir seither ständig in den Ohren, wann wir das noch einmal machen.«

»Kinder«, sagte Brunetti mit jener Mischung aus Tadel und Bewunderung, die Eltern manchmal an den Tag legen.

Alaimos Handy vibrierte. Er las die Nachricht, blickte auf und sagte: »Die Mannschaft ist eingetroffen. Sie verstecken die Autos und den Lieferwagen und machen sich dann auf den Weg zu der Stelle, wo die vermutlich an Land gehen werden.«

»Laufen sie nicht Gefahr …«, setzte Brunetti an.

»… jemand zu begegnen?«, brachte Alaimo die Frage für ihn zu Ende.

»Ja.«

»Genau deswegen lassen sie die Fahrzeuge stehen. Und gehen dann zu Fuß Richtung Mündung.«

Erst da fiel Brunetti ein, danach zu fragen: »Wer genau sind Ihre Leute?«

»Ein Spezialkommando der Marine. Die haben die Stelle ebenfalls ausgekundschaftet und sind bestens ausgebildet für hochriskante nächtliche Einsätze.«

Brunetti ließ sich diese Bemerkung durch den Kopf gehen. Wie bedrohlich das aus dem Mund eines Mannes klang, der aus Erfahrung sprach. »Riskant für wen?«, fragte er.

Alaimo legte sich seine Worte genau zurecht, doch sie verhießen dennoch Unheil: »Für alle Beteiligten.«

28

Wieder allein, lehnte Brunetti sich in den gepolsterten Sitz zurück und schlang die Jacke um sich, ließ aber den Reißverschluss noch offen. Das Vibrieren des Motors und das sanfte Schaukeln des Boots, beides hatte etwas Tröstliches. Seine Gedanken kehrten zu dem abrupt beendeten Dinner zurück und zu der Frau, die er an der Anlegestelle hatte stehenlassen. Er hatte für diesen Abend nicht mit dem Anruf gerechnet, aber dennoch nur zwei Glas Wein getrunken und den Grappa zum Nachtisch abgelehnt. Jetzt wünschte er, er hätte wenigstens einen Kaffee genommen, oder auch zwei, bevor er an Bord dieses Boots gegangen war und nun keinen anderen Trost hatte als das Schaukeln und …

»Guido, Guido«, hörte er eine Stimme rufen und war sofort hellwach. Erst da vermisste er seine Pistole. Die lag wohlverwahrt in der Metallbox zu Hause im Kleiderschrank; der Schlüssel dazu war alles, was er auf sich trug. Er sah nach rechts hinüber. Die zwei Matrosen schliefen immer noch, der dritte war weiterhin mit seinem Handy beschäftigt.

In der Tür stand Alaimo. »Jetzt besteht kein Zweifel mehr: Sie fahren nach Cortellazzo.«

»Wie weit sind wir von ihnen entfernt?«, fragte Brunetti.

»Ungefähr zwei Kilometer«, erklärte Alaimo ruhig.

Brunetti konnte ihn mühelos hören. Das Motorengeräusch war verstummt, wenn das Boot auch weiter voranzugleiten schien. Die plötzliche Stille machte ihn nervös. »Was ist passiert?«, fragte er.

»Wir fahren jetzt mit dem Elektromotor«, antwortete Alaimo.

»*Oddio,* was für ein Unterschied.«

»Borgato ist einen Kilometer vor der Mündung.«

»Folgen wir ihm?«

»Wenn mein Team grünes Licht gibt.« Alaimo wedelte mit seinem Handy. »Sie haben sich gemeldet. Sie haben zwei leere Lieferwagen entdeckt, geparkt in der Nähe des Zufahrtswegs. Und vor sich können sie Stimmen hören.«

»Wie stark ist Ihr Team?«

»Vier Mann, dazu Claudia und Capitano Nieddu.«

Sogleich in Sorge um die Frauen, fragte Brunetti: »Und diese Marineleute sind wirklich gut?«

»Und ob die gut sind«, sagte Alaimo und verschwand wieder nach oben.

Brunetti rieb sich das Gesicht, fuhr sich durch die Haare, stand auf und ging nach oben. Kalter Wind schlug ihm entgegen und trieb ihm Tränen in die Augen. Er trat an den Bootsrand und spähte über die Schulter: Es war stockfinster, nur einige winzige Lichtpunkte schimmerten in unbestimmter Ferne. Im gedämpften Leuchten des Steuerpults waren gerade noch die Umrisse der zwei Männer davor zu erkennen, Alaimo und der Bootsführer.

Brunetti stellte sich hinter sie. Auf dem Bildschirm vor den beiden Männern waren die konzentrischen Kreise zu sehen. Der Lichtbalken drehte sich vom bitteren Nord zum trüben West und ließ bei jeder Umdrehung an immer derselben Stelle ein Pünktchen aufleuchten.

Alaimo zeigte auf den hellen Punkt. »Das ist Borgatos Boot«, flüsterte er.

Ebenso leise fragte er den Bootsführer: »Was meinst du, Crema?«

»Ich würde sagen, in zehn Minuten erreicht er die Mündung, Signore, dann sind es noch einmal ungefähr zehn zum Landeplatz.«

Alaimo nickte, tippte eine Nachricht in sein Handy und behielt das Display im Auge, bis die Antwort kam. Die meldete sich mit einem kaum vernehmbaren Vibrieren, und dass Brunetti es hören konnte, machte ihm die Stille auf dem Boot erst recht bewusst. Alaimo stellte sein Handy auf lautlos. »Tun Sie das auch«, sagte er zu Brunetti, als sei der einer seiner Leute. Brunetti gehorchte.

»Du auch, Crema.«

»Schon geschehen, Signore«, raunte der Bootsführer.

»Wir wollen uns schließlich nicht von eintreffenden Nachrichten verraten lassen«, sagte Alaimo. Er steckte das Handy ein und fragte den Bootsführer: »Denkst du, du kannst ihnen folgen?«

»Ja, wenn sie an der Stelle abladen, die Sie mir auf der Karte gezeigt haben, Signore. Wenn er weiter flussaufwärts fährt, muss einer von uns sich in den Bug legen und mit einem Ruder die Wassertiefe messen.«

Das kam in irgendeinem Film vor, dachte Brunetti, behielt es aber für sich. Er rückte zur Seite, spähte über den Bug nach vorn und malte sich aus, dort zu liegen, eine Hand an die Reling geklammert, mit einem Ruder in der anderen die Wassertiefe prüfend, wie er es als Junge draußen in der *laguna* getan hatte.

Der Matrose, der mit seinem iPhone gespielt hatte, kam die Kabinentreppe herauf und stellte sich zu ihnen. »Sind wir gleich da, Signore?«, fragte er Alaimo leise.

»Ja.«

Der junge Mann nickte, sah nach dem Steuerpult und drehte sich um. »Ich wecke die anderen.«

»Gut. Sag ihnen, wir nähern uns dem Landeplatz.«

»Ich schalte jetzt auf Nachtsicht, Signore«, sagte der Bootsführer und legte einen Schalter um. Brunetti blickte auf, aber da war nur noch Dunkelheit.

Alaimo tätschelte seinen Arm und wies auf einen Bildschirm links neben dem Radar. Der zeigte die nahe Küste, jedoch nur in verschieden stark leuchtendem Grün auf schwarzem Hintergrund. Brunetti erkannte Bäume zu beiden Seiten, sogar dünne Ranken, die daran hingen. In der Mitte eine dunkle Spur, die in noch tiefere Dunkelheit führte.

»Ist das der Fluss?«, fragte Brunetti.

»Ja«, flüsterte Alaimo.

»Soll ich ihnen folgen, Signore?«, fragte der Bootsführer.

»Warte«, antwortete Alaimo. Das Boot hielt an. Er tippte eine Nachricht in sein Handy und schickte sie ab. Keine Minute später kam die Antwort.

»Die Leute sind am Fluss entlang postiert. Borgatos Boot legt gleich an.«

Der Bootsführer trat ungeduldig von einem Bein aufs andere.

»Los geht's, Crema«, sagte Alaimo, und sogleich setzte sich das Boot wieder in Bewegung.

Von pechschwarzer Nacht umgeben, konzentrierte Brunetti sich auf den Bildschirm, voller Bewunderung, wie akkurat ihr Boot sich in der Flussmitte hielt. Das Wasser war glatt wie ein Spiegel. Jede Welle, die das andere Boot hinterlassen haben mochte, hatte sich schon wieder gelegt.

Alaimo verschickte die nächste Nachricht auf seinem Handy und flüsterte dann Brunetti zu: »Meine Leute sind zwischen den Bäumen hinter der Mole. Drei Männer sind auf dem Steg.« Nach kurzer Pause fügte er hinzu. »Zwei mit Gewehren.«

Brunetti nickte. Das Boot glitt geräuschlos wie eine Schlange durch das schwarze Wasser.

Wieder blickte Alaimo auf sein Handy, dann hielt er es Brunetti hin, und der las: »Wo seid ihr?«

Der Capitano nahm das Handy zurück und antwortete. Dann flüsterte er Crema zu: »Mach jetzt Tempo, wenn's geht. Ich möchte sie stellen, solange sie vor Anker liegen.«

Brunetti spürte, wie das Boot beschleunigte, vernahm aber weiterhin keinen Laut. Da nach vorn nichts zu sehen war, starrte er auf den grünen Bildschirm. Er hatte jedes Gefühl für Entfernungen verloren. Diese grünen Gebilde vor ihnen, wie weit waren sie davon weg? Die unsichtbaren Ufer, wie nah waren sie? Und wie hoch waren in diesem Tidefluss die Böschungen, wie leicht kämen sie aus dem Wasser, falls sie das Boot schwimmend verlassen mussten?

Ganz allmählich begann er, die Geräusche der Natur zu hören: Es knisterte in den Bäumen, Vögel gaben Laut, andere Tiere raschelten am Boden. Wie geheimnisvoll und beängstigend die Natur sein kann, so uninteressiert an dem, was wir tun und was wir sind.

Er und Alaimo hörten die Stimme im selben Augenblick:

männlich, wütend, gebieterisch. »Nein, da drüben.« Dann ein »Pst«, noch einmal, dann Stille. Von wo kam das? Auf dem Bildschirm war nichts zu sehen.

Und dann doch. Erst hielt Brunetti sie für Gespenster, so bleich, so ätherisch erschienen die Gestalten. Einige Figuren waren in eine Art Trauergewänder gehüllt, die bis zum Boden reichten; andere hatten Arme und Beine; sie alle ächzten und stöhnten leise, machten unheimliche Geräusche. Alaimo packte den Bootsführer an der Schulter. Sogleich wurde das Boot langsamer und hielt lautlos an.

Plötzlich ein dumpfes Platschen und wildes Hin und Her, etwas Sperriges war ins Wasser gefallen. Die Männerstimme zischte: »*Cazzo.*«

Eine andere Stimme sagte: »Hol sie raus, verdammt. Wir müssen sie lebendig abliefern.« Dort, wo der Steg sein musste, tat sich etwas, man hörte ein Plumpsen und gedämpftes Rufen. Zwei grüne Schemen lagen auf dem Steg und griffen nach unten. Langsam zogen sie ein um sich schlagendes Wesen mit zwei Köpfen hoch und ließen es achtlos fallen. Das Geschrei hörte auf.

Alaimo nahm das Megaphon aus der Halterung neben dem Steuerrad und schaltete es ein. Er tippte dem Bootsführer auf die Schulter, und sofort tauchten drei Suchscheinwerfer am Bug die Szene in grelles Licht: den Steg und die Leute darauf, das am Steg vertäute Boot und das Ufer dahinter. Und in dem Licht erstarrte alles: die zwei Männer mit Gewehren, der dritte neben etwas kniend, das wie ein Kleiderhaufen aussah, und ein dichtgedrängter Kreis Frauen, die schweigend dastanden, wie gelähmt.

»Runter mit den Waffen«, dröhnte Alaimos Stimme. Die

zwei Männer dachten offenbar gar nicht daran; einer richtete sein Gewehr auf die blendenden Scheinwerfer.

Aus den Bäumen hinter dem Steg bellte eine Männerstimme: »Runter mit den Waffen, hat er gesagt!« Der zweite, der sich nicht bewegt hatte, bückte sich langsam und legte sein Gewehr vor sich auf den Boden. »Jetzt schieb es mit den Füßen weg«, befahl die Stimme. Der Mann gehorchte. »Arme über den Kopf«, und auch das befolgte der Mann.

»Ich warte«, sagte die Stimme, und der erste warf sein Gewehr hin, als habe er es plötzlich satt, es zu halten. »Arme hoch«, schrie die Stimme, und die Arme gingen hoch.

Alaimo rief auf Englisch: »Does one of you ladies speak English?« Als habe seine Stimme sie aus einem Bann befreit, begannen die Frauen, untereinander zu reden, und fielen sich in die Arme. Einige schluchzten laut auf. Schließlich sagte eine Frauenstimme: »Ja, ich. Sir.«

Alaimo sprach langsam. »Sagen Sie Ihren Freundinnen, sie sollen sich von diesen Männern entfernen und ans Ufer gehen.« Dieselbe Frauenstimme sagte etwas in einer anderen Sprache, worauf eine Frau in einem langen geblümten Rock mit der an ihr Handgelenk geketteten Leidensgenossin losging, noch eine andere am Arm packte und sie den Steg hinunter ins Gelobte Land am Ende des Stegs führte.

Die anderen drängten unbeholfen nach – nur fort von diesen Männern.

Alaimo sprach mit normaler Stimme in das Megaphon: »Gut so, gehen Sie weiter bis zum Waldrand. Dort warten Leute, die Ihnen helfen werden.«

Jetzt kam Nieddu, begleitet von Griffoni, hinter den Bäumen hervor und winkte den Frauen. Laut schluchzend und offensichtlich noch zu schockiert, um schnell zu reagieren, setzte sich das Trüppchen zögernd in Richtung der beiden Frauen in Bewegung: Garanten ihrer Sicherheit, insbesondere Nieddu in Uniform, die mit ihrer Dienstwaffe die beiden Männer auf dem Steg in Schach hielt.

Drei bewaffnete Soldaten in Tarnkleidung tauchten zwischen den Bäumen auf. Ein vierter, unbewaffnet, trat hinter die beiden mit erhobenen Armen dastehenden Schlepper, legte ihnen Handschellen an, kassierte ihre Gewehre und führte sie ab.

Blieb noch das Boot. Fachmännisch vertäut, schaukelte es friedlich auf dem Wasser. Es glich einer riesigen Toblerone. Brunetti betrachtete die flach gegeneinander aufgestellten und fest verschraubten Kupferplatten. Wie von Alaimo beschrieben, würden Radarwellen davon nach oben abgelenkt, und das Boot blieb unsichtbar. Auch etwaige Passagiere waren nicht zu sehen.

Alaimo rief: »Noch jemand auf dem Boot? Alle rauskommen, Hände über dem Kopf. Es ist vorbei.«

Nichts. Zeit verging. »Ihr auf dem Boot. Ergebt euch, Hände über dem Kopf. Es ist vorbei.«

Alaimo wartete, dann nahm er zum dritten Mal das Megaphon. Offenbar besaß er die Geduld, seine Aufforderung so oft zu wiederholen, bis die Männer auf dem Boot genug hatten und mit erhobenen Händen herauskamen. Doch bevor Alaimo zum dritten Versuch ansetzte, drangen Schreie zu ihnen herüber.

Zwei laute Männerstimmen, dann Rumpeln und Krachen. Plötzlich knallte etwas gegen eine der Kupferplatten; sie brach oben los und klappte ins Wasser.

Alaimo und Brunetti eilten auf den Steg. Beim Anblick des goldenen Boots musste Brunetti plötzlich an jene Boote denken, die die alten Ägypter an die Wände ihrer Grabkammern gemalt hatten. Wieder schrie jemand, dann erschien Marcello Vio in dem offenen Spalt in der Metallverkleidung. Er war schon mit einem Bein auf dem Steg in Sicherheit, da ertönte hinter ihm wütendes Gebrüll, und eine Hand krallte sich in seine Schulter. Vio befreite sich mit aller Kraft und stieß sie weg. Aus dem Boot drang lautes Krachen; Vio wollte sich umdrehen, schrie jedoch vor Schmerz auf, sank auf die Knie und umklammerte seinen Brustkorb mit den gebrochenen Rippen.

Von irgendwo, von nirgendwo, schoss eine Gestalt zwischen den Bäumen hervor und sprang auf den Steg. Duso. Den hatte Brunetti fast vergessen. Er machte den Soldaten ein Zeichen und rief: »Lassen Sie ihn. Er gehört zu uns.«

Duso warf sich neben Marcello auf die Knie. Er nahm ihn behutsam in den Arm und sagte: »Komm, Marcello. Du kannst hier nicht bleiben.«

Alle starrten die beiden jungen Männer an, die da miteinander knieten. »Berto«, sagte Vio. »Berto, du hier?« Er hob lächelnd eine Hand und berührte Dusos Gesicht.

Niemand konnte von dieser rührenden Szene den Blick abwenden. Außer Griffoni, die sich kaum merklich dem Steg genähert hatte, als sei sie unsichtbar – die Augen nicht auf die Männer gerichtet, sondern auf das Boot.

Und sie sah denn auch als Erste Pietro Borgato in der Lücke zwischen den Kupferplatten auftauchen, mit einem Bootshaken in der Hand. »Passt auf!«, schrie sie, und die beiden jungen Männer drehten sich nach ihr um.

In diesem Moment sprang Borgato vom Boot auf den Steg und stürzte sich auf seinen Neffen. »Borgato«, schrie Brunetti, um ihn aufzuhalten, und rannte los.

Doch bevor Brunetti ihn erreichte, war Borgato schon bei den beiden Knieenden. Er hob drohend den Bootshaken und stieß seinen Neffen mit einem Fußtritt beiseite. Dann baute er sich breitbeinig vor Duso auf und holte zum Schlag aus. »Du willst meinen Neffen ficken?«, schrie er den erstarrten Duso an. »Jetzt besorg ich es dir!« Man hörte Duso aufschreien, doch Borgato war nicht mehr zu halten, bis die gebogene Spitze Dusos Brust durchbohrt hatte.

Zu spät erst war Brunetti zur Stelle. Borgato, der die Stange wieder freibekommen hatte, fuhr herum und schlug nun nach Brunetti, doch dieser konnte, anders als Duso, dem Hieb ausweichen. Borgato holte abermals aus, diesmal aber verfing sich der Haken in Brunettis Kaschmirschal.

Borgato ließ die Stange fallen und starrte Brunetti rasend vor Wut an.

»Betrüger, Betrüger!«, brüllte er und ging auf Brunetti los. Der aber machte wie ein Stierkämpfer einen Schritt zur Seite, und Borgato prallte gegen das Holzgeländer des Stegs. Brunetti stürzte sich auf ihn und meinte, Wahnsinn in seinen Augen flackern zu sehen. Borgato riss seine Faust hoch, um auf Brunetti einzudreschen.

Da aber hatte Brunetti den zum Schlag erhobenen Arm schon an Handgelenk und Ellbogen gepackt und hieb ihn voller Wucht auf das Geländer. Er hörte den Knochen brechen, spürte das Knacken unter seinen Händen. Er taumelte einen Schritt zurück und stieß mit einem der Soldaten zusammen.

»Jetzt übernehmen wir, Signore«, sagte der Soldat, und Brunetti ließ den Ort des Geschehens hinter sich, aber nicht das, was er soeben getan hatte.

Donna Leon
Milde Gaben
Commissario Brunettis
einunddreißigster Fall

Roman · Diogenes

Krimi
Aus dem Amerikanischen von Werner Schmitz
352 Seiten
Auch erhältlich als eBook, Hörbuch und Hörbuch-Download

Elisabetta Foscarini, Jugendfreundin von Brunetti und immer noch eine Schönheit, taucht eines Tages in der Questura auf. Ob Brunetti verdeckt ermitteln könne, wer die Familie ihrer Tochter bedroht? Konkrete Tathinweise fehlen. Wer sollte auch einer Tierärztin Böses wollen und einem Buchhalter, der für eine wohltätige Stiftung gearbeitet hat? Schon will Brunetti das Ganze als übertriebene mütterliche Sorge abtun, da kommt es zu einem Überfall, der menschliche Abgründe offenbart.

Auf **diogenes.ch/newsletter** erfahren Sie zuerst
von Neuerscheinungen und Neuigkeiten unserer
Autorinnen und Autoren.

Oder schauen Sie hier vorbei: